Kate Fansler, Literaturprofessorin und eine ausgesprochen unkonventionelle Person, hat wenig Lust, auf die langweilige Party ihres Bruders, eines gravitätischen Anwalts, zu gehen. Aber dann läßt sie sich doch überreden. Zum Glück – denn hier erfährt sie vom mysteriösen Verschwinden Alberta Ashbys, der Nichte und Erbin einer kürzlich verstorbenen englischen Schriftstellerin. Als Kate sich in Albertas Tagebuch vertieft, ist sie sofort fasziniert von dieser eigenwilligen und selbstbewußten Frau. Sie beginnt mit Nachforschungen, die sie in die seelischen Abgründe von Literaturspezialisten und anderen merkwürdigen Menschen und am Ende zu einer höchst überraschenden Lösung führen.

»Amanda Cross spickt ihre Texte mit literarischen Anspielungen, nähert sich ironisch-witzig den Themen: Lesevergnügen pur ... Auch [in ›Albertas Schatten‹] begeistert die raffiniert geknüpfte Story, bestechen die geschliffenen Dialoge, wartet Amanda Cross am Ende mit einer Überraschung auf ... Herrliche Zeiten für Freunde intelligenter Krimigeschichten.« (Hamburger Nachrichten)

Amanda Cross (eigentlich Carolyn G. Heilbrun), geboren 1926, lebt in New York. Sie machte als feministische Literaturwissenschaftlerin Karriere an der Columbia University. Bereits in den sechziger Jahren schuf sie die Figur der Kate Fansler, Literaturprofessorin und Amateurdetektivin.

Amanda Cross

Albertas Schatten

Roman

Deutsch von Monika Blaich
und Klaus Kamberger

Deutscher Taschenbuch Verlag

Für Tom F. Driver
zur Erinnerung an alte Zeiten
und voller Hoffnung auf die Zukunft

Ungekürzte Ausgabe
April 2000
Deutscher Taschenbuch Verlag GmbH & Co. KG,
München
www.dtv.de

Titel der amerikanischen Originalausgabe:
›No word from Winifred‹

Umschlagkonzept: Balk & Brumshagen
Umschlaggestaltung unter Verwendung eines Gemäldes von
Vilhelm Hammershøi
Gesamtherstellung: C. H. Beck'sche Buchdruckerei,
Nördlingen
Gedruckt auf säurefreiem, chlorfrei gebleichtem Papier
Printed in Germany · ISBN 3-423-20332-3

1

Laurence R. Fansler, ältester Partner von Darwin Darwin Erasmus & Mendel, plauderte mit dem zweitältesten Partner der Kanzlei. Jedenfalls hätte Fansler selbst das, was er tat, als »Plaudern« bezeichnet, tatsächlich war diese Bezeichnung jedoch falsch. Fansler plauderte nie. Entweder befahl er, oder er redete blasiert daher. Wenn diese beiden Arten unangebracht schienen, versuchte er es mit dem Tonfall einer gewissen Bonhomie, für den er in der ganzen Kanzlei berühmt war – was er allerdings nicht wußte. Dieser Tonfall bedeutete: Fansler will etwas.

In diesem Fall erwartete er Trost in Form eines Ratschlags. Als Seniorpartner der Firma war Toby van Dine sozusagen das Mädchen für alles im Büro: der weise Richter, der Beichtvater, der Vermittler und der Tröster. Er war ein ruhiger und auf zurückhaltende Weise brillanter Mann und im Gegensatz zu seinem älteren Kollegen ein Vertreter eher liberaler Ansichten, die für die Juristen seiner Generation bezeichnend sind. Mit einer gewissen Traurigkeit hatte er festgestellt, daß seine Kollegen heutzutage – nach acht oder neun Jahren eifriger Arbeit – nur noch eigennützige Interessen und ihre Karriere im Sinn haben. Er versuchte, sich hiervon nicht deprimieren zu lassen, vermied sogar den Gedanken daran. Hin und wieder jedoch fielen ihm Fälle ein, die seine Kanzlei in alten Tagen durchgefochten hatte und auf die sich ihr ursprünglicher Ruhm gründete; sicherlich eine Folge seines zunehmenden Alters. Toby van Dine war gerade sechzig geworden, und er hatte Angst.

»Du weißt doch, diese Parties, die wir immer geben«, brummte Fansler. »Vor Jahren haben wir damit angefangen, und sie sind Tradition geworden. Man kann nicht einfach aufhören, das ist das Dumme.« Toby nickte. Wie man unter Anwälten längst wußte, gehörten diese Fansler-Parties, die alljährlich im Herbst für die Teilhaber gegeben wurden, zu den lästigen Verpflichtungen des juristischen Lebens bei Dar & Dar. Eingeladen wurden die Juniorpartner im ersten und zweiten Jahr ihrer Kanzleizugehörigkeit, zusammen mit allen möglichen anderen jungen Berufsanfängern, die Fanslers Frau Janice auftreiben konnte. Ursprünglich war es Janices Idee gewesen, zumindest behauptete Fansler das, und die Party sollte den »jungen Männern« helfen, sich in New York leichter einzugewöhnen und Gleichaltrige kennenzulernen. Fansler hatte sich murrend damit abfinden müssen, daß auch die Anwältinnen sowie einige der »Partnerinnen« seiner eigenen Teilhaber eingeladen wurden. Einmal war da ein junger Mann mit seiner »Verlobten« gekommen – hätte es eine andere Bezeichnung für sie gegeben, so hätte Fansler sie nicht hören wollen –, einer Ärztin, die auf Bitten hin die Einführung eines Herzkatheters durch die Femoralarterie so detailliert beschrieb, daß jedem der Appetit verging. Aber all dies war Vergangenheit, dachte Toby, und wohl kaum Fanslers Problem.

»Janice meint, wir sollten meine Schwester bitten«, sagte Fansler aufstöhnend.

»Aber ihr ladet sie doch immer ein«, sagte Toby, »und sie kommt nie.«

»Ich weiß, ich weiß, aber dieses Jahr hatten wir uns überlegt, ihren Mann einzuladen – du weißt doch, Amhearst. Er lehrt an der Columbia Law School, und unsere Partner meinen, wir sollten ruhig Verbindungen zur Fakultät pflegen, besonders wenn es sich um einen Verwandten handelt. Janice ist natürlich einverstanden.«

Wie vieles andere in dieser schnellebigen Welt hatte Laurence Fansler die Tatsache akzeptiert, daß seine Neffen und sogar eine oder zwei seiner Nichten inzwischen Rechtsanwälte oder Ärzte waren oder bei Goldman Sachs arbeiteten und daher zu seiner Party eingeladen werden mußten. Aber seine Schwester einzuladen war für den engstirnigen Fansler dasselbe, als hätte Caesar Brutus zum Brunch gebeten.

»Ich glaube, du übertreibst, Larry«, sagte Toby. »Kate und Reed sind gar nicht so übel. Das Schlimmste, was du wahrscheinlich über sie sagen kannst, ist, daß sie 1984 Mondale und Ferraro gewählt haben.«

»Genau«, donnerte Fansler.

»Du könntest versuchen, dich daran zu erinnern, daß wir hier ein Zweiparteiensystem haben, auch wenn das vielleicht nicht immer spürbar ist«, sagte Toby und stand auf, um zu zeigen, daß das Gespräch beendet war. »Wie auch immer; warum sich Gedanken machen? Ich bin sicher, daß sie sowieso nicht kommen.«

»Das ist immerhin ein Hoffnungsschimmer«, sagte Fansler, und sein Gesicht hellte sich auf.

Auf Anweisung ihres Mannes verschickte Janice Fansler die Einladungen, darunter auch eine an Mr. und Mrs. Reed Amhearst. Sie wußte ganz genau, daß Kate ihren Mädchennamen beibehalten hatte, aber sie fand solche Dinge übertrieben modisch und verrückt und lehnte es ab, sie zur Kenntnis zu nehmen. Nachdem sie die Einladungen abgeschickt und den Partyservice benachrichtigt hatte, der solche Gesellschaften für sie ausrichtete, wandte sie ihre Gedanken anderen Dingen zu.

Die Einladung war an Reed an der Columbia Law School gerichtet, und er betrachtete sie mit leicht gequälter Belustigung. Er hörte schon, wie Kate entschieden ablehnte hinzugehen. Sollte er trotzdem versuchen, sie zu überreden?

Als er einige Stunden später die Wohnungstür aufschloß, war er entschlossen, es zu versuchen. Kate, die gerade die Telefonrechnung mit jenem Ausdruck von Befremden und Grauen ansah, der jeden überkommt, der mit so etwas konfrontiert ist, reichte ihm das vierzehn Seiten dicke Schriftstück. »Hat irgend jemand in letzter Zeit mal über Brieftauben nachgedacht?« fragte sie.

»Dein Bruder und deine Schwägerin von Darwin Darwin et cetera haben uns zu ihrer alljährlichen Party für die Kanzleimitglieder eingeladen. Meinst du, du könntest möglicherweise hingehen?«

»Du hast getrunken«, sagte Kate. »Und das sogar, bevor du nach Hause gekommen bist. Ein schlechtes Zeichen. Ist das akademische Leben so viel beschwerlicher als der ruhige und stetige Trott in der Staatsanwaltschaft?«

»Sie haben dich als Mrs. Reed Amhearst eingeladen. Ich dachte, du könntest vielleicht als Kate Fansler hingehen und beobachten, wie die andere Hälfte sich aufführt. Wir würden junge Leute treffen, die Fanslers und andere. Das macht doch immer Spaß.«

»Ich hätte gedacht, du siehst genug junge Leute in der Law School. Erinnere dich an Jane Austens Beschreibung solcher Parties: eine Mischung aus jenen Leuten, die sich nie zuvor begegnet sind, und anderen, die sich zu oft begegnen. Reed, ich möchte nicht advokatenhaft erscheinen, aber sind wir nicht übereingekommen – man könnte es sogar einen mündlichen Vertrag nennen –, daß wir einander nicht in unsere jeweiligen langweiligen gesellschaftlichen Verpflichtungen hineinziehen wollen? Wenn du zu der Party meines Bruders gehen willst, dann tu das, mein Kind, und der Herr sei mit dir. Meiner Meinung nach offenbart das jedoch den traurigen Verfall eines edlen Geistes.«

»In den mittleren Jahren sollte man sich weder zu sehr in alteingefahrenen Geleisen bewegen, noch kritiklos die Prinzipien seiner Jugend beibehalten. Du selbst hast das gesagt, und es spricht sehr für dich.«

»Ich hätte nicht gedacht, daß du so etwas heranziehst, wenn es um die Familie geht. Blutsverwandtschaft ist kein Grund für Vertraulichkeit – das galt für Margaret Mead, und das gilt auch für mich. Reed, gibt es da irgendeinen Gesichtspunkt, der mir entgangen ist?«

»Verbindungen zwischen Juraprofessoren und den großen Anwaltskanzleien sind immer vorteilhaft für alle Beteiligten, wenn es darum geht, eine Stelle für einen Studenten zu finden und so weiter.«

»Das sehe ich ein. Sind diese Verbindungen ohne eine Frau an der Seite nicht herzustellen?«

»Ginge ich allein, hätte das etwas Demonstratives; kommst du mit, gilt es als selbstverständlich. Außerdem freust du dich doch immer, wenn du Leo und Lillian siehst.«

»Die beiden kommen zu dieser Juristenfestivität? Herr im Himmel, wie tief sind sie gefallen! Ich weiß, Leo ist Rechtsanwalt, aber erzähl' mir nur nicht, daß auch Lillian diesen Weg eingeschlagen hat! Ganz bestimmt werden nicht alle meine Nichten und Neffen Anwälte wie meine Brüder.«

»Alle jungen Akademiker werden da sein. Du hast dich nie wie eine richtige Tante benommen, sonst wüßtest du das.«

»Reed, ich muß dir ehrlich sagen, daß ich beunruhigt bin. Demnächst wirst du noch Berater einer großen Firma und gibst selbst Parties.«

»Ich verspreche, daß das nicht der Fall sein wird. Falls diese Party ein Alptraum wird, werde ich nie wieder versuchen, dich zu überreden. Das verspreche ich dir. Es steht also ein Abend gegen eine lebenslange Diskussion über Verpflichtungen gegenüber Blutsverwandten.«

»Du solltest in die Juristerei gehen«, sagte Kate. »Du hast ein Gespür dafür.«

Kate begrüßte ihren Bruder und ihre Schwägerin in angemessener Weise: Sie gestattete ihnen, ihre Wangen an die ihre zu legen. Ihre Begrüßung von Leo und Lillian fiel wärmer aus: Umarmung und freudiges Lächeln.

»Holt mir einen Drink«, befahl Kate in ihrer fröhlich-diktatorischen Art, »einen Martini natürlich, und dann setzt euch her und erzählt mir, was ihr so gemacht habt.«

»Es gibt keine Martinis«, sagte Lillian. »Dies ist ein japanisches Fest, und du kannst entweder geeisten Melonenmidori bekommen oder Sake.«

»Gefolgt von California-Rollen und Sushi; und ich habe vergessen, was sonst noch«, fügte Leo hinzu, bevor sie fragen konnte.

»Großer Gott«, sagte Kate. »Gut, dann sieh eben zu, ob du mir einen Tomatensaft besorgen kannst. Wenn man Mixgetränke zweifelhaften Ursprungs und Sprudel meidet, kann es einem passieren, daß man sich bei solchen Gelegenheiten vor einem Glas Wasser wiederfindet, und so weit bin ich noch nicht gesunken. Na ja, wenn alle Stricke reißen, tut es auch Sodawasser.«

Aber Reed, der das Gefühl hatte, er müßte, nachdem er sie schon hierhergeschleppt hatte, zumindest für ein anständiges Getränk sorgen, hatte einen Scotch für sie und sich selbst aufgetrieben. »Dem Himmel sei Dank«, sagte Kate. »Wenn man vorhat, das Trinken aufzugeben, sollte man es nicht unter einem derartigen Druck tun, meinst du nicht auch?« Reed lächelte ihr dankbar zu. Wenigstens schmollte Kate nie.

»Was tust du hier, Lillian«, fragte Kate. »Bist du hinter meinem Rücken unter die Yuppies gegangen?«

Lillian zuckte leicht zusammen. »Ein Yuppie ist jemand, der nach 1950 und vor 1969 geboren ist, in einer Großstadt lebt und mehr als vierzigtausend Dollar im Jahr verdient. Für den letzten Punkt habe ich mich nicht qualifiziert. Ich verdiene dreitausend Dollar im Jahr, wenn ich arbeite, und ich bin hierhergekommen, weil die Familie es befohlen hat, weil Leo hier ist und weil sie gesagt haben, daß du vielleicht kommen würdest; nicht daß ich das geglaubt hätte.«

»Schauspielerst du noch?« fragte Kate.

»Das hoffe ich doch. In meinem Beruf ist man entweder Kellnerin oder in der Textverarbeitung. Ich mache nachts Textverarbeitung für Anwaltskanzleien. Das wird sehr gut bezahlt, und ich habe tagsüber frei.«

»Wenn du mich fragst, dann lohnt es sich fast, mit dreitausend Dollar im Jahr so zu leben«, sagte Leo. »Nach der normalen Definition bin ich ein Yuppie; und ich arbeite die ganze Nacht, den ganzen Tag und das ganze Wochenende über. Die einzige Zeit, zu der man seinen Schreibtisch verlassen kann, ohne daß die Partner mißtrauisch werden, ist montags bis freitags zwischen neun und fünf. Dann ist man möglicherweise geschäftlich unterwegs oder zur Not auch beim Zahnarzt. Aber am Abend und am Wochenende hat man verdammt nochmal in seinem Büro zu sein.«

»Hör' nicht auf ihn«, sagte Lillian und setzte sich zu ihrer Tante. »Hast du jemals den Film ›Eine Dame verschwindet‹ gesehen?« Kate nickte. »Da gibt es einen herrlichen Dialog zwischen zwei Cricket-Fans. Der eine sagt zum anderen: ›Sie ist, weißt du.‹ Und der andere sagt: ›Ist was?‹ ›Verschwunden‹, sagte der erste. Das ist es, worüber Leo und ich mit dir reden wollen.«

»Ich kann dir nicht ganz folgen, habe ich irgendeinen Zusammenhang nicht mitbekommen?« sagte Kate.

»Lillian beginnt immer mittendrin«, sagte Leo. »In medias res. Das kommt davon, wenn man Griechisch als Hauptfach studiert hat und obendrein eine übertriebene Vorliebe für Ibsens Dramen hegt. Es ist alles ganz einfach und meiner Meinung nach uninteressant. Soll ich erzählen?« fragte er Lillian. Sie nickte.

»Aber«, fügte sie hinzu, »ich behalte mir das Recht vor,

die dramatischen Einzelheiten einzustreuen. Davon gibt es eine Menge.« Kate hörte ihnen mit Vergnügen zu. Sie dachte oft darüber nach, welche Ironie des Schicksals es doch war, daß ihre unmöglichen Brüder – Larry und die beiden anderen – Leo beziehungsweise Lillian produziert hatten. Ihre langweiligen älteren Geschwister hatten sich zweifellos mit der nächsten Generation gelohnt.

»Toby hat Lillian einen Job in der Textverarbeitung besorgt, nachdem sie sich in den Computer und dieses Programm eingearbeitet hatte«, fuhr Leo fort.

»Nicht Onkel Larry?« fragte Kate.

»Um Himmels Willen, nein«, sagte Lillian.

»Lillian kam also um sechs und erhielt ihre Anweisungen von dieser Frau, die in der Kanzlei das Büro für Textverarbeitung unter sich hat. Sie war eine von diesen Frauen, ohne die überhaupt nichts läuft, weißt du. Diese Textverarbeiter sind verdammt wichtig, das kann ich dir sagen. Die Zukunft eines Kollegen kann davon abhängen, ob sie sich seine Arbeit pünktlich vornehmen. Glaube mir, man ist von ihnen abhängig, man muß diese textverarbeitenden Leute und ihren Vorgesetzten für sich gewinnen. Die Chefs setzen niemals einen Fuß in den Wang-Raum, wie wir ihn nennen; sie schicken immer jüngere Kollegen mit der Arbeit hin, die sofort benötigt wird. Wenn der dann keinen guten Draht zum Wang-Raum hat, kann er lange warten.« Kate nickte verständnisvoll.

»Also gut«, fuhr Leo fort, »einige Monate, nachdem Lillian angefangen hatte, fiel ihr auf, daß diese Frau nicht mehr da war. Weißt du, Lillian arbeitet nicht ständig dort – ein paar Wochen Arbeit, ein paar Wochen Pause, nicht so wie wir besser bezahlten Chargen. ›Krank‹ hatte man Lillian gesagt. Aber Tatsache ist, daß diese Frau niemals wieder auftauchte. Und –«

»Und«, sagte Lillian, »das war das absolut allerletzte, was irgend jemand irgendwo von ihr gehört hat. Sie war eine verdammt nette Frau.«

»Sind hier alle zufrieden?« fragte Janice, die auf ihrer Gastgeberrunde war. »Kann ich irgend jemandem irgend etwas bringen?«

»Da du so liebenswürdig bist«, sagte Kate, »könnte ich wohl einen Scotch bekommen?«

Janice sah aus, als wollte sie die geeiste Melone erwähnen, änderte dann aber offenbar ihre Absicht. Nicht ohne Vergnügen wurde Kate bewußt, daß sie die einzige Person im Raum war, die sich keine Sorgen machen mußte, ob sie Janice oder vielleicht Bruder Larry mit ihren Wünschen beleidigte. Janice nickte und ging davon, offenbar um den Diener zu rufen. Kate bat Lillian fortzufahren.

»Ich fragte Toby«, sagte Lillian, »und er meinte, ich solle mir keine Gedanken machen; es verschwänden immer mal Leute aus Anwaltskanzleien, besonders Textverarbeiter und sogar deren Vorgesetzte. Die Chefs würden so etwas nie merken, es sei denn, einer ihrer Klienten käme abhanden. Aber, weißt du, diese Frau war besonders nett zu mir, und ich mache mir Gedanken.«

Kate nahm dem Diener den neuen Scotch ab und nickte Lillian ermutigend zu.

»Was meinst du übrigens, wie sie heißt? Charlotte Lucas. Klingt das nicht wie ein Pseudonym?«

»Nur weil Jane Austen diesen Namen gebraucht hat? Nicht unbedingt«, sagte Kate. »Pseudonyme klingen aufgesetzt, weil sie ursprünglich authentische Namen waren. Nimm zum Beispiel Merrill Ashley, die Ballerina. Sie hieß Linda Merrill. Eine andere Tänzerin, Linda Rosenthal, hatte aber den Namen Linda Merrill angenommen. Also mußte Merrill Ashley den Namen Merrill Ashley erfinden. Aber ›Linda Merrill‹ klingt eher wie ›Charlotte Lucas‹, meinst du nicht?«

Kam es nun durch die wundersame Entwicklung der Gene oder durch die Zeit, die sie mit der bewunderten Tante verbracht hatten, jedenfalls reagierten weder Leo noch Lillian mit dem geringsten Erstaunen auf diese Analyse einer Nomenklatur. »Wahrscheinlich hast du recht«, sagte Lillian. »Sobald etwas verdächtig wirkt, wirkt alles verdächtig; das habe ich schon oft bemerkt. Jedenfalls kommt jetzt etwas Merkwürdiges. Als ich mich entschlossen hatte, mit Toby zu reden, hat er sofort das Thema gewechselt. Weißt du, was er mir statt dessen erzählt hat, streng vertraulich natürlich?«

»Natürlich«, murmelte Kate.

»Also, ich habe es nur Leo erzählt und jetzt dir. Vielleicht kannst du einen Sinn darin erkennen. Vor Jahren hat Toby ein Testament für eine Schriftstellerin gemacht. Englisch und berühmt, mehr wollte Toby nicht sagen. Sie ist schon vor Ewigkeiten gestorben, wann genau weiß ich nicht. Dann kam eine andere Schriftstellerin, ebenfalls englisch und sehr akademisch, der die erste Schriftstellerin alles hinterlassen hatte, zu Toby und machte *ihrerseits* ein Testament. Als er das erste Testament abfaßte, war Toby bei einer anderen Anwaltskanzlei; er brachte die erste Schriftstellerin als Klientin mit, als er zu Dar & Dar kam. Jedenfalls, als die zweite vor kurzem Kontakt mit ihm aufnahm und wissen wollte, ob mit dem Testament alles in Ordnung sei und wir in der Lage wären, die Erben aufzufinden, konnte Toby sie nicht finden – ich meine, die eine der beiden im Testament genannten Personen. Er hätte natürlich den Sohn der Frau ausfindig machen können, aber wo der war, wußte die Schriftstellerin selbst.«

»Gibt es irgendeinen Zusammenhang mit dem Verschwinden von Charlotte Lucas?« fragte Kate.

»Natürlich nicht«, sagte Leo. »Welchen Zusammenhang könnte es denn da mit einiger Wahrscheinlichkeit überhaupt geben? Lillian langweilt sich in der Textverarbeitung und sucht eine aufregende Abwechslung – wer könnte ihr das übelnehmen?«

»Hätte Toby denn irgendein Interesse daran, Charlotte Lucas zu finden?« fragte Kate.

»Ich habe noch nicht wieder mit ihm darüber gesprochen«, sagte Lillian. »Nur mit dir und Leo. Aber ich habe das Gefühl, wir sollten etwas unternehmen.«

»Hoffentlich nicht, ohne mit Toby darüber zu reden«, sagte Kate.

»Wir dachten, das könntest du vielleicht tun«, meinte Lillian.

»Warum denn ich?«

»Als Junganwalt aus einer anderen Kanzlei kann Leo schlecht mit Toby sprechen; er sollte nicht einmal etwas von der Sache wissen. Etikette, oder was weiß ich. Und ich glaube, als kleine Textverarbeiterin kann ich nicht mehr Druck machen. Ich meine, es würde wirklich so aussehen, als versuchte ich, eine Szene zu machen. Du dagegen könntest Toby ganz beiläufig sagen, du hättest von der Sache gehört, und sie hätte deinen Detektivinstinkt angesprochen. Würdest du das tun, Kate?«

»Wahrscheinlich nicht«, sagte Kate. »Aber laß mich darüber nachdenken. Ich werde euch in jedem Fall Bescheid sagen. Ich glaube, ich sehe unsere Gastgeberin auf uns zusteuern, um unsere kleine Gruppe zu sprengen. Ihr wißt ja, eine vertrauliche Plauderei ist nicht sehr partyfreundlich.«

»Lillian«, sagte Janice, »ich möchte dir einen neuen Partner aus Larrys Kanzlei vorstellen. Von der Harvard Law School. Ich habe ihm erzählt, daß du in Radcliffe studiert hast und daß ihr bestimmt eine Menge gemeinsam habt.«

Kate war geflüchtet, bevor sie Lillians Antwort hören konnte. Lillian war wirklich sehr hübsch, aber unglücklicherweise, zumindest nach Meinung der meisten Fanslers, von konventionellen jungen Männern bis zur Verzweiflung gelangweilt. »Wenn ich den Standpunkt eines jungen Anwalts wissen möchte, kann ich immer Leo fragen«, war ihre übliche Reaktion. Leo verschwand jetzt auch, um irgend jemandem vorgestellt zu werden. Und Kate fragte sich, wann das Dinner stattfinden und ob es, wie Leo angedroht hatte, ein japanisches sein würde; die Japaner gehörten nicht gerade zu ihren ethnischen Favoriten auf kulinarischem Gebiet; Kate hatte sich nie wirklich mit rohem Fisch anfreunden können.

Sie entdeckte einen bequemen Sessel am anderen Ende des Raumes und steuerte darauf zu. Lillian und Leo hatten ihr den ersten Teil des Abends angenehm gemacht; zum Dinner würde ihre Schwägerin sie irgendwo hinsetzen, wo sie mit einem dieser Juristen, der hoffentlich nichts von ihrer Verbindung mit Reed wußte, Konversation treiben oder diese über sich ergehen lassen müßte; wahrscheinlich würde ihr Tischnachbar eine Menge höchst amüsanter Dinge sagen, die sie Reed später erzählen konnte. Bis dahin war ihr nach einer einsamen Zwischenrunde zumute. Aber kaum hatte sie den Sessel erreicht, da sprach sie auch schon ihr Bruder an. Nachdem er sie nun schon eingeladen hatte, fühlte sich Larry zweifellos verpflichtet, wenigstens ein Mindestmaß an Höflichkeit zu zeigen – was er so Höflichkeit nannte.

»Nun, Kate«, sagte er und lehnte sich waghalsig an die Kante eines in der Nähe stehenden Tisches.

»Na, was machst du denn so?« In einem für die mittleren Lebensjahre so typischen Schwall von Erinnerungen fiel ihr ein, daß er sie schon als Schulmädchen auf die gleiche Weise auszufragen versucht hatte, wenn er von Harvard heimkam. »Nichts Besonderes, Larry«, hatte sie damals gesagt, und das sagte sie auch heute.

»Ich freue mich, daß du gekommen bist«, sagte er, stand auf und tätschelte ihren Arm. »Du scheinst mit der Jugend besser zurechtzukommen als ich«, fügte er hinzu; was ein Kompliment hätte sein können, geriet ihm zur Beleidigung. »Nun, wenigstens haben die letzten Präsidentschaftswahlen gezeigt, daß sie zur Besinnung kommt. Nicht wie diese sechziger Generation. Recht beruhigend, nicht wahr?«

Kate nickte geistesabwesend, als er wegging. Irgendwann im Laufe ihrer Beziehung hatte Kate beschlossen, Larry, ja alle ihre Brüder, seien es nicht wert, daß man mit ihnen diskutierte, eine Erkenntnis, die sie selbst traurig machte, ihre Brüder dagegen, daran hatte sie keinerlei Zweifel, mit Erleichterung erfüllte. Die Erkenntnis, daß ein Gespräch keinen Sinn hatte, war für Kate gleichbedeutend mit dem Aufgeben einer Beziehung. Manchmal fragte sie sich, da sie keine Schwestern besaß, wie es wohl gewesen wäre, einen netten Bruder zu haben, mit dem sie die Art von Kameradschaft verbunden hätte, wie sie sie jetzt für Leo und Lillian fühlte. Sei dankbar für das, was du hast, ermahnte sie sich selbst. Die jungen Leute sind die besseren Freunde, und obendrein haben sie den Vorteil, daß sie einen überleben und man nicht darauf warten muß, daß einem ihr Tod das Herz bricht. Ich habe es geahnt, ich hätte nicht herkommen sollen, sagte sie sich. Reed war offensichtlich dabei, die Verbindungen herzustellen, die für die Welt der Juristen, in der er sich jetzt bewegte, so wesentlich waren. Man mußte Leute kennen; man mußte so tun, als wäre man einer von ihnen, selbst wenn man es im Innern nicht war. Nur dann konnte man effektiv arbeiten.

Aber beim Dinner erlebte sie eine freudige Überraschung: Man hatte sie neben Toby gesetzt. »Dafür habe ich gesorgt, Kate«, sagte er. »Ich hoffe, es macht dir nichts aus. Bei seinen Eskapaden im Interesse der jungen Leute unterstütze ich Larry zwar aus ganzem Herzen, aber als ich hörte, daß du kommst, habe ich mich mehr als sonst auf heute abend gefreut.«

»Es tut gut, dich zu sehen«, sagte Kate, »und, zugegeben, es ist eine große Erleichterung. Ich dachte schon, ich müßte mit jemandem aus der Verwaltung reden, der auf dem Weg zur Spitze ist im Amt für Wirtschaftliche Entwicklung in New England: pausenlos nach oben auf der Karriereleiter.«

»Über das, was unsere Juristen so bewegt, scheinst du gut unterrichtet zu sein.«

»Es scheint, als wäre das mein Schicksal. Brüder, Ehemänner und nun auch die nächste Generation. Ich frage mich, wann wissensdurstige junge Leute wohl wieder Doktorgrade in geisteswissenschaftlichen Fächern anstreben werden. Zweifellos herrscht jetzt ein anderes Klima. Aber wenn ich heute abend schon mit einem Juristen reden muß, was wohl unvermeidbar ist, bin ich froh, daß du es bist.«

Kate war Toby zum ersten Mal begegnet, als sie beide jung und noch wendig waren, wendiger, so schien es Kate, als die Jugend von heute. Sie sagte es Toby: »Oder denkt das jeder, der älter wird und seine Illusionen verliert?«

»Nein«, sagte Toby. »Ich glaube, du hast recht. Wir wußten, daß die Welt, in der wir lebten, nicht besonders gut war, aber das hinderte uns trotzdem nicht an dem Versuch, sie zu verbessern. Die Jungen heute glauben, daß ›Erfolg haben‹ alles auf der Welt ist. Vielleicht weil die Zweifel, hätten sie welche, zu schwer zu ertragen wären. Ich vermute, daß dies der Grund ist, was meinst du?«

»Wahrscheinlich. Aber sie ertragen meinen Bruder, weil es sich für sie lohnt. Du findest dich mit ihm ab aus Loyalität und Nächstenliebe; ich glaube, da liegt ein Unterschied. Wie *hältst* du es mit ihm aus, wenn diese Frage nicht allzu taktlos ist?«

Aber Toby sollte die Frage nicht beantworten, nicht an diesem Abend. Die Dame an seiner anderen Seite forderte seine Aufmerksamkeit, und Kate wurde, wie auf ein für sie unhörbares Zeichen, gleichzeitig von ihrem linken Tischnachbarn angesprochen. Bevor sie und Toby sich jedoch am Ende des Dinners verabschiedeten, vereinbarten sie demnächst einen gemeinsamen Lunch. Abgesehen von Lillians Sorgen freute sich Kate auf ein Gespräch mit Toby. Es interessierte sie, was ihn beschäftigte – neben dem Verschwinden von Charlotte Lucas und einer namenlosen englischen Schriftstellerin.

2

Kate war erstaunt, am Anfang der nächsten Woche nach ihrer Sprechstunde Lillian vorzufinden, die auf sie wartete. »Ein interessantes Völkchen«, sagte Lillian, als Kate sie ins Büro bat und die Tür hinter ihr schloß. »Ich habe mich als Studentin ausgegeben und sie gefragt, was sie von dir halten. Die Meinungen waren unterschiedlich.«

»Findest du nicht, daß das unaufrichtig war?«

»Wahrscheinlich schon. Ich bin unmoralisch und unheilbar neugierig. Ist dir das noch nicht aufgefallen?«

»Ich weiß, daß du eine besondere Vorliebe für extravagante Aktionen hast, was, wie ich annehme, von einer gewissen beruflichen Unzufriedenheit herrührt.«

»Woher weißt du, daß es sich nicht um eine private Unzufriedenheit handelt?«

»Höchst einfach (= lit. Zitat), mein lieber Watson. Es ist unwahrscheinlich, daß du mich in einer persönlichen Angelegenheit um Rat fragst: In solchen Fällen sind normalerweise Gleichaltrige die Ratgeber, nicht Tanten. Zweitens bezweifle ich sehr, daß du Probleme mit deinem Privatleben hast. Vielleicht hättest du welche gehabt, wenn du zu meiner Zeit jung gewesen wärest. Heute, würde ich sagen, gehörst du zu den glücklichen Menschen, die für die Zeit und den Ort geschaffen sind, in denen sie leben.«

»Wunderbar. Übrigens habe ich Holmes' Schlußfolgerungen immer für überbewertet gehalten. Die Leute, mit denen er zu tun bekommt, haben immer etwas Besonderes an sich: vom Kratzer auf der Uhr über eine schlechte Gesundheit bis zum Verfolgungswahn. Mit mir hätte er nichts anfangen können. Aber ich bin froh, daß du Watson erwähnt hast, weil ich deswegen hier bin.«

»Das ist aber eine tolle Neuigkeit, Lillian. Gibt es ein neues Stück über Holmes, bei dem Watson eine Frau ist, und du sollst diese Rolle spielen? Oder ist es eine Hosenrolle?«

»Du bist komisch, Kate. Es ist kein Theaterstück; davon hätte ich schon längst etwas erzählt. Nein, ich bin dabei, Watson zu spielen, zumindest hoffe ich das. Mit dir als Holmes.«

Kate starrte ihre Nichte an. »Meine Liebe«, sagte sie, als sie schließlich ihre Stimme wiedergefunden hatte, »ich weiß, die Zeit ab Mitte zwanzig ist eine schwierige Phase im Leben. Aber es hat sich gezeigt, daß viele Leute, die heute sehr erfolgreich sind, in ihrer Jugend lange Perioden großer Unentschlossenheit durchgemacht haben. Hast du Erikson gelesen? Denk an Luther, William James, Shaw, Yeats. Auf keinen Fall kannst du mich in die Rolle von Holmes drängen. Außer der Körpergröße und der Magerkeit haben wir nichts gemeinsam. Ich habe keine Adlernase, spiele nicht Geige, habe nie Kokain probiert oder irgendein anderes Rauschgift – Rauschgift ist übrigens die einzige der revolutionierenden Neuerungen modernen Lebens, die ich ganz entschieden ablehne –, bin kein Engländer und kann nicht die eine Zigarettenasche von der anderen unterscheiden, um nur einiges zu nennen.«

»Du scheinst eine Menge über ihn zu wissen.«

»Im Gegenteil, jeder Sherlockianer würde dir sagen, daß ich überhaupt nichts von ihm weiß, außer dem, was man als Kind beim Lesen so aufschnappt. Warum, um alles in der Welt, diskutieren wir über Sherlock Holmes?«

»Du bist eine Frau, und du bist Detektivin, zumindest von Zeit zu Zeit. Zwischen deinen Fällen hältst du Vorlesungen – alles was Holmes gemacht hat, ist Geige spielen und herumschnüffeln. Da ist kein großer Unterschied.

Was dir fehlt, abgesehen von Nebel, einer fabelhaften Zimmerwirtin und dem Talent zur Verkleidung, ist Watson. Ich. Nein, sag jetzt nichts Kluges, hör einfach zu. Du stehst am Beginn eines Falles; ich spüre das. Das Verschwinden von Charlotte Lucas. Ich werde alles aufschreiben. Und wenn mein Bericht Anklang findet, so wie der von Watson, werde ich auch deine früheren Fälle aufschreiben. Ist dir je aufgefallen, wieviele Frauen Holmes aufgesucht haben und wie gut er ihnen zu ihrem Recht verholfen hat?«

»Glaubst du, die schlafende Charlotte Lucas wird jede Nacht von einer gefährlichen Schlange heimgesucht, die auf Pfiff gehorcht?«

»Was für ein gutes Gedächtnis du doch hast.«

»Jeder erinnert sich daran. Ich schlage vor, du gehst zu einem Treffen von Sherlockianern oder Baker Street Irregulars, oder wie sie sich sonst noch nennen mögen, und lernst wirklich etwas über Gedächtnis und Details. Ich war nur eine müßige Leserin und das vor Ewigkeiten. Lillian, sollten wir nicht lieber über dich reden?«

»Was gibt es da zu reden? Ich trete gelegentlich in einem Stück auf, weit unbedeutender als off – Broadway; manchmal sind es nur Stücke von Neulingen. Hast du dich mal gefragt, warum die Schauspieler immer so viel besser sind als die Stücke? Ich frage mich das ständig. Wie ich dir schon erzählt habe, verdiene ich mir meinen Lebensunterhalt in Anwaltskanzleien in der Textverarbeitung. Langeweile und keine Sozialleistungen, aber gute Bezahlung bei freier Arbeitseinteilung. Zugunsten der aufregenden Kanzleien muß ich sagen, daß sie immer froh sind, wenn man da ist. Aber mit Toby in einer Kanzlei zu arbeiten ist viel besser als anderswo. Er ist ein netter Mann. Ich glaube, daß er Sorgen hat, schwere Sorgen.«

»Ich habe das Gefühl, du willst ein Stück schreiben mit Toby, mir und dir selbst als Hauptpersonen. Warum machst du dich nicht auf und schreibst es?«

»Was ist mit Charlotte Lucas und der englischen Schriftstellerin? Kate, versprich mir, daß du mit Toby zum Lunch gehst und ihn dazu bewegst, sich dir anzuvertrauen. Dann kannst du mir alles über die Sache erzählen.«

»Das ist ein zutiefst unmoralischer Vorschlag.«

»Unsinn. Er wird dir schon nicht erzählen, daß er jemanden umgebracht hat. Ich meine ja nur, daß du mich von Anfang an einweihen sollst.«

»Lillian, ich bin müde, und ich gehe jetzt nach Hause. Es gibt keinen Fall, und wenn es einen gäbe, wäre ein Watson das Letzte, was ich brauchen würde.«

»Jeder braucht einen Watson. Wenn wir alle einen Watson hätten, bräuchte niemand einen Therapeuten, Analytiker oder Beichtvater. Hast du daran gedacht?«

»Das ist vielleicht eine sehr inhaltsschwere Beobachtung, aber zufällig brauche ich keinen von ihnen.«

»Genau deswegen habe ich dich ausgewählt. Bitte Kate, mach' doch mit. Laß uns gleich bei Toby anfangen. Wenn du mir, nachdem du ihn getroffen hast, sagst, ich soll weggehen und spielen, werde ich gehen. Aber laß uns bis dahin warten. Einverstanden?«

Kate war hin- und hergerissen zwischen Überraschung, Unmut und Belustigung und stimmte zu. Was würde Toby ihr schließlich schon erzählen können?

Toby lud Kate zum Lunch in den Harvard Club ein, und sie fragte sich schon beim Aperitif, ob Lillian nicht besser Holmes wäre. Toby hatte wirklich Sorgen. Kate wollte der Unterhaltung eine Wendung ins Unverfängliche geben und fragte, warum der Harvard Club sich den Kopf eines toten Elefanten an die Wand der Halle genagelt hätte. »Ist nicht schon genug Leder auf den Sesseln?« fragte sie.

»Du hast die Portraits noch nicht gesehen: Präsidenten der Vereinigten Staaten, die Harvard besucht haben, Präsidenten von Harvard, Präsidenten des Harvard Clubs. Gibt es sonst noch jemanden auf der Welt? Wenn das der letzte Kopf des letzten Elefanten auf der Welt wäre, gäbe es dann ein besseres Schicksal, als die ehrwürdigen Wände des Harvard Clubs zu zieren?«

»Ich weiß nicht, was ich sagen soll, Toby; du bringst mich aus dem Konzept.«

»Wie fühlt sich Reed in seinem neuen Job?«

»Bestens, glaube ich. Er sagt, das akademische Leben auf höherer Ebene ist das Entspannendste und Befriedigendste, was er kennt. Er hatte recht, daß er das ausprobieren wollte, bevor die alte Ordnung sich wandelt (= lit. Anspielung).«

»In den Anwaltskanzleien hat sich die alte Ordnung schon gewandelt. Sogar bei Prozessen arbeiten sie für große Gesellschaften und sorgen für die Abweisung von Klagen, die von Einzelpersonen gegen diese erhoben worden sind; es ist ja nicht falsch, wenn große Firmen sich verteidigen, aber manche Verfahren – nimm zum Beispiel die Prozesse wegen giftiger Chemieabfälle und Umweltverschmutzung – sind so abstoßend, daß nicht einmal die ehrgeizigsten Juristen daran arbeiten wollen. Oder eine Kanzlei hat mit einer Firmenfusion zu tun, die niemandem nützt, bei der es vielleicht um goldene Fallschirme geht, oder was weiß ich. Es scheint jedenfalls nicht einen Sechzehnstundentag von hochintelligenten Männern und Frauen wert zu sein.«

»Mein Lieber, du klingst wie Leo.«

»Natürlich tue ich das; Leo hat recht.«

»Warum lassen sich die großen Gesellschaften nicht einfach auf Vergleiche ein?«

»Weil das Millionen anderer Leute ermutigen könnte, ebenfalls kleinere Verfahren anzustrengen. Und das würde ins Geld gehen.«

»Sicher, Toby. Aber nach all den Jahren wird dich das doch nicht entmutigen.« Kate sah ihn an und war beunruhigt. Toby gehörte zu den Leuten, die immer da waren. Er war mit einem ihrer Brüder, aber nicht Larry, in Harvard gewesen, und irgendwie gehörte er zur Familie; ungefähr so wie der Junge in ›Brideshead Revisited‹, der immer da war, wenn irgend etwas passierte. Kate hatte den Anfang dieser BBC-Serie geliebt und das Ende gehaßt, so wie sie auch das Ende des Buches gehaßt hatte. Anders als sein Gegenstück in ›Brideshead‹ war Toby bis zum Ende sympathisch geblieben. Während Kate dem Ober beim Tellerwechseln zusah und sich ein Stück Schmalzgebäck nahm, das Toby ihr sehr empfohlen hatte, dachte sie darüber nach, daß er den Tod seiner Frau wohl nie überwunden hatte. Sie war an einem Silvesterabend auf dem Heimweg von einer Party umgekommen, an der Toby wegen einer Grippe nicht hatte teilnehmen können. Sie war mit einem Betrunkenen zusammengestoßen, der mit hundertdreißig auf der falschen Straßenseite fuhr. Kate wußte nicht viel über seine Ehe und war auch mit seiner Frau nie besonders warm geworden; jetzt wurde ihr bewußt, daß sie ihn in den letzten Jahren sehr selten gesehen hatte.

»Ich habe mir angewöhnt, über belanglose Dinge zu reden, und das sogar mit großer Lebhaftigkeit«, sagte er, »weil es wohl zu lange her ist, daß ich mit jemandem über etwas gesprochen habe, was wichtig war. Natürlich meine ich nicht juristische Dinge. Und als alter Egoist meine ich auch nicht die Probleme anderer Leute. Da die Juniorpartner und Kollegen schwerlich mit Larry über irgend etwas reden können, kommen sie meistens zu mir. Auf dem Briefkopf stehe ich nämlich als Nächster.«

»Und mit dir kann man verdammt gut reden. Ich kenne dieses Syndrom«, sagte Kate. »Du nimmst alles in dich auf und gibst nichts von dir. Und wenn ich nicht mit Reed reden könnte ... Hast du mal daran gedacht, wieder zu heiraten?«

»Kate, das ist es, worüber ich mit dir sprechen wollte. Und frage bitte nicht: ›Warum ich?‹ Als Larry mir erzählte, daß er dich zu seiner blöden Party einladen wollte, ist es mir plötzlich bewußt geworden: Na klar, mit Kate muß ich reden. Warum ist mir das nicht früher eingefallen? Ich habe viel mit Lillian geplaudert und oft an dich gedacht, aber erst durch Larrys dummes Gerede bin ich darauf gekommen, daß du genau der Mensch bist, den ich brauche. Sicher habe ich daran gedacht, wieder zu heiraten. Aber zur Zeit lebe ich mit Charlotte Lucas zusammen.«

»Die, die verschwunden ist?«

»Genau die. Nur, daß sie nicht verschwunden ist. Das war so ein Plan, der leider schiefgegangen ist.« Toby schob das Essen auf seinem Teller hin und her und legte schließlich die Gabel nieder. »Du kannst dir nicht vorstellen, wie es mir ging, nachdem Patricia ums Leben gekommen war. Ich meine, sie war einfach nicht mehr da. Ich will nicht behaupten, daß wir eine der idealsten Ehen der Welt geführt haben, soweit es ideale Ehen überhaupt gibt, aber sie funktionierte, wie man so sagt, und wir sind eben so nebeneinanderhergelaufen. Ich habe Stunden gearbeitet; sie spielte Cello und studierte Sprachen, als die Kinder groß waren. Du kennst das ja, obwohl ich mich immer wieder darüber wundere, wie du all dem entgehen konntest. Plötzlich war sie nicht mehr da. Es war niemand da, wenn ich nach Hause kam. Es war niemand da, der wußte, wer Larry war. Es war niemand da, der einen Wahnsinnswirbel machte, wenn es um eine Party von Kollegen ging. Mein Gott, Kate, du weißt bestimmt, was ich meine. Meine Söhne und besonders auch ihre Frauen waren sehr nett und haben mich sonntags immer eingeladen, aber es stand einfach fest, daß ich wieder heiraten sollte. Ich weiß, angeblich soll das für Männer sehr leicht sein. Und vielleicht ist es das auch, wenn man wenigstens ein bißchen was von einem lebenslustigen Wesen hat. Ich habe das nicht. Mit meinen fünfundfünfzig wollte ich mir nicht jemanden nur fürs Bett an Land ziehen. Sicher, es wäre nett gewesen, regelmäßig jemanden im Bett zu haben, aber was ich wirklich brauchte, war eine behagliche, wohletablierte Beziehung. In den letzten Jahren habe ich herausgefunden, daß alles mehr Zeit erfordert, auch Sex, was ja nicht schlecht ist. Manchmal frage ich mich, warum ich immer in Eile war, immer ungeduldig. Ich komme ans Ziel, aber wenn es eine halbe Stunde später ist, ist es auch in Ordnung.«

»Dir war wohl nicht nach dem Heute-diese-morgen-jene-Spielchen zumute?«

»Nein. Ich habe mich höllisch einsam gefühlt. Um ehrlich zu sein, früher hat es Zeiten gegeben, in denen ich mich beinahe freute, wenn Patricia mal weg war. Aber wie lange war das schon? Ein paar Wochen höchstens. Natürlich war mir damals nicht bewußt, wie sehr ich einen Menschen brauche, der einfach zu meinem Leben gehört. Es ging nicht darum – wie man oft annimmt –, daß sich jemand um die Wäsche, das Geschirr oder die Absprachen mit der Putzfrau kümmert. Es bedeutete einfach, daß man etwas sagt und niemand es hört.« Kate nickte.

»Dann kam Charlie in mein Büro. Charlotte Lucas. Ursprünglich war sie gekommen, um Nachforschungen über eine Schriftstellerin anzustellen, deren Testament ich vor Jahren gemacht hatte; es war nicht die, deren

Testament ich noch im Büro habe, zwischen welchen allerdings eine Verbindung besteht: Sie waren befreundet – die Schriftstellerinnen, nicht die Testamente.« Toby lächelte. »Die Testamente vielleicht auch.«

»Toby, mit zunehmendem Alter wirst du immer kryptischer. Bei den goldenen Fallschirmen habe ich dich nicht unterbrochen, aber du solltest mir schon noch einmal langsam wiederholen, wie Charlotte Lucas in dein Büro gekommen ist.«

»Ihr ganzes Leben lang hatte Charlie den Wunsch, Charlotte Stantons Biographie zu schreiben; du weißt, das ist die Schriftstellerin, deren Testament ich vor Jahren aufgesetzt hatte. Gute Biographen sind gute Detektive, sagt Charlie, und als sie das von dem Testament herausgefunden hatte, kam sie ins Büro, um mich aufzusuchen. Übrigens schreibt sie noch immer an der Biographie.«

»Warum machte eine englische Schriftstellerin ihr Testament in Amerika?«

»Aha, schon ist der Detektiv an der Arbeit, nur die geringste Andeutung, und du kümmerst dich überhaupt nicht um mein trauriges Liebesleben.«

»Die Frage liegt doch auf der Hand«, sagte Kate.

»Die Antwort liegt genauso auf der Hand: Sie war in Amerika und hielt Vorlesungen, als sie erfuhr, daß sie krank war. Sie wollte nicht hier vom Tod überrascht werden und nur ein Testament hinterlassen, das sie vor langer Zeit gemacht hatte. Kann ich mit der Geschichte meines Liebeslebens fortfahren?«

Kate lächelte. »Mir ist klar, daß dir das Testament nicht aus dem Kopf geht«, sagte Toby, »und ich verspreche dir, daß ich darauf zurückkomme. Zum Teil ist ja das der Grund, aus dem ich dich sehen wollte, doch nur zum Teil. Aber sprechen wir zuerst über mich, oder besser, ich spreche über mich, und das ist schon seit Jahren nicht mehr der Fall gewesen. Ich hatte schon daran gedacht, jemanden anzuheuern, der sich meine Geschichte anhört. Keinen Psychiater oder so etwas, nur ein menschliches Wesen. Aber eines, das Verständnis haben sollte. Und da habe ich an dich gedacht. Bitte fühl dich jetzt entsprechend geschmeichelt. Jedenfalls sind Charlie und ich zum Abendessen ausgegangen und haben weiter über ihre

Schriftstellerin gesprochen, und es war das erste Mal, daß ich mich richtig entspannt gefühlt habe in Gegenwart einer Frau, die wirklich über ein bestimmtes Thema sprechen und nicht mit mir zu einem Tanztee wollte, bei dem ich sowieso längst alle Schritte verlernt hätte. Oh ja, es gibt schon sehr attraktive Anwältinnen bei Dar & Dar. Aber sie gehören zur Firma, und dafür fühlte ich mich auch zu alt. Ich habe daran gedacht, Kontakt mit einer Kollegin aus einer anderen Firma aufzunehmen, aber das habe ich dann doch nicht getan. Dann kam Charlie. Hast du es eilig? Können wir noch einen Kaffee in der Halle unter dem Elefantenschädel trinken?«

In der Halle versank Kate in einem tiefen Ledersessel; sie dachte, wäre sie ein paar Zentimeter kleiner, würden ihre Füße nur dann den Boden berühren, wenn sie sich auf die vordere Kante setzte. Sie stellte sich die Generationen von Frauen vor, die als Gäste bei den seltenen Gelegenheiten, bei denen sie in früheren Zeiten überhaupt erwünscht waren, auf der Vorderkante riesiger Sessel saßen wie Hühner auf der Stange und den Elefantenschädel betrachteten. »Fahr fort«, sagte sie.

»Die Sache mit der Schriftstellerin übergehe ich jetzt mal. Wir sind öfters ausgegangen und haben uns über Schriftsteller und anderes unterhalten; dann sagte mir Charlie, daß sie einen Job brauchte, um Geld zu verdienen. Galant habe ich ihr vorgeschlagen, sie zu unterstützen; ich verdiene genug für zwei. Aber es war sehr wichtig für sie, unabhängig zu sein. Zufällig hatte die Frau, die unseren Wang-Raum unter sich hatte, gekündigt; Charlie sagte mir, sie hätte jahrelang Büroarbeit gemacht, und fragte, ob ich etwas dagegen hätte, wenn sie sich für den Job bewerbe. Um ehrlich zu sein, ich glaubte keinen Augenblick daran, daß die Kollegen Charlie nehmen würden, einfach weil sie in meinen Augen eine Schriftstellerin war und mir so jung vorkam; sie ist in den Dreißigern. Aber sie hatte gute Zeugnisse und machte einen sehr guten Eindruck; sie bekam den Job. Warum wir den Leuten in der Kanzlei nicht gesagt haben, daß wir, wie man so sagt, miteinander gehen? Weiß der Himmel. Die Relikte ritterlicher Diskretion? Ein natürlicher Hang zur Verschwiegenheit bei uns beiden? Als wir uns entschlossen haben, zusammenzuleben, haben wir es auch niemandem erzählt, nicht einmal meinen Söhnen. Sie gehören zwar zu der Generation, für die ein Zusammenleben ohne Trauschein etwas völlig Normales ist, aber da ich ein zutiefst altmodischer Knabe bin, wie du mit deinen außerordentlichen detektivischen Fähigkeiten schon herausgefunden haben wirst, wollte ich nicht, daß unsere Beziehung in der Firma breitgetreten wird, zumal Charlie beabsichtigte, die Kanzlei bald zu verlassen, um an ihrer Biographie zu arbeiten. Sie sparte, um ihre Nachforschungen zu finanzieren, wie sie es ausdrückte.«

»Toby, bist du glücklich mit ihr? War der Entschluß, heimlich mit ihr zusammenzuleben, wirklich eine gute Idee? Du siehst nicht glücklich aus, und ich möchte, daß du glücklich bist. Wenn du unglücklich bist, sag es mir bitte.«

»Charlie hat mich sehr glücklich gemacht. Eigenartig, daß ich das nicht deutlich gezeigt habe, nicht wahr? Ich sehe sie ... also unsere Beziehung, schon als Selbstverständlichkeit an, und das ist doch das Allerbeste. Wie bei der Gesundheit, du wünschst sie dir, damit du nicht weiter darüber nachdenken mußt. Mir wäre es lieber, deine Nichte hätte mit dieser Geschichte über Charlies Verschwinden gar nicht erst angefangen. Als ich klein war, hatte ich eine Großtante, die Kinder, die sie liebte, ›Glanzäuglein‹ und ›Plusterschwänzchen‹ nannte. Ich erinnere mich daran, wie ich dachte: Wenn sie das noch einmal sagt, gehe ich hinaus und suche mir einen buschigen Schwanz und schlage ihn ihr um die Ohren. Aber genau das ist Lillian: Glanzäuglein und Plusterschwänzchen. Das einzig Beruhigende an der Sache ist, daß niemand etwas davon weiß, nur du und Lillian und Leo.«

»Das stimmt schon; aber es könnte sein, daß wir Lillian Watson spielen lassen müssen, damit sie nicht noch mehr Unruhe stiftet. Lillian ist zuverlässig, wenn man ihr etwas anvertraut; dessen bin ich sicher. Aber wenn ich ihr in hochtrabendem Ton sage: ›Ich kann dir nichts erzählen‹, würde sie wahrscheinlich auf eigene Faust weiterforschen, und wer könnte ihr das verübeln?

Andrerseits können wir ihr schwerlich sagen, wonach wir suchen, solange wir es selbst nicht wissen; oder wissen wir es doch?«

»Soll hier ein Handel stattfinden? Wenn ich Lillian Watson spielen lasse, wirst du mir dann wenigstens zuhören? Aber sei vorsichtig, was Lillian betrifft. Entweder muß sie ihre Textverarbeitung in einer anderen Kanzlei machen, oder sie muß so tun, als kenne sie mich nicht. Ich kann nicht mehr lange leben mit diesen tiefen Blicken unter langen Wimpern.«

»Es scheint dir schon besser zu gehen, Toby. Es muß an den Schwingungen liegen, die vom Elefantenschädel ausgehen. Warum gehe ich eigentlich davon aus, daß es ein männlicher Elefant war?«

»Weil Frauen im Harvard Club nicht zugelassen waren, außer nach höchst strengen Bedingungen. Sicherlich haben sie keine an die Wand genagelt. Kate, würdest du zu uns kommen und mit Charlie und mir reden? Wir möchten dich als Privatdetektiv in einem Fall beauftragen, mit dem wir zu tun haben. Ich kann nicht mehr darüber sagen; im Harvard Club darf man nichts Berufliches unternehmen. Wie jeder weiß, dienen diese Clubs allein gesellschaftlichen Zwecken.«

»Ich würde mich freuen, Charlie kennenzulernen«, sagte Kate. »Darf ich Reed sagen, daß ihr zusammenlebt?«

»Anscheinend muß ich sehr großes Vertrauen in all deine Verwandten haben«, sagte Toby. »In Ordnung, aber um Himmels Willen, sag Larry nichts.«

»Larry habe ich schon seit meinem fünften Lebensjahr nichts mehr erzählt,« sagte Kate. »Warum sollte ich also jetzt damit anfangen?«

Kate hatte nichts mehr von Toby über ein Treffen mit ihm und Charlie gehört. Als sie gerade zu der Überzeugung gelangt war, daß Toby seine Vertraulichkeit wohl bereut hatte – was übrigens recht häufig vorkommt bei Leuten, die, entgegen ihrer Natur, plötzlich über sehr private Dinge sprechen –, wartete Charlie nach dem Ende ihrer Sprechstunde, genau wie vorher Lillian.

Charlie stellte sich vor. »Toby und ich dachten, daß es

besser ist, Ihnen zuerst die Dokumente zu zeigen«, sagte sie, nachdem sie sich gesetzt und die Höflichkeitsfloskeln hinter sich gebracht hatten. »Um Sie nicht mehr als unbedingt erforderlich in Anspruch zu nehmen, habe ich mich entschlossen, Sie am Ende Ihrer Sprechstunde aufzusuchen.«

»Haben Sie die Studenten gefragt, was sie von mir halten?«

»Großer Gott, nein. Hätte ich das tun sollen?«

»Kaum. Ich wollte mich nur vergewissern, daß es gewisse Impulse gibt, denen man mit der Zeit entwächst. Sie haben doch meine Nichte Lillian kennengelernt. Auch sie stand eines Tages vor meiner Bürotür und wartete. Hat Toby sich wieder in seine Schüchternheit zurückgezogen?«

»Eigentlich nicht«, sagte Charlie. »Na ja, vielleicht ein bißchen. Das Wesentliche ist aber: Als wir beide anfingen, die ganze Sache durchzugehen, haben wir festgestellt, daß die Unterlagen alle hier sind. Das heißt, genügend, damit Sie beginnen können, sich mit dem Problem zu befassen, oder zumindest sehen können, wo das Problem überhaupt liegt. Wir hatten übrigens einen Privatdetektiv beauftragt, der den Auftrag aber zurückgegeben hat. Immerhin ist der Mann nett, will Ihnen gern erzählen, was er herausgefunden hat: überwiegend Negatives, aber das ist schließlich auch etwas.«

»Wenn er gescheitert ist, warum sollte ich dann Erfolg haben? Ich habe weniger Zeit, weniger Erfahrung und wahrscheinlich weniger Beziehungen in der Welt der Detektive.«

»Das stimmt schon. Toby und ich haben das sorgfältig erörtert. Dieser Knabe ist sogar nach England geflogen und wird Ihnen alles über seine Nachforschungen dort berichten. Wir werden ihm zwar sein Stundenhonorar für die Zeit zahlen müssen, in der er Sie informiert, aber das wird es wert sein. Wir sind der Meinung, daß jemand, der vielleicht versteht, was für eine Art Frau Alberta war, und außerdem selbst eine Frau ist, mehr Erfolg haben könnte. Sie scheinen ein Gespür für diese Art von Dingen zu haben.«

»Wer ist Alberta?«

»Alberta Ashby ist die Nenn-Nichte von Charlotte Stanton, die eine namhafte Schriftstellerin und Rektorin eines Colleges in Oxford war.«

»Natürlich«, sagte Kate. »Sie hat all diese unheimlich populären Romane über das alte Griechenland, über Ariadne und Hippolyth geschrieben.«

»Genau die. Nein, mehr will ich gar nicht sagen. Ich lasse einfach all diese Unterlagen hier, wenn es Ihnen recht ist. Ich habe sie zufällig bei mir.«

Kate lächelte. Charlie war eine Frau, die wohl auf die vierzig zuging, hübsch anzusehen und auf Anhieb liebenswert. Sie hatte kurzes, welliges rotes Haar und war pummelig auf eine Art, die zu sagen schien: »So bin ich nun mal, und bin ich nicht eine angenehme Gesellschaft?« Es war gar nicht schwer, sich ihre Anziehungskraft auf Toby vorzustellen. Seine Frau hatte sich immer übergenau gegeben, mit einer gewissen Schärfe in der Stimme, die auch dadurch nicht erträglicher wurde, daß sie wahrscheinlich unbewußt war. Sie und Toby hatten sich einen Modus vivendi zurechtgezimmert, wie das die meisten Ehepaare tun: Man kommt zurecht; es funktioniert. Aber mit Charlie, vermutete Kate, lagen die Dinge einfacher; es gab mehr Unerwartetes, mehr Spaß, aber es war auch gefährlicher.

»Wir dachten, ich sollte Ihnen das alles hierlassen. Wenn Sie es dann gelesen haben, können Sie, Toby und ich ausführlich darüber sprechen.« Sie legte einen von diesen schweren Aktenordnern, prall gefüllt, vor Kate auf deren Schreibtisch. »Hier haben Sie Albertas Tagebuch, oder zumindest den Teil davon, der auf der Farm gefunden wurde. Ergänzend zu Albertas Tagebuch sind da alle Briefe, die ich Toby aus Massachusetts geschrieben habe und aus England während meines Zusammenseins mit Alberta. Sie sind nur soweit redigiert, als Dinge herausgenommen wurden, die mit dem Fall nichts zu tun haben. Ich denke, sie werden Ihnen einen recht guten Eindruck von dem vermitteln, was vor sich gegangen ist. Eventuell auftauchende Fragen kann ich dann später noch beantworten; aber ich glaube nicht, daß es viele sein werden.«

Charlie stand auf. »Das hier sind übrigens Kopien. Die Originale haben wir alle behalten, so daß Sie sich darüber keine Gedanken machen müssen, außer daß eben alles sehr, sehr vertraulich ist. Sie werden doch Lillian gegenüber nichts davon erwähnen? Zumindest jetzt noch nicht. Toby hat mir von diesem Problem erzählt, und ich verstehe es; ich mag Lillian. Nur für den Fall, daß Sie ›Lassen Sie es lieber bleiben‹ sagen wollen oder ›Ich glaube, das ist ein Fall für die Polizei‹ oder so ähnlich, wäre es mir lieber, wenn Sie im Moment mit niemandem darüber sprechen würden.«

Kate blieb noch eine Weile sitzen, nachdem Charlie gegangen war. Noch war Gelegenheit, sich mit Anstand aus der Angelegenheit zurückzuziehen. Na ja, dachte sie, ich werde die Sachen mal lesen. Dann suchte sie die neue Akte, ihre alte Aktentasche, ihre Handtasche und all diese wirren Gefühle zusammen, die einen am Feierabend zu überkommen pflegen, und machte sich auf den Heimweg.

3

Albertas Tagebuch

Ich hatte immer gewußt, daß man mich eines Tages aufspüren würde, und doch war ich arglos und unvorbereitet, als die Besucher auftauchten. Wie jeder, der etwas verbirgt, habe auch ich zugelassen, daß meine Angst vor Entdeckung für eine kurze Zeit abnahm.

Ted hatte mir damals von ihnen erzählt und mit diesem Wissen kann ich heute rückblickend die Szene so rekonstruieren, als wäre ich dabeigewesen. Von der Stadt her werden sie einer Richtung gefolgt sein und dabei die Briefkästen und Häuser gezählt haben, und man wird ihnen gesagt haben, daß es die erste Farm ist, zu der sie kommen; dieser Teil war also nicht allzu schwierig. Sie müssen tatsächlich sehr unsicher gewesen sein, wo sie zuerst nachsehen sollten, ob in der Scheune oder im Haus oder auf dem Feld – jedenfalls, erzählte mir Ted, seien sie in die Scheune gekommen, als ob sie in einer Filmszene spielten. Vielleicht war ihre Vorstellung von Farmern auch ein Relikt aus dem vorigen Jahrhundert. Ted rührte Milchpulver für die Kälber an und bereitete das Futter für die Schweine vor, die er dieses Jahr aufzieht; und die Schweine quiekten. Die Kühe waren kurz zuvor gemolken worden, und ich kann mir den Geruch vorstellen, der die Besucher empfing: warme Milch, die den Katzen hingestellt worden war; Jauche und Dung; Schweine – obwohl saubere Schweine weit weniger riechen, als man meint. Ted sagte, die Besucher seien in Dung getreten, der noch nicht weggespült worden war; wenigstens darüber habe ich mich gefreut.

»Wir suchen Alberta Ashby«, sagten sie.

»Ist hier nicht«, sagte Ted lakonisch. Er versucht, sich wie ein Dorftrottel zu benehmen, wenn solche Typen aus der Stadt ihm die Gelegenheit dazu geben. Die Farm gehörte Teds Großvater, und er ist dort aufgewachsen. Aber er ist bestimmt kein Dorftrottel, und seine Frau ist es auch nicht. Doch seit Sommergäste hier in der Gegend die Farmen aufgekauft haben, machen sich Ted und Jean einen Spaß daraus, die Blöden zu spielen. Ich finde, das schadet niemanden, und in diesem Fall bin ich sogar froh, daß er es getan hat.

»Sie heißen Ted Wilkowski?« haben sie gefragt.

»Hab' schon immer so geheißen«, sagte Ted. Er rührte die Milch für die Kälber fertig an und begann, sie in die Boxen gleich neben der Scheune hinauszutragen, in denen die Tiere stehen. Die männlichen Kälber werden als Schlachtvieh aufgezogen, und sie stehen ziemlich eng in ihren Boxen, bis sie verkauft werden. Aber die Boxen sind groß genug, daß sie darin stehen oder liegen können, im Schatten. Es ist nicht so grausam, wie es sein könnte. Ich mag das nicht, aber eine Farm ist kein Platz für Leute mit sentimentaler Einstellung zu Tieren. Die Besucher sahen sich gezwungen, Ted nach draußen zu folgen, wenn sie weiter mit ihm reden wollten, hinaus in eine Menge Matsch; nach einem bedeutungsvollen Blickwechsel taten sie das dann auch. Ted wußte, daß ich über Besuch nicht sonderlich erfreut war, und ermutigte sie daher keineswegs.

»Die Frau, die wir suchen, ist nicht mehr ganz jung. Man hat uns gesagt, daß sie hier auf dieser Farm bei Ihnen lebt und für Sie arbeitet.«

»Tja, wer kann Ihnen das schon gesagt haben?« fragte Ted.

Den Besuchern war inzwischen klar geworden, daß sie so nicht weiterkamen. »Gibt es denn eine Frau, die hier wohnt und arbeitet?« fragten sie.

»Mehrere«, sagte Ted. »Da ist meine Frau, aber die ist nicht hier. Da ist die Farmarbeiterin, aber die ist nicht hier. Da ist meine Schwiegermutter, aber die ist auch nicht hier. Meine Mutter wohnt ein Stück die Straße runter; sie hilft manchmal aus.«

Ted schwört, daß er »ein Stück die Straße runter« gesagt hat; seine Rolle hätte ihn einfach mitgerissen, aber das bezweifele ich.

»Sie sagten, daß Sie eine Frau als Farmarbeiter beschäftigen?« fragten sie.

»Das habe ich nicht gesagt, aber sie ist eine Frau.«

»Wie heißt sie?« fragten sie.

»Tja, wissen Sie«, sagte Ted, »ich glaube, ich habe keine Lust, Ihnen das zu sagen. Warten Sie doch einfach, bis Sie sie gefunden haben und ihr jede Frage stellen können, die Sie wollen. Aber wenn ich Sie wäre, würde ich aufpassen; sie hat ein mächtig wildes Temperament.«

Dann sind die beiden in ihren Wagen gestiegen und davongefahren, nachdem sie vor der Scheune gewendet hatten. Gerade als sie den Wagen erreicht hatten, watschelte eine von Teds Gänsen heran; die Frau streckte ihr die Hand hin, und die Gans hat zugebissen, was mich sehr freut; allerdings nicht fest. Sicher, das wird sie nicht für lange verscheuchen. Aber ich war froh, einen Helfer vor Ort zu haben, der so handelte, wie ich es selbst getan hätte, wäre ich dagewesen.

Am Abend sagte Ted zu mir: »Was du auch angestellt hast, ich fürchte, sie sind dir auf die Spur gekommen. Ich habe mich wie ein entsprungener Irrer benommen, ländliche Variante, soweit ich es eben wagen konnte, aber ich glaube, sie sind nur zu ihrem Motel zurückgefahren, um sich neu zu formieren. Schuldest du ihnen Geld?«

»Ich schulde ihnen gar nichts«, sagte ich, »und auch sonst niemandem. Als ich dir sagte, daß ich kein Verbrechen begangen und niemanden verletzt hätte, war das einfach die Wahrheit. Alles, was die wollen, ist, mir Fragen stellen; vielleicht im Zusammenhang mit einer Schriftstellerin, die noch heute berühmt ist und die ich früher gekannt habe.« (Habe ich das damals geglaubt?) »Und ich möchte nicht über sie sprechen; mehr ist an der Sache nicht dran.«

»Irgendwie hat mich das Ganze an das FBI erinnert, wie es in alten Filmen einen langgesuchten Verbrecher aufspürt.«

Ich lachte und wußte genau, was er meinte. Die meisten Menschen fügen die Dinge gern in Geschichten ein, die sie schon kennen; es gibt ihnen mehr das Gefühl dazuzugehören, als es sonst der Fall wäre. Schriftsteller tun das häufiger als die meisten anderen Leute. Warum sage ich das? Weil ich es verstehe und weil ich selbst eine Art Schriftsteller bin. Was einen Schriftsteller kennzeichnet, ist folgendes: sobald sie – oder er natürlich – niederschreibt, was geschehen ist, macht sie oder er es zu einer Geschichte, also zu etwas, das nicht wirklich passiert ist; es hat Gestalt und Form, aber keine direkte Realität mehr. Ich glaube, viele Frauen führen Tagebuch in der Hoffnung, ihrem unausgefüllten Leben Gestalt zu verleihen.

»Also, ich will keinen Ärger«, sagte Ted, »das weißt du.«

»Habe ich dir welchen gemacht?«

»Noch nicht. Aber ich habe noch nie einen Farmarbeiter gehabt, der mir zum Schluß nicht doch Ärger gemacht hat.«

Ich wußte, daß das stimmte. Das war auch der Grund, warum Ted an unserer Abmachung festhielt. Die Arbeit eines Farmarbeiters ist so ziemlich das Härteste, was es gibt; das Einsamste und das am schlechtesten Bezahlte. Aber das ist zum Teil so, weil Farmarbeiter ihre Bedingungen nicht selbst aushandeln können, weil sie nicht wissen, was sie wollen. Ich wußte es.

Ich hatte Teds Farm, den Tagesablauf und die Gegebenheiten sehr sorgfältig ausgesucht, nachdem mir klargeworden war, daß die Arbeit auf einer Farm genau das war, was ich wollte: harte Arbeit, aber nicht den ganzen Tag lang, wenn auch jeden Tag. Und das ist der Fall bei Kühen. Als ich anfangs hier ein kleines Haus gemietet hatte, wußte ich nicht viel über Kühe, obwohl ich ein paar romantische Vorstellungen vom Leben auf einer Farm hatte. Romantisch heißt nach meiner Definition unrealistisch, verbrämt mit einer falschen Attraktivität, um diejenigen zu täuschen, die unter der Oberfläche nicht die Realität erkennen können. Die ganze Werbung basiert auf Romantik; das gleiche gilt für die Rolle der Frau in unserer Gesellschaft oder (um ein Beispiel männlicher Romantik in den Vereinigten Staaten zu nennen) für das Cowboyleben. Man nimmt den schlimmsten Aspekt eines Lebens – die Abhängigkeit der Ehefrau, die Einsamkeit des Cowboys – und verherrlicht ihn, läßt Ehefrauen oder Cowboys eine Sprache sprechen, die ihnen ihre Situation romantisch erscheinen läßt.

Ich hatte sehr romantische Vorstellungen von der Einsamkeit, vom Alleinleben und davon, nichts anderes zu tun als Schreiben und Lesen, keine Ansprüche erfüllen zu müssen, keinen ermüdenden Job zu haben und nicht in einer oberflächlichen Gesellschaft mit ihrem Geschwätz verkehren zu müssen. Vielleicht verschafft die Einsamkeit dem Künstler in seinen Qualen eine besondere Produktivität. Ich habe einmal über die Philosophin Suzanne Langer gelesen, daß sie sich in eine abgelegene Waldhütte zurückgezogen hatte, um ein Buch zu beenden. Das kann ich verstehen, das Übermaß an Energie, das erforderlich ist, um Gedanken, die sich langsam formen, langsam bewußt werden, zu Papier zu bringen. Aber ich glaube, Einsamkeit kann nur in ganz bestimmten Fällen positiv wirksam werden. Simenon beispielsweise schloß sich immer für die zehn Tage ein, die er brauchte, um einen Maigret-Roman zu schreiben. Sicher, seine liebende Frau mit ihrem wohlorganisierten Haushalt stellte ihm die Mahlzeiten vor die Tür, putzte auch sein Badezimmer. Ich kann heute gut verstehen, daß es Kolonien wie MacDowell und Yaddo gibt, in denen Einsamkeit und der erforderliche Service denjenigen geboten werden, die mit einem Buch oder einem Konzert schwanger gehen. Aber für all diese gilt, daß sie berühmt sind, daß man Erwartungen in sie setzt. Einsamkeit bedeutete für sie die Flucht vor Störungen durch Fremde. Ich war, seit ich allein lebe, ungestört – so ungestört, wie ein Mensch überhaupt nur sein kann.

Als ich hier nach Massachusetts gekommen war, fing ich an, Kühe überhaupt zur Kenntnis zu nehmen. Jeden Morgen und dann wieder gegen vier oder auch früher stellten sie sich auf; nein, sie stellten sich nicht auf, sie drängten sich wild durcheinander, obwohl sie ihre Reihenfolge kannten und die Zeit, zu der sie dran waren; es waren so an die hundert Kühe, die da gemolken wurden; aber es sollte noch eine Weile dauern, bis mich diese Melkerei persönlich anging. Ich suchte verschiedene Farmen auf und spionierte herum. An der Straße gab es einen Farmer, für den ich niemals arbeiten würde, das wußte ich genau. Er hatte keine richtige Einstellung zu Tieren; er behandelte sie mit einem solchen Grad von Gleichgültigkeit gegenüber dem Leben, ein untrügliches Zeichen. Aber er redete gern. Ich hatte herausgefunden, daß er gern seine Arbeit unterbrach, wenn er in meiner Nähe eggte, düngte oder säte, und er trank dann den Eiskaffee, den ich ihm anbot und redete. Jeder redet gern über seine Arbeit, es ist das interessanteste Gesprächsthema der Welt, zumindest am Anfang.

Es gibt zwei absolut unveränderliche Gegebenheiten auf einer Farm mit Milchwirtschaft: Die Kühe müssen morgens und abends gemolken werden, jeden Tag ohne Ausnahme, und man muß mit den Maschinen umgehen und sie reparieren können. Wollte man jedesmal, wenn ein Traktor, ein Heuwender, die Melkmaschine oder das Kühlaggregat defekt ist, auf den Kundendienst warten, wäre man nach einer Woche aus dem Geschäft. Manche Geräte benötigen die Wartung durch einen Fachmann, aber im Alltag muß man etwas von einem Verbrennungsmotor verstehen, von einfacher Mechanik und Elektrizität, wenn man auf einer Milchfarm überhaupt von Nutzen sein will.

Mit Freude an der neuen Aufgabe und einem festen

Stundenplan begann ich, mich in die Mechanik einzuarbeiten. Mein mageres Einkommen ging drauf für Mechanikkurse; ich war geschickt, arbeitete konzentriert und las viel. Die anderen Studenten waren jung und hatten noch zuviele andere Dinge im Kopf. Wenn ich also länger blieb und noch herumbastelte oder auch Fragen stellte, sah mich niemand schief an. Oft schreiben die Menschen ihren Maschinen eine Persönlichkeit zu, in Wirklichkeit aber haben sie keine: nur spezifische unveränderliche Fehlerquellen oder Stärken. Ich mochte Maschinen, teils aus diesem Grund, teils weil die Beschäftigung mit ihnen keine »Frauentätigkeit« war. Sollte die größere Körperkraft des Mannes jemals ein Faktor gewesen sein, jetzt hat sie keine Bedeutung mehr. Maschinen haben Muskeln und eine Kraft, die die des stärksten Mannes übersteigt; der Mensch steuert Geduld und mechanisches Geschick bei.

Als Gegenleistung gab es einen festen Tagesablauf, Einsamkeit und ein Landleben, das für mich eine gute Tarnung bedeutete.

Die Schönheit der Welt, die mich umgab, war das Wichtigste, aber darüber möchte ich mich hier nicht äußern. Voller Belustigung habe ich einmal ein Interview mit Joseph Campbell – der über Mythen und archetypische Sagen geschrieben hat – gelesen, in dem er sagte, er wüßte nicht, ob er überhaupt ein Romanschriftsteller sei. »Wissen Sie«, sagte er zu dem Reporter, »ein Romanschriftsteller muß am Aussehen der Dinge interessiert sein, an der Art, wie das Licht auf seinen Ärmel fällt und so weiter. Dieses Talent besitze ich nicht, und ich fand, daß alles, was ich schrieb, steif war; also habe ich aufgegeben.« Ich bin amüsiert und neidisch auf die Menschen, die sich entschließen, allein zu leben und darüber schreiben, wie ein Kardinalvogel sein Weibchen füttert oder wie ein Waschbär an die Haustür kommt oder über die Mischung aus Ergriffenheit und Freude, die man beim Anblick von Bäumen vor dem Abendhimmel empfindet. Ich aber habe mich der Einsamkeit und dem Landleben hingegeben und schreibe nur über eine Zivilisation, die ich hasse und die mich gleichzeitig fasziniert. Meine Liebe zur Natur ist voller Schmerz und Furcht vor ihrer Zerstörung.

Ich näherte mich Ted und seiner Frau mit großer Vorsicht. Die größte Hürde war – das wußte ich genau –, daß sie mich für verrückt halten könnten, irgendwelchen sonderbaren Lastern ergeben, und mir erst gar keine Chance geben würden. Meine Stärke war, daß ich eine Art Leistung anbieten konnte, die für einen Farmer fast nicht zu bekommen war. Meine Hoffnung mußte meine Angst besiegen. Und ich mußte meine eigenen Forderungen von Anfang an deutlich machen. Ich habe alles so ausgearbeitet, als wollte ich ihr Leben infiltrieren, ganz nach dem Vorbild des FBI. Ich war gerissen und geduldig.

Ted hatte auf seinem Grundstück ein Haus zu vermieten. Es lag zu nah an der Farm und war nicht komfortabel genug, um für länger vermietet zu werden, aber Jäger nahmen es im November, wenn sie zur Jagd gingen, und manchmal Skiläufer, wenn sie nichts Besseres fanden. Es war ein Haus mit einem Zeltdach, das bis auf den Boden hinunter reichte, und war für irgendwelche private Zwecke gebaut worden, als Teds Großvater noch die Farm hatte. Die zeltartigen Häuser waren der große Renner Ende der sechziger Jahre. Sie waren leicht zu bauen, hatten hohe, »domartige« Zimmerdecken, Küche und Bad. Der Schlaftrakt lag auf einer Empore im hinteren Teil des Hauptraumes, und das war ein Mangel in den Augen all derer, die nicht mehr jung und beweglich waren. Um ins Bett zu gelangen, mußte man eine recht hohe Leiter erklimmen oder im Wohn-Eßbereich schlafen. Ich mag hohe und weite Räume; ich mochte die spitz zulaufende Decke, obgleich sie die Heizkosten in schwindelerregende Höhen trieb. Darüber hatte sicher niemand nachgedacht, als das Haus entworfen wurde. Große Bäume warfen ihre Schatten auf das Haus, und ich war froh, daß Teds Großvater sie hatte stehen lassen und den Bauplatz nicht plattgewalzt hatte, wie die meisten anderen. Die Hütte, in der ich noch wohnte, war eng, billig gebaut, und überall blätterte die Farbe ab. Ich hatte begonnen, von Teds Zelthaus zu träumen und mein Leben darin zu planen. Ich besuchte Ted und seine Frau (die ich damals für sein Anhängsel hielt, aber eines mit Kräften, die man bändigen und beruhigen mußte) eines Abends nach dem Dinner. Ich hatte vorher angerufen. Der Abend ist die einzige Tageszeit, zu der man mit einem Farmer reden kann, es sei denn, man folgt ihm oder ihr in die Scheune oder aufs Feld. Sie sind müde und werden sicher nicht lange mit einem aufbleiben, aber ihre Aufmerksamkeit ist vorhanden. Am Telefon hatte ich nur gesagt, daß ich mit ihnen über eine bestimmte Sache sprechen wollte; ich beabsichtigte, sie zu überrumpeln, und das ist mir auch gelungen.

Teds Frau hieß Jean; ich hatte sie ein- oder zweimal im Supermarkt gesehen, wo sie sich geschmeidig und lässig in ihrer bequemen Farmerkleidung bewegte; sie war nicht geschminkt. Das gefiel mir. Wir verstanden einander auf eine instinktive Weise vom ersten Augenblick an. Ich habe versucht, mir das zu erklären, aber die meisten intuitiven Wahrnehmungen kann man nicht beschreiben. Irgendwann werde ich es niederschreiben. Wir fürchteten einander nicht, und wir mußten uns nicht hinter Masken verbergen; genauer kann ich es nicht beschreiben. Ich glaube, das senkte die Waagschale zu meinen Gunsten; zumindest hat es dazu beigetragen.

Ich hatte meinen Plan sorgfältig ausgearbeitet und schriftlich festgehalten; das hat ihnen imponiert und sie auch ein wenig erschreckt, was durchaus in meiner Absicht lag. Sie sollten eine gewisse Scheu vor mir haben und auch behalten.

»Es ist kein rechtsgültiger Vertrag«, sagte ich, »ich wollte nur meine Forderungen und meine Angebote auflisten und sie mit den Ihren abstimmen. Es sollte eine Probezeit geben. Ich kann Ihnen zwar sagen, daß ich stark, leistungsfähig und zuverlässig bin, aber herausfinden müssen Sie es selbst. Was ich an Tätigkeit anzubieten habe, ist folgendes: Ich werde jeden Morgen das gesamte Melken übernehmen, auch das Melken am Nachmittag oder, wenn es Ihnen lieber ist, jede andere Tätigkeit für die Dauer der Melkzeit. Ich kann die Maschinen warten, eggen, wässern, Getreide ernten, für die tägliche Fütterung das Gras mähen. Meine Arbeitszeit wird nur drei Stunden morgens und drei Stunden nachmittags betragen. Sie werden mich nicht um irgendeine Extraarbeit bitten. Wenn Sie wegwollen für einen Tag oder eine Woche und mir beide Melkzeiten überlassen, müssen Sie für die übrige Arbeit noch jemanden besorgen. Ich möchte, daß klar ist: Ich arbeite nur so lange, wie beide Melkzeiten dauern. Als Gegenleistung möchte ich in Ihrem Zelthaus wohnen; es soll mein Zuhause sein, ich werde es in Ordnung halten und Sie werden es nicht betreten, wenn ich zu Hause bin. Zusätzlich zahlen Sie mir fünfzig Dollar pro Woche.« Über diesen Betrag hatte ich besonders eingehend nachgedacht. Zusammen mit meinem mageren übrigen Einkommen würde ich damit leben können. Ich hoffte, ich würde damit unter der Einkommensteuergrenze bleiben. Was ich bekam, wollte ich behalten, und ich wollte darauf rechnen können. Dies waren meine Bedingungen, nicht mehr und nicht weniger, auf keiner Seite.

»Ich erwarte nicht, daß Sie sich jetzt entscheiden«, sagte ich ihnen. »Vielleicht sollten wir sagen, daß, wenn Sie einverstanden sind, jede Seite das Arbeitsverhältnis jeweils zum Ende einer Woche kündigen kann, und das während der ersten drei Monate. Zuerst werde ich mich vielleicht ungeschickt beim Melken anstellen, aber ich werde es schnell lernen. Das gibt Ihnen eine gewisse Freiheit, die Sie sonst nicht hätten. Für mich bedeutet es harte Arbeit, jeden Tag, ein schönes Heim und zwischen der Arbeit Zeit zum Schreiben, denn das ist mein Beruf.« Ich wollte nicht, daß sie sich allzuviele Gedanken über mich machten.

Ich trank den Kaffee aus, den sie mir angeboten hatten, und ging. Ich ging die Straße entlang nach Hause in der Hoffnung, ja sogar in der Erwartung, daß der Handel aufging. Ich hatte sie sehr in Versuchung geführt, und ich glaubte, den richtigen Farmer ausgesucht zu haben. Er war nicht ungebildet, das heißt, er war nicht übermäßig mißtrauisch. Der Gedanke, daß eine nicht mehr ganz junge Frau schwere körperliche Arbeit auf sich nimmt, war sicherlich ungewöhnlich, aber seine Frau würde jeder Befürchtung dieser Art widersprechen. Wie ich schon vermutet hatte und später bestätigt bekam, haßte sie »Frauenarbeit«. Als die Kinder klein waren, mußte sie, soweit notwendig, einen Babysitter engagiert haben, um selbst den Traktor fahren zu können. Jetzt waren die Kinder – ein Junge und ein Mädchen, beide gleich groß und altersmäßig nahe beinander – oft bei ihr, wenn sie im Sommer auf dem Feld arbeitete. Auch sie hatte ich in meine Rechnung mit einbezogen. Ich mag Kinder nicht, aber solange ich meine Würde behalten kann, kann ich mit ihnen auf gleicher Ebene umgehen. Als ich das hell erleuchtete Wohnzimmer verlassen hatte, schien mir die Nacht sehr dunkel, aber bald hatten sich meine Augen an das sanfte Nachtlicht gewöhnt; der Mond schien an diesem kühlen Märzabend. Ich war freudig erregt und spürte diese Wogen eines Glücksgefühls, das sich einstellt, wenn man etwas Neues vorhat, wenn man glaubt, sein Leben in eine geordnete Bahn gebracht zu haben, und mutig genug ist, es durchzustehen, auch in schwierigen Zeiten.

Eine Woche später zog ich in das Haus ein.

Ich hatte es natürlich noch nicht richtig von innen gesehen, sondern nur durch die Fenster geschaut, wenn ich wußte, daß niemand auf der Farm war. Die Labradors, die als Haus- und Wachhunde gehalten wurden, bellten mich wütend an, aber da ich so oft vorbeigekommen war und so wenig Angst zeigte, haben sie mich mit der Zeit als jemanden akzeptiert, der das Recht hatte, sich dort aufzuhalten. Innen sah das Haus mit dem Zeltdach sogar noch besser aus: Die Wände waren gebeizt, und es blätterte keine Farbe ab. Ich mochte die Dunkelheit; Sonne gab es draußen genug. Irgend jemand hatte der Hausfront eine Veranda vorgebaut, die mir nicht gefiel, aber ich habe dann Holz dort gestapelt; auch war sie ein guter Platz für meine matschigen Arbeitsstiefel, so daß sogar die Veranda ihren Nutzen hatte. Voll Stolz erzählte mir Ted, daß das Bad mit Keramikfliesen ausgelegt sei. Er mußte einen Brunnen für das Haus graben und hatte gehofft, daß die Niederschläge im Frühling ausreichen würden, aber in trockenen Sommern wurde das Wasser knapp. Die Brunnenbauer mußten dreihundert Fuß tief graben, bevor sie Wasser fanden, und auch das gelang erst beim zweiten Versuch, nachdem ein Rutengänger gerufen worden war. Ich fand es komisch, daß man Rutengängern so wenig vertraute und sie erst rief, nachdem der erste Versuch fehlgeschlagen war; dann aber wurden die Brunnenbauer fündig. Ich fand es komisch, aber ich war auch der gleichen Meinung: Man nimmt magische oder verborgene Kräfte nicht ohne weiteres in Anspruch; nicht zu früh und auch nicht leichtfertig.

»Vielleicht sollte ich die ersten beiden Male mit Ihnen

zusammen melken«, sagte Ted, um mich herauszufordern.

Ich nahm die Herausforderung nicht an, schließlich war ich schon zu alt, um mich selbst zum Narren zu machen.

»Ich wäre Ihnen dankbar«, sagte ich. »Ich habe zwar die Vorgänge im Melksalon studiert« – ich sah, wie er über diesen Ausdruck lächelte – »und ich weiß, daß ich es in einer angemessenen Zeit schaffe. Das Gewicht der Maschinen ist kein Problem, aber wenn Sie mir helfen, die Routine zu bekommen, werde ich es schneller und besser lernen.«

Er zuckte die Schultern, und sicherlich dachte er, es würde nicht klappen. Aber schließlich hatte er sehr wenig zu verlieren (das Haus würde sowieso niemand mieten), und obwohl ich ein Risiko für ihn war, käme ich vielleicht doch zurecht ... Am Tag nach meinem Einzug fingen wir mit der Arbeit an.

Wir brauchten nicht lange, um festzustellen, daß wir ein menschliches Wunder vollbracht hatten, die beiden auf ihrer Seite und ich auf der meinen. Unsere Kultur spricht von diesem Phänomen nur im Zusammenhang mit heterosexueller Liebe, Romanzen und Ehe, aber auch Freundschaft hat ihre Wunder und eine Arbeitskameradschaft vielleicht noch mehr. Ich habe ihnen den kleinen Bruchteil eines harten Lebens mit vielleicht zu hohen Anforderungen abgenommen, der ihnen nun gerade genug Spielraum läßt, um ein wenig zu träumen. Ich war sehr sorgfältig in meiner Arbeit und nach relativ kurzer Zeit auch tüchtig. Sie ließen mich in Ruhe. Sie versuchten niemals, mein Haus zu betreten oder danach zu sehen, wenn ich nicht da war. Ich weiß das, weil ich kleine Vorrichtungen aufgebaut hatte, die mir das angezeigt hätten. Langsam haben sie mein Vertrauen gewonnen, langsamer, als ich das ihre. Als die Besucher kamen, war Ted so sehr auf meiner Seite, wie ein Schuljunge in einer englischen Geschichte. Wir waren gute Freunde und Verbündete gegen die anderen. Ich hatte einen wirklichen Freund gefunden.

4

Albertas Tagebuch

Als ich zum ersten Mal einen Freund gefunden hatte, war ich acht Jahre alt und zu einem Besuch in England. Man hatte mich nach Oxford geschickt, um bei einer Tante zu bleiben – von Anfang an wußte ich, daß diese Verwandtschaftsbezeichnung ein Ehrentitel war – und zwar für die Dauer meiner ganzen amerikanischen Schulferien. Warum das anfing, als ich acht war und nicht vorher, hat man mir nicht gesagt. Meine Tante war Rektorin an einem Mädchen-College in Oxford; die großen Ferien in England fallen nicht mit den amerikanischen zusammen, die ursprünglich an den Erfordernissen der Landwirtschaft ausgerichtet waren, so daß die amerikanischen Studenten Zeit hatten, auf der Farm zu arbeiten. Das Trimester war also noch voll im Gange, als ich in Oxford ankam. Ich wurde von einem freundlichen Herrn abgeliefert, der auf dem Schiff ein Auge auf mich hatte. Obendrein hatte er die Liebenswürdigkeit (für die er, wie mir heute klar ist, entlohnt wurde, was aber seiner Freundlichkeit keinen Abbruch tat), mich zunächst nach London zu begleiten und dann mich und meine zahlreichen Taschen vom Waterloo- zum Paddington-Bahnhof zu befördern und in den Zug nach Oxford zu setzen; als wir schließlich am Bahnhof in Oxford angekommen waren, brachte er mich per Bus zu einem Haus in der Woodstock Road.

Meine Tante war nicht zu Hause, aber die Hausbesitzerin, von der meine Tante eine separate Wohnung gemietet hatte, erwartete mich. Bei ihr, ihrem Mann und ihrem Sohn sollte ich hauptsächlich bleiben. Sie begrüßte mich mit dem beiläufigen Wissen um die Bedürfnisse eines Kindes, dem man mit Fürsorge, aber doch spontan, begegnen mußte. (Ich weiß heute, daß das die Art ist, mit der ich mit den Kindern von Ted und Jean umgehe; mit welchem Erfolg, weiß ich nicht: Es sind andere Zeiten, andere Kinder und ein anderes Land. Ich habe oft sagen hören, daß die einzigen Fehler, die Eltern bei ihren Kindern nicht machen, diejenigen sind, die deren Eltern bei ihnen gemacht haben. Vielleicht behandeln wir Kinderlosen Kinder mit der Liebe, die uns in unserer Jugend geschenkt worden ist). Sie erzählte mir von sich selbst, von ihrem Mann, einem Dozenten an der Universität Oxford, der selten zu Hause war, und ihrem Sohn, einem Jungen in meinem Alter. Er war Externer an der Dragon School in Oxford, einer Vorstufe zum College, und kam gerade herein, als ich auf einem Hocker saß und ein Marmeladebrot aß. Wäre mir die Sprache romantischer Liebe in ihrer gebräuchlichsten Form geläufig, so würde ich sagen, ich verliebte mich auf den ersten Blick in ihn. Aber das wäre nicht wahr. Oftmals glauben wir Frauen (und, soweit ich weiß, könnte das Gegenteil für Männer zutreffen), daß wir uns in einen Mann verliebt haben, wenn wir uns in Wirklichkeit nur in die Erfahrung verliebt haben, in unserer Welt als stark zu gelten. Ich bin sicher, daß ein großer Teil der Anziehung, die Rochester auf Jane ausübte, aus der Erfahrung bestand, die er in sexuellen und anderen Bereichen hatte. Was er ihr bieten konnte, war ein Bericht über diese Erfahrungen. Und genau das bot Cyril mir.

Am deutlichsten erinnere ich mich daran, wie er angezogen war, und daran, daß in diesem Moment in mir der Wunsch wach wurde, genauso angezogen zu sein. Viele Jahre später las ich von einer berühmten Schriftstellerin, die durch den Verlust eines Koffers gezwungen war, Kleidung ihres Bruders zu tragen, und die das Gefühl von Freiheit, das sie dabei empfand, nie vergaß. Es war nicht nur die Bequemlichkeit der Kleidung, sondern auch ihr Stil: In meinen neiderfüllten Augen vereinte sie Bequemlichkeit und sichtbare Zugehörigkeit zu einer Gemeinschaft. Er trug kurze graue Flanellhosen mit Kniestrümpfen, Hemd und Krawatte und einen Blazer mit dem Schulabzeichen auf der Brusttasche. All dies nahm ich bereits im ersten Moment in mich auf, so wie es in der Schlagerlyrik der zwanziger und dreißiger Jahre beschrieben wird: »Mein Blick, er traf den deinen ...« und so weiter, und so weiter. Augenblicklich kam es mir so vor, als müßte ein solcher Junge in solch einer Schule in England das glücklichste Geschöpf auf Erden sein.

Seit jener Zeit habe ich viel über die oberen Gesellschaftskreise und den Geist überkommener Sitten nachgedacht, die für ein paar privilegierte Jungen auch nach dem Zweiten Weltkrieg noch Geltung hatten. Ich glaube behaupten zu können, daß ich die Autoren der Orwell-Generation und deren Nachfolger so gründlich studiert habe wie andere. Ich verstehe die empörenden Privilegien, die unbestrittenen Rechte – die Arroganz, wenn man so will – dieser Jungen, die ihren unausweichlichen Weg gehen von der Grundschule bis zur Universität und die ein Leben auf altehrwürdigem Rasen führen, begleitet vom Geräusch der an langen Sommernachmittagen geschlagenen Cricketbälle, von Glockengeläut und dem Krächzen der Krähen, die die hohen, alten Bäume umkreisen. Das war meine Romanze; zweifellos war sie beeinflußt von dem, was ich über das edwardianische England gelesen hatte und von goldenen Sommernachmittagen; all das lag für mich in dem kurzen Augenblick, als Cyril an jenem Nachmittag im Juni hereinkam.

Woher die Einsamkeit kam, die ihn bereit machte, mein Freund zu werden, habe ich nie gefragt, nicht einmal mich selbst, nicht damals. Wäre ich ein Junge gewesen, hätte ich eine Bedrohung für ihn sein können; aber als Mädchen war ich das nicht. Selbst als ich, wie sich später herausstellte, die meisten Dinge besser konnte als er, sogar ausgesprochene Jungensachen, die Kraft und Mut erforderten, hatte er eine naturgegebene Überlegenheit eben dadurch, daß er ein Junge war; er konnte mir diese Genugtuung zugestehen. Und da ich nur den Sommer über dort war – damals beim ersten Mal wußten wir noch nicht, daß es jeden Sommer sein würde, aber selbst dann war ein Sommer kein ganzes Jahr –, habe ich nie seinen Platz in der Familie, bei seinen Eltern oder bei meiner »Tante« bedroht. Zum Beispiel freute sie sich über sein Lateinbüffeln, da sie selbst diese ehrwürdige Sprache als Kind gelernt hatte, und spöttelte über meine Ignoranz diesen Dingen gegenüber. Wie so viele Frauen, die ich in späteren Jahren kennenlernen sollte, erwartete sie nicht, daß andere weibliche Wesen die Privilegien hatten genießen können, die ihr als Ausnahme von dem so ungerechten Los der Frauen zuteil geworden waren. Aber ich hatte in diesem Augenblick beschlossen, daß sie sie bei mir finden sollte. Cyril zeigte sich bereit, mich zu »unterrichten« – was bedeutet, daß er mir sein Lateinbuch lieh, während er selbst die Zeitschrift ›Boy's Own‹ las. (Als ich wieder in den Staaten war, fand ich dann einen Lateinlehrer und setzte meine Studien bis hin zu Vergil fort, den ich noch heute lesen kann, mehr noch; ich kann ihn rezitieren – zumindest die Passage, in der die Trojaner das Pferd zurücklassen. Mein Ärger über Dido ist so groß, daß ich nie in der Lage war, diesen Abschnitt im Kopf zu behalten, und sogar meine Tante, die leichtfertig andere Frauen in den häuslichen Bereich verwies, den sie selbst verachtete, hielt Dido für verrückt, ich glaube, weil Dido ein Königreich zu regieren hatte). Ich wußte damals noch nicht, wie viele Heldinnen es gab, von Maggie Tulliver bis Ursula Brangwen, die glaubten, die Kenntnis der Antike verschaffe ihnen Zugang zum geheimnisvollen Königreich männlicher Macht; wenn man die priesterliche Sprache erlernt, hat man dann nicht auch Zugang zu den priesterlichen Mysterien?

Wie dem auch sei, Latein war weniger wichtig als die Kleidung. Sogar noch heute und in meinem Alter würde ich, fragte man mich nach dem am intensivsten empfundenen Moment in meinem Leben, den Augenblick nennen, als Cyril mich seine Schuluniform anziehen ließ. Die großen Ferien hatten begonnen, und ich lief den ganzen Tag mit ihm herum, angezogen wie ein Junge und von allen als Junge angesehen. (Cyrils Haar war nach englischer Art geschnitten und so lang wie meines). Seine Hosentaschen waren sehr tief, und man konnte mehr hineintun, als ich je für möglich gehalten hätte. Voller Begeisterung vergrub ich meine Hände in ihnen. Ich konnte mich völlig frei bewegen, auch mit gespreizten Beinen dasitzen. Ich erinnere mich, wie wir mit dem Bus nach Blenheim fuhren – unsere Lieblingstour – und durch die Häuser und Gärten flitzten. Nie zuvor hatte ich ein solches Glücksgefühl gekannt.

Er ließ mich seine Sachen nicht wieder anziehen; hätte es seine Mutter herausgefunden oder gar sein Vater, wäre für uns beide sicher der Teufel los gewesen. Und ich mußte als Gegenleistung für sein großes Wagnis versprechen, ihm den ganzen Sommer über treu zu dienen. Aber vielleicht weil ich den einen Tag seine Sachen getragen hatte – sozusagen als Junge gegolten hatte –, erlaubte er mir, gelegentlich an Spielen mit seinen Freunden teilzunehmen, was jedoch sehr selten vorkam. Ich bat meine Tante, mir Jungenkleidung zu kaufen, und sie mußte zugeben, daß meine Kleider für das Leben, das ich führte, ungeeignet waren. Ich erinnere mich, daß wir in ein Konfektionsgeschäft gingen und eine englische Schuluniform für Mädchen kauften: wie die von Cyril, abgesehen vom Rock und der Mütze. Das war entschieden besser als gar nichts; niemals hätte ich den Mut aufgebracht, in dem Geschäft um die Hose zu bitten, die ich gerne gehabt hätte; nicht einmal um eine kurze, wie Cyrils. Schließlich wußte ich, daß eine solche Bitte meine Tante zutiefst schockiert hätte. (Es gibt ein Porträt von ihr, das sie als Rektorin ihres College zeigt, in ihrer akademischen Tracht mit Krawatte. Aber die Krawatte ist knapp oberhalb der Brust geknotet, unter dem Ausschnitt ihrer Bluse, als eine Art eingestandener Kompromiß.) Manchmal kommt es mir erstaunlich vor, wie wenig ich nach dem Leben von Cyrils Eltern fragte oder überhaupt von ihnen Notiz nahm. Einmal kam ich herein und sah seine Mutter weinen; ich stand unbeholfen in der Tür, und sie versuchte, lachend über die Situation hinwegzugehen, während sie die Tränen abwischte. »Ich bin nur eine dumme Frau«, sagte sie. »Das hat gar keine Bedeutung. Sag' bitte Cyril nichts davon.«

Ich schüttelte den Kopf. Das große Mitleid und die Verachtung, die ich empfand, sind für mich noch heute spürbar (kein Entsetzen, wohlgemerkt, denn niemals wäre mir in den Sinn gekommen, daß es mir einmal so gehen könnte, und das ist ja auch nicht geschehen). Jenen ersten Sommer – anders als die späteren, die alle in meiner Erinnerung zusammengeschmolzen sind – habe ich noch immer in einer Klarheit in meinem Bewußtsein, als säße ich in einem dieser Filme, wie sie in meiner Jugend modern waren und in denen Erinnerungen wie durch eine Zeitmaschine vor dem Auge des Betrachters sichtbar werden.

»Ich hatte ein kleines Mädchen für ein paar Stunden«, sagte Cyrils Mutter. »Ich hätte gern eine Tochter gehabt. Aber wir sind glücklich, Cyril zu haben, und dürfen Gott nicht um mehr bitten.« Ich glaube, ich spürte, daß sie mich gern in die Arme genommen hätte, wenn ich nur zu ihr hingelaufen wäre, und daß wir einander mit einer Leidenschaftlichkeit umarmt hätten, die uns beiden später peinlich gewesen wäre. Aber ich rührte mich nicht von der Stelle; ich blieb einfach stehen, schweigend und machtlos. Gewiß, sie fühlte sich einsam; ich konnte das verstehen. Ihr Mann aß jeden Abend im Institut; wenn er sie zu einer der seltenen Gelegenheiten, bei denen Ehefrauen zugelassen waren, mitnahm, fühlte sie sich fehl am Platz, fühlte, daß er ihr auf eine unausgesprochene Weise entwachsen war. Wußte ich all das? Ja. Aber ich warf ihr vor, daß sie eben so dumm war, und vergab ihm, daß er sie langweilig fand. Man hätte denken können, daß ich, mutterlos wie ich war, eine Kandidatin für diesen Posten begrüßt hätte; in Wirklichkeit hatte ich genug von Müttern – zumindest von Ersatzmüttern. Glaubte ich, daß ich eines Tages als Junge aufwachen würde und meinen Platz in einer Welt der Männer einnehmen könnte, in der man Frauen mit der Geringschätzung behandelte, die sie verdienten, und natürlich auch mit väterlicher Freundlichkeit? Zeigte meine Tante nicht, daß dieser Standpunkt möglich war, sogar ohne das Geschlecht zu ändern?

Schließlich ging Cyrils Mutter an jenem Nachmittag in die Küche zurück, wo sie stets mit Nahrungsmitteln oder feuchter Wäsche herumzuwerkeln schien, und ich wanderte in Richtung der Oxford-Colleges, die ich als Gegenstand meines besonderen Interesses ausgewählt hatte. Ich hatte sehr bald eine Kompetenz auf diesem Gebiet erlangt. Cyril wollte sich nicht jeden Nachmittag mit mir abgeben. An dem Tag ging ich zum Wadham-College, an der großen Rotbuche, die, glaube ich, immer noch dort steht: Ich setzte mich in meiner Schuluniform darunter und gab mich meinen Fantasievorstellungen hin, wie so oft. Ein amerikanisches Ehepaar trat zu mir.

»Kleine, weißt du, welches College das ist?« fragten sie.

Ich sprang auf und sagte mit meinem besten englischen Akzent: »Ja, Sir. Das ist das Wadham-College.«

»Weißt du auch, wie die anderen heißen?« fragte er.

»Arthur«, sagte seine Frau.

»Du wolltest die Universität sehen,« sagte er zu ihr.

»Wir können ja auch etwas dabei lernen«, er drehte sich zu mir um. »Würdest du uns wohl Oxford zeigen? Natürlich nur, wenn du nichts Besseres zu tun hast.«

Und so, als wäre eine meiner Fantasien Wirklichkeit geworden, als wäre ganz sachte ein Wunder geschehen, führte ich sie zu den Colleges und erzählte ihnen alles Wichtige. Merton, Balliol, Trinity und All Souls – ich beschrieb sie von außen, da man nicht hinein darf. Ich wußte nur, daß es keine Studenten dort gab und keine Besucher und daß wichtige Männer sich dort zu tiefgehenden, weltbewegenden Diskussionen trafen. Wir waren auf dem Weg zur Christ Church, als die Frau meinte, ihr täten die Füße weh, und der Mann sagte: »Ich denke, wir sollten es dabei bewenden lassen. Wir haben eine Menge gelernt, wir danken dir.« Er gab mir zwei Halbkronenstücke, damals ein Vermögen für ein Kind von acht Jahren.

Und so begann meine Laufbahn als Oxfords jüngster Fremdenführer. Ich lieh mir heimlich einen kleinen Dreibein-Hocker von der Nachtwache und setzte mich dort nieder, wo die Touristen wahrscheinlich vorbeikommen würden. Ich lernte, einschmeichelnd meine Dienste anzubieten. Ich erfand eine Schule, die ich angeblich besuchte; mein Akzent war tadellos, zumindest für ausländische Ohren. Ich trug stets meine Schuluniform, sogar an den heißen Oxfordtagen im Hochsommer, und ich hatte mir angewöhnt, aufzuspringen und in jedem Satz »Sir« und »Ma'am« zu sagen. Einen Teil meiner Einnahmen gab ich für eine Jungenschulmütze aus, den größten Teil aber sparte ich. Der Mädchenhut, der zu meiner Uniform gehörte, schien mir zu verweichlicht. Ich zog immer die Mütze, wie ein Junge. Auf der Mütze war ein Emblem, und ich hatte mir den Namen der Schule entsprechend ausgedacht.

Cyril erzählte ich nichts von dieser Karriere, der ich nur nachging, wenn er mit seinen Freunden unterwegs war und mich verspottet hatte. Mit ihm oder seiner Clique zu gehen, bedeutete mir alles: ein Junge zu sein, einer von ihnen. Dafür hätte ich alles andere aufgegeben. Dennoch erzählte ich ihm nichts von meinem Touristenjob, wenn es mich auch bei ihm und seinen Freunden in ein gutes Licht gerückt hätte. Als Grund dafür, daß ich ihm meine neuentdeckte Einnahmequelle und ihre Bedeutung verschwieg, diente mir der Vorwand, ihm von dem Geld ein Geschenk machen zu wollen. In Wirklichkeit, das wußte ich schon damals, hätte man niemals mich genommen, wenn auch er den Touristen seine Dienste angeboten hätte. Wer würde ein Mädchen nehmen, wenn er einen Jungen haben konnte?

Die meiste Zeit aber waren Cyril und ich allein zusammen, all die langen englischen Sommertage hindurch. Als das Sommertrimester zu Ende war, war meine Tante für einen Monat auf den Kontinent gereist. Cyrils Vater ging weiter in sein College oder vielleicht auch in die Bibliothek; wir fragten nicht. Sogar während der Ferien aß er im Institut. An den langen Abenden, an denen wir »schon bei Tageslicht zu Bett gehen mußten«, wie Robert Louis Stevenson in einem seiner Gedichte geschrieben hat, las uns Cyrils Mutter oft vor. Unser Zubettgehen wurde erträglicher durch ›Alice im Wunderland‹ und andere englische Geschichten und Gedichte; noch heute habe ich die Stimme von Cyrils Mutter im Ohr, sanft und mit sehr ausdrucksvoller Betonung. Obgleich wir augenzwinkernd vorgaben, ihr zuliebe zuzuhören, waren wir doch von Leigh Hunts Jenny, von der ›Kinderwelt der Verse‹, von E. Nesbits Kindern und vor allem von Alice fasziniert.

Tagsüber, wenn wir zusammen waren, sprachen wir nie über das, was wir gelesen hatten oder über die Erwachsenen. Wir rannten durch Oxford, aber ohne Kopfbedekkung (meine Kappe war nur für berufliche Zwecke gedacht); manchmal warteten wir nachmittags bei der Bootsvermietung in der Hoffnung, daß uns jemand zu einer Bootsfahrt einladen würde – denn wir, besonders aber Cyril, waren nett aussehende Kinder. Selten einmal machte meine Tante nach ihrer Rückkehr aus dem Urlaub Ausflüge mit uns, zum Beispiel nach Blenheim; wir erzählten ihr nicht, daß wir es besser kannten als sie; oder in die Cotswolds, die Orte mit den springenden Forellen und den freundlichen Pubs, und mehrere Male nach London. Zu diesen Gelegenheiten wurden unsere Uniformen sorgfältig gebügelt; wir bekamen frische Hemden und benahmen uns besonders wohlerzogen.

Ich fürchte, ich habe meine Tante als sehr streng und unbeugsam dargestellt. Sie war nicht immer so. Sie gehörte zu jenen Leuten, glaube ich, die nie behaupten, Kinder zu mögen, und die sie daher mit einem gewissen distanzierten Respekt behandeln, der auch erwidert wird. Ich habe festgestellt, daß Kinder schnell heraushaben, wo Respekt nicht erwartet wird. Wenn sie jedoch gewisse Rechte der Erwachsenen anerkennen, können sich Beziehungen entwickeln, die auf besonders erfreuliche Weise Förmlichkeit und Vertraulichkeit verbinden. Ich möchte gern glauben, daß das in meiner Beziehung zu den Kindern von Ted und Jean so ist; so war es mit meiner Tante und Cyril und mir. Ich glaube, es hat mir bei Cyril ein paar Punkte eingetragen, daß sie meine Tante war, wenn auch nicht biologisch; ohne mich hätte er diese Ausflüge und das Eis nicht gehabt. Sie behandelte uns ganz gewissenhaft wie Gleichgestellte; wäre ich anders geartet gewesen, hätte ich ihr das vielleicht verübelt. Jedenfalls war ich, da ich Cyrils Vorrechte als Junge akzeptierte, froh, genauso wie er behandelt zu werden. Und, überflüssig zu sagen, ich fand es herrlich, als englisches Kind angesehen zu werden, sogar als englisches Mädchen. Meine Tante mochte meine steifen, förmlichen Manieren, und ich merkte, daß ich mich sogar noch steigerte im Verlauf des Sommers. Vielleicht hat sie während unserer Ausflüge entschieden, ob ich in künftigen Sommerferien wiederkommen sollte. Eines Tages, es war gegen Ende des Sommers, lud mich meine Tante allein (das heißt ohne Cyril) zum Tee in ihre Wohnung ein. Er rannte davon und gab vor, zu seinen Freunden zu gehen; ich fühlte mich illoyal ihm gegenüber, als ich allein hinging. Aber ich hatte ja gefragt, ob er auch kommen könnte, und sie hatte deutlich gesagt, daß sie mit mir unter vier Augen reden wollte. Ich war nie zuvor in ihrer Wohnung gewesen, die auf der Rückseite des Hauses einen eigenen Eingang hatte; sie erstreckte sich über die erste Etage und das Dachgeschoß. Meine Tante hatte sich die Mühe gemacht, einen wunderbaren Kuchen zum Tee zu kaufen, den sie auf einem Tisch bei einem Fenster servierte. Von dort aus konnte man den ganzen Garten überblicken. Ich hatte gedacht, ich wäre schüchtern ihr gegenüber, aber sie war so gerade heraus und ohne Umwege, daß ich fähig war, sie direkt anzusprechen, ohne die Augen niederzuschlagen, die Stimme zu senken oder meine Teetasse fallen zu lassen.

»Hast du Lust, jeden Sommer herzukommen, bei Cyril und seinen Eltern zu wohnen und mit mir Ausflüge zu machen?« fragte sie. Ich sagte, daß ich große Lust hätte, daß ich England liebte und Oxford herrlich fände; ich sagte auch, daß ich, wenn man mich fragen würde, gern das ganze Jahr über hier leben und in einer echten Uniform in eine richtige Schule gehen würde.

»Das ist leider nicht möglich«, sagte sie, »und zwar weil Cyril im Winter den ganzen Tag in der Schule ist und ich wirklich viel zu tun habe. Außerdem wirst du deinen Leuten in Amerika fehlen.«

»Nein, die würden mich nicht vermissen«, sagte ich, »ganz bestimmt nicht.«

»Dein Vater würde dich vermissen«, sagte sie »Denk' einen Augenblick darüber nach. Sicher wirst du das einsehen.«

»Es wäre leichter für ihn, wenn ich nicht da wäre«, sagte ich. »Dann könnte er die ganze Zeit mit ihr zusammensein.« Meine Tante wußte, daß ich seine Frau meinte, die recht nett zu mir war – aber ich hatte nicht gerade zu einer Vertrautheit in ihren ersten Ehejahren beigetragen. Ich war gewillt, ihr in Zukunft meinen Vater zu überlassen, im Tausch gegen Cyril und England.

»Ich finde das nicht sehr fair ihm gegenüber«, sagte meine Tante.

»Aber ich mag England mehr als Amerika. Die Leute haben ein besseres Benehmen.« Da meine Tante mit Sicherheit meiner Meinung war, fand sie es schwierig, diesem Argument zu widersprechen.

»Das ist nicht das Problem«, sagte sie bestimmt und legte mir noch ein Stück Kuchen auf den Teller. »Ich habe dich nicht gefragt, wo du leben möchtest. Ich habe dich gefragt, ob du nächsten Sommer wiederkommen möchtest.«

Ich nickte und befürchtete, daß ich anfangen würde zu weinen. Eine meiner Fantasievorstellungen unter der Blutbuche in Wadham (und eigentlich auch anderswo) war die, daß meine Tante mir sagen würde, ich könnte für immer bleiben. Irgendwie, ich weiß nicht einmal warum, stellte ich mir vor, daß es in Amerika schwieriger sein würde, ein Junge zu werden. Wahrscheinlich war es wegen der Kleider; zu jener Zeit trugen Mädchen in Amerika sehr mädchenhafte Kleider: Blue Jeans für beide Geschlechter lagen noch in ferner Zukunft. Vielleicht waren es die Umgangsformen, die mir gefielen, oder daß ich den Leuten die Colleges in Oxford zeigte; vielleicht fand ich auch, daß die englische Art, mit Kindern umzugehen, weniger Unterschiede machte zwischen den Geschlechtern.

»Sei nicht traurig«, sagte meine Tante aufmunternd, und ich glaube, sie freute sich, daß ich bleiben wollte, fürchtete aber gleichzeitig einen Ausbruch. »Du kannst dich doch schon auf nächsten Sommer freuen. Cyrils Mutter scheint glücklich zu sein, daß du wiederkommst. Sie ist eine einsame Frau, wie du vielleicht festgestellt hast. Nun, das wäre jedenfalls geklärt. Da ist noch eine andere Sache.« Ich blickte zu ihr auf. »Wie du ja schon weißt, bin ich nicht deine Tante. Weder deine Mutter noch dein Vater haben Geschwister. Aber ich war eine gute Freundin deiner Mutter und so möchte ich deine Nenn-Tante sein. Unsere Beziehung soll diesen »Ehrenhalber-Charakter« haben, meiner Meinung nach die beste Art. Später kann es dir passieren, daß dir jemand einreden will, ich sei deine richtige Mutter. Das ist so eine romantische Geschichte, wie sie sich die Leute gern zusammenträumen. Also, ich bin nicht deine Mutter. Aber ich möchte dir eine Freundin sein, so gut ich kann, und ich hoffe, das wird ausreichen. Und was vielleicht noch mehr bedeutet, ich verspreche dir folgendes: Wenn du alt genug für die Universität bist und gern eines der Mädchen-Colleges in Oxford besuchen möchtest – vorzugsweise Somerville oder Lady Margaret Hall – und gescheit genug bist, um ein Stipendium zu bekommen, werde ich dafür sorgen, daß das in Ordnung geht. Ist das ein Vorschlag? Du mußt dich anstrengen, weißt du, und gute Noten bekommen und rechtzeitig anfangen, dich auf die englische Aufnahmeprüfung vorzubereiten. Ich glaube nicht, daß es schwer ist, in Amerika ein guter Student zu sein, und so mußt du damit rechnen, eventuelle Wissenslücken aufzuarbeiten.«

Der Gedanke an Oxford, sogar an ein Mädchen-College,

fing an, mich in meinen Träumen zu beschäftigen (und in den restlichen Tagen meines Aufenthaltes verbrachte ich eine Menge Zeit damit, sie mir anzusehen, besonders Somerville, wo meine Tante studiert hatte; Mädchen-Colleges hatten nie zu meiner Fremdentour gehört); ich schloß einen Kompromiß mit mir selbst für den Fall, daß es mir nicht gelingen würde, ein Junge zu werden.

Aber irgendwie stand fest, lange bevor ich die Universitätsreife hatte, daß ich mich auf ein amerikanisches College einstellen müßte. Die Gründe wurden nie genannt; ich nehme an, es war zu schwierig, das Studium in England zu bewerkstelligen oder zu kostspielig. Vielleicht gab es auch noch andere Gründe, die mit der Gesundheit meiner Tante zusammenhingen oder mit ihrer Position. Es gab noch weitere Sommer mit Cyril und meiner Tante und weitere Fahrten nach London; irgendwann hatte Cyrils Vater meine Fremdenführertätigkeit entdeckt und beschämte Cyril, weil nicht er auf eine solche Idee gekommen war. Da es Cyril ablehnte, mich zu begleiten, mußte ich sie aufgeben, wollte ich mir seine Freundschaft erhalten. Dann kam die Zeit, als wir allein fahren durften und allein ein Boot mieten. Aber für mich ist England immer dieses erste Jahr, als ich noch nicht unabänderlich an ein Mädchenschicksal gebunden war und als ich einen Freund gefunden hatte.

5

Albertas Tagebuch

Auf der Farm war ein Tag wie der andere, und es gab nur dann eine Abwechslung, wenn Ted und Jean beschlossen hatten, mir von vier bis sieben eine andere Nachmittagstätigkeit zuzuweisen als das Melken, das sie dann selbst übernahmen. Ich fuhr ganz gern mit dem Traktor über die Felder, die Häckselmaschine hinter mir und dahinter den Wagen, der die Silage aufnahm. Aber das gab es nur im Herbst. Im Sommer fuhr ich auf die Wiesen, wenn ich nicht molk; ich mähte Gras für die Kühe, das ich dann über große Gestelle hängte. Meine Aufgaben wechselten zwar mit den Jahreszeiten, aber nicht so sehr wie die von Ted und Jean, denn ich hatte nur das ständige Melken oder die entsprechenden Ersatzarbeiten. Im Sommer arbeiteten sie oft bis zum späten Abend; im Winter erledigten sie die notwendigen Reparaturarbeiten und andere Dinge im Hause.

Die Gleichförmigkeit meiner Tage, wobei nur der Wechsel der Jahreszeiten anzeigte, wie die Zeit verging, die harte Arbeit, immer wieder abgelöst vom Lesen, Schreiben und Nachdenken, war genau das, was ich damals brauchte: Daß es mir gelungen war, mir dies alles nicht nur auszudenken, sondern auch in die Wirklichkeit umzusetzen, schien mir wunderbar. Wie oft leben wir als absolute Gefangene von Ereignissen, ob wir sie nun selbst heraufbeschworen haben oder auch nicht, ohne zu wissen, was sie nach sich ziehen werden. Ich hatte mir das Leben, das ich führte, selbst geschaffen. Es gab kleinere, unvorhergesehene Überraschungen. Manchmal, häufiger, als mir lieb war, wartete eines der Kinder vor dem Melkstall auf mich und fragte, ob es die Zitzen der Kühe reinigen oder das Futter zum Melkplatz bringen dürfte. Pfosten zum Anbinden wurden nicht mehr benutzt; im Stall stand jede Kuh an ihrem Platz und fraß, zufrieden, daß sie von der Maschine gemolken wurde, die ich ihr anlegte; die Melkmaschinen waren zu schwer für die Kinder. Die Milch lief direkt zum Kühlbehälter, so daß sie tatsächlich unberührt von menschlicher Hand war, wie man sagt, schon bevor sie pasteurisiert wurde; ausgenommen die Tatsache, daß ich die Milch für die Katzen abschöpfte und Ted und Jean immer die Milch für den Hausgebrauch aus dem Kühlbehälter nahmen. (Ich mag keine Milch und nahm nur welche, wenn ich sie für irgendein ungewöhnliches Gericht brauchte). Niemand von uns trank jemals pasteurisierte Milch, aber Jean hat mir erzählt, daß sie, als die Kinder abgestillt waren, Milch im Laden kaufte, weil der Arzt es ihr geraten hatte. Ab und zu mußte eine Kuh von Hand gemolken werden, aber das kam nicht oft vor.

Es hatte etwas Rhythmisches und Ursprüngliches an sich. Die Kinder erzählten mir dieses und jenes und boten ihre Hilfe an. Ich erinnerte mich an die Einsamkeit meiner eigenen Kindheit und schickte sie nicht fort. Aber ich beantwortete keine persönlichen Fragen und hielt die Kinder auf eine gewisse Distanz.

Einmal in der Woche, wenn Jean für die eine oder andere Besorgung nach Pittsfield fuhr, setzte sie mich in Lenox ab, wo es die beste Bibliothek der ganzen Gegend gab. Jede Woche lieh ich so viele Bücher aus, wie erlaubt waren, und brachte sie in der nächsten zurück. Während ich auf Jeans Rückkehr wartete, fing ich schon in der Bücherei an zu lesen; nur selten ging ich durch die Stadt, die im Sommer voll von Touristen war und im Winter absolut uninteressant. Aber es gab eine Buchhandlung, die ich aufsuchte, auch wenn ich normalerweise kein Geld für Bücher hatte; manchmal entdeckte ich dort einen Buchtitel, den ich mir dann in der Bücherei auslieh.

Bei einem dieser Buchhandlungsbesuche – es war vielleicht vor einem Monat – hatte ich eine Biographie meiner Tante entdeckt. Ich nahm sie zur Hand und war sofort in eine andere Welt versetzt. Wäre die Buchhandlung in dem Moment in die Luft geflogen, ich hätte es nicht gemerkt. Auf dem Umschlag war ihr Bild als Rektorin ihres College. Es war keine autorisierte Biographie; die Autorin hatte keinerlei Unterstützung gehabt, wie sie stolz verkündete, mit Ausnahme von ein paar alten Bekannten, die froh waren, einige bittere Worte über meine Tante loswerden zu können. Das Buch nannte sie einen Snob und »enthüllte«, daß sie ein uneheliches Kind habe, mich, nehme ich an. Ich habe dieses Gerücht oft gehört, obwohl nur wenige wußten, wer das Kind war, wo es lebte und ob es ein Junge oder Mädchen war. Jetzt beunruhigt mich die ganze Sache.

Zu jener Zeit kam in der ganzen Welt ein Trend auf, den ich höchst rätselhaft fand, daß nämlich Adoptivkinder nach ihren »richtigen« Eltern suchten. Irgendein Gesetz machte in England und Amerika diesen Kindern die Adoptionsakten zugänglich, und so suchten sie nach ihren Müttern mit einer Beharrlichkeit, die zwangsläufig ihren Niederschlag in Romanen fand, wie ich sie in der

Bücherei von Lenox auslieh. Es schien mir, als sei die Suche nach der »richtigen« Mutter ein spezifisch weibliches Bedürfnis; was bedeutet es schon? Ich nehme an, daß Frauen in Wirklichkeit so wenige Abenteuer in ihrem Leben haben – nach der Zeit der Romanzen oder deren Zerbrechen –, daß sie nach einer gewissen Dramatik suchen, nicht in künftigen, noch nicht erzählten Geschichten, sondern in der Vergangenheit ihrer Geburt; immer das gleiche alte Lied. Ich bin nicht dafür, daß man adoptierten Kindern das Wissen um ihre wirklichen Eltern vorenthalten sollte, diese rückwärtsgerichtete Suche jedoch ist gut für gute Geschichten, aber schlecht für das Leben.

Ich denke zurück, natürlich, aber nicht an meine Eltern, sondern an Oxford und die herrlichen Sommer. Nachdem ich zu Ted und Jean gekommen war und eine befriedigende Art zu leben gefunden hatte, habe ich alle Bücher über Oxford gelesen, die ich in der Bücherei finden konnte. Die meisten fand ich äußerst unzulänglich; es waren wirklich nur zwei, die mir gefielen, eines von James Morris, der in der Nähe von Oxford gelebt hatte und die Stadt heiter und liebenswert und mit großer schriftstellerischer Erfahrung beschrieb. Das andere Buch, eine Sammlung von Essays von Menschen, die in Oxford studiert hatten, beeindruckte mich weniger, mit Ausnahme der Tatsache, daß John Betjeman die Dragon School besucht hatte – und zu meinem großen Erstaunen auch Antonia Fraser (Cyril hatte nie erwähnt, daß Mädchen seine Schule besuchten, und hätte er es getan, wäre für mich eine Welt zusammengebrochen); Betjemans Beschreibung erinnerte mich an Cyril und seine Erzählungen über die Schule in all jenen goldenen Sommern.

James Morris bezieht sich am nachdrücklichsten auf die unausweichlichen Erinnerungen an das Oxford-Wetter, das dem »richtigen« Wetter entgegensteht. (Kann man das »richtige« Wetter durch sorgfältige Nachforschungen entdecken, und ist es ebenso wichtig wie das Forschen nach den »richtigen« Eltern?) »Die meteorologischen Berichte für diese Gegend«, so schrieb Morris, und ich habe es mir notiert, »versichern, daß das Wetter am 4. Juli 1862 ›kühl und ziemlich feucht‹ war; aber genau an diesem Tag erzählte Lewis Carroll vier Personen, mit denen er in einem Ruderboot auf der Themse fuhr, zum ersten Mal die Geschichte von ›Alice im Wunderland‹; sie waren flußaufwärts zu einem Nachmittagspicknick unterwegs, und alle vier erinnerten sich bis zu ihrem Lebensende daran, daß es »ein Traum von einem sonnigen, wolkenlosen englischen Nachmittag war«. Morris stellt fest, daß das Wetter in Oxford das scheußlichste von ganz England ist, daß aber dennoch »der Sommer hier sommerlicher ist als an irgendeinem anderen Ort, den ich kenne; sicherlich nicht heißer und nicht sonniger, aber mehr so, wie Sommer in jedermanns Kindheitserinnerungen zu sein pflegten.« So stand ich mit diesen Erinnerungen nicht allein da. Wenn es Nostalgie war, so war es eine allgemeine Nostalgie und daher weniger bedrohlich für den eigenen Realitätssinn. Als ich als Kind unter der Blutbuche im Park von Wadham herumstrolchte, hatte ich von einer Zeder gehört, die im Sommer einem Schneesturm zum Opfer gefallen war. Ich erinnerte mich auch daran, daß Cyril und ich, jeder mit einer Decke versehen und mit der Anordnung, unmittelbar nach dem Ende nach Hause zu kommen, zu abendlichen Shakespeare-Freilichtaufführungen gehen durften; fast immer (so scheint es jetzt) regnete es, und es war gewissermaßen eine Ehre für uns, bis zum Ende zu bleiben, während sich die Reihen der Zuschauer aus Gründen der Feigheit oder Feuchtigkeit schon merklich gelichtet hatten.

Waren alle Sommer gleich? Ich bin sicher, daß sie den Farmerskindern hier alle als gleich in Erinnerung bleiben werden, nur auseinanderzuhalten durch besondere Ereignisse, Marksteine im Gang der »Zeiten«. Vielleicht ist aus diesem Grund in der Kindheit immer Sommer.

»Hast du jemals Kühe gemolken, als du ein kleines Mädchen warst?« fragte mich Pamela eines Tages. Ich schüttelte nur den Kopf. Hätte ich ihr antworten können, daß ich niemals ein kleines Mädchen gewesen war, sondern eine Schmetterlingslarve, die darauf wartete, der Junge zu werden, zu dem sie das Schicksal bestimmt hatte? Pamela, die ältere, tut immer das, was ihr Bruder tut, und Jean ist auf der Farm genauso verläßlich wie

Ted. Wäre ich zu so einer Zeit und auf diese Weise aufgewachsen, was wäre wohl aus mir geworden?

Ich habe die Biographie meiner Tante gekauft, so entsetzlich sie offensichtlich auch war. Ich rechtfertigte diese Geldausgabe, wie ich es schon als Kind getan hatte, als Geburtstagsgeschenk. Die Verdrehungen, von denen das ganze Buch wimmelte, ließen mich mehr als einmal den Kopf schütteln; das Bild meiner Tante war von jemandem gezeichnet worden, der sie gehaßt oder beneidet hatte, von jemandem (so vermutete ich), der sie insgeheim bewunderte und dieses Buch geschrieben hatte, um diese Bewunderung zu zerstören. Meine Tante war die Autorin von Romanen, die sich sehr gut verkauften, und als hervorragende Dozentin und Rektorin eines Oxford-Colleges zog sie nach dem Zweiten Weltkrieg den besonderen Zorn vieler einflußreicher englischer Intellektueller an den Universitäten auf sich. Die Ausführlichkeit, mit der man sie in Büchern und Zeitungsartikeln verhöhnte, war in Wirklichkeit ein Kompliment; ich weiß, daß sie es so auffaßte. Aber in den folgenden Jahren diente ihnen das als Erlaubnis, sie unverschämter zu behandeln, als Oxbridge-Leuten normalerweise zugemutet wird. Hätten ihre Freunde gleich zu Anfang eine Biographie autorisiert, hätten sie all dies vermeiden können; nun konnten sie sich nicht über die ungeheuerlichen Unterstellungen beklagen, nachdem sie genau die Papiere zurückgehalten hatten, deren Veröffentlichung derartige Unterstellungen unmöglich gemacht hätten.

Beim Durchlesen dessen, was ich kürzlich geschrieben habe, sehe ich, daß ich von »meiner Mutter und meinem Vater« spreche. Seltsamerweise habe ich sie immer als solche betrachtet, wahrscheinlich, weil ich unter »Müttern und Vätern« diejenigen verstand, die – männlich und weiblich – für den Haushalt zuständig waren, in den ich jeden Tag heimkehrte, und die die Aufsicht über das Leben des Kindes hatten, bis es alt genug war, das Haus zu verlassen. Ich weiß, daß mein Vater mich liebte und daß meine Stiefmutter eine vernünftige Frau war, die die Situation, in der sie sich befand, so gut handhabte, wie sie konnte, so sehr es mir auch gefallen hätte (schließlich las ich viel), sie in der Rolle des grausamen Eindringlings zu sehen. Sie liebte meinen Vater – er war, das habe ich schon früh gespürt, ein Mann, der eine starke Anziehung auf Frauen ausübte – und akzeptierte bereitwillig die Bedingung, daß ich bei ihm bleiben würde, wenn er heiratete; ihre Liebe zu ihm schloß mich mit ein. Sicher wäre es ihr leichter gefallen, mit einem konventionellen Kind umzugehen: Ich lehnte all ihre Anweisungen in bezug auf Kleidung und Haltung ab, merkwürdigerweise aber nicht in bezug auf gute Umgangsformen. Ich spürte, und dieses Gefühl wurde verstärkt durch meine Sommer mit Cyril und die Umgangsformen englischer Jungen, daß eine gewisse steife Höflichkeit die eigenen Gedanken und Meinungen vor allzu genauer Überprüfung von außen schützt. Ich glaube, Kinder haben eine Menge eingebüßt, als die Sitten in Amerika sie von einer gewissen Strenge der Manieren befreiten, angeblich zu ihrem Besten. Es ist nervtötend, seine Aggressionen auszuagieren, Gleichaltrige mit Grobheiten zu beeindrucken; es zerstört die eigene innere Festigkeit.

Mir ist heute klar, daß meine Sommeraufenthalte bei meiner Tante und bei Cyrils Eltern meiner Stiefmutter zu verdanken waren, die sich wünschte, im Sommer ihre »eigene« Familie zu haben. Mein Dasein mußte ihre Beziehung zu meinem Vater und den beiden Kindern, die sie später hatten, erschreckend verändert haben. Beide waren Mädchen (die Enttäuschung meiner Stiefmutter darüber habe ich deutlich gespürt), und ich behandelte sie mit einer Verachtung, die ich für absolut korrekt hielt, die aber meine Stiefmutter unerträglich gefunden haben muß; sie hat sie dennoch ertragen. (Ich möchte hier anmerken, daß ich sie als »Stiefmutter« bezeichne, sie aber »Mutter« nannte und in all den Jahren auch als meine »Mutter« empfand. Kann es sein, daß ich, wie die adoptierten Kinder, die ihre wahre Mutter suchen, da eine Unterscheidung mache? Obwohl ich gerade das verachte?)

Natürlich fragte ich meine Mutter – wie sollte ich sie sonst nennen? –, warum ich nach England geschickt wurde. »Um deine Tante zu besuchen«, sagte sie. »Ist sie die Schwester meines Vaters?« fragte ich. Nein, sie sei die

Schwester meiner verstorbenen Mutter. Ich denke, meine Stiefmutter glaubte das wirklich; ich hielt es auch nicht für notwendig, mit irgend jemandem darüber zu sprechen, als mir meine Tante später ganz beiläufig und lakonisch erzählte, daß meine Mutter ein Einzelkind gewesen sei. Ich erwähnte das niemandem gegenüber. Ich wußte, daß meine Tante nicht meine »richtige« Tante war, ich habe daraus geschlossen, daß sie eine liebe Freundin meiner verstorbenen Mutter war, daß die beiden eine Art Frauenfreundschaft verbunden hatte, die nicht aus diesem Geschnatter über Haushaltsprobleme, Kochrezepte und Kinder bestand, und daß sie Verbindung mit mir halten wollte, als dem Einzigen, was aus dieser Freundschaft geblieben war. Hat man mir das erzählt? Sollte ich es annehmen, oder habe ich es mir ausgedacht? Ich weiß es nicht, aber in späteren Jahren sollte meine Tante in einer Weise von meiner Mutter sprechen, wie, so hoffte ich, vielleicht irgendeine Frau irgendwann auch von mir sprechen würde. Ich sehe den Widerspruch schon: Cyril war mein Freund, und ich wollte ein Junge werden, und doch träumte ich davon, als Frau eine Frau zur Freundin zu haben.

Wenn in unseren Kindheitserinnerungen immer Sommer ist, wie viele behaupten, so ist das vielleicht auch der Grund, warum in meinen Erinnerungen an jene Jahre niemals mein Zuhause auftaucht, sondern nur Oxford; ich kann mich kaum an diese Stadt in Ohio erinnern, in deren Vorort ich aufwuchs. In diesem Augenblick – in Gedanken nach Oxford versetzt – sehe ich mich auf dem Weg zum Shelley-Denkmal und weiß noch genau (obwohl ich heute zu groß bin), wie man sich durch die Gitterstäbe zwängen mußte, um hinter dem Denkmal zu stehen und das plumpe Hinterteil der zurückgeneigten Statue zu sehen (war mir damals klar, daß er tot war und die Muse, die ihn stützte, trauerte?). Cyril versicherte mir, dies sei ein Beweis dafür, daß die Shelley-Statue von einer Frau geschaffen worden war. Ich kannte die unterirdischen Durchgänge und die Schleichwege, auf denen man in die Colleges gelangen konnte, ohne von den allgegenwärtigen Pförtnern entdeckt zu werden, zumindest für eine Weile. Von dieser Stadt in Ohio ist mir nichts in

Erinnerung geblieben, und die Erinnerung würde mir auch nichts nützen, da die Innenstadt eingeebnet worden ist und das Geschäftsleben sich nun in Einkaufszentren abspielt. Freudianer würden zweifellos sagen, ich hätte diesen Teil meiner Kindheit verdrängt. Es ist müßig, darüber zu diskutieren, aber ich habe ihn nicht verdrängt; ich betrachte ihn als erledigt und erinnere mich deutlich nur an ein oder zwei Leute. Mit Ausnahme von diesen gehörte nichts zu meinem Leben. Das war woanders; in Oxford im Sommer und davor in meinen Fantasien.

Und was war in den Jahren, bevor ich acht war, also vor den Sommern in Oxford? Ich weiß, daß ich die frühesten Jahre meiner Kindheit in England, in einem kleinen Landhaus in Devon verbracht habe. Ich erinnere mich an das Meer und die Osterglocken und an die Frau, die auf mich aufpaßte; einmal in der Woche fuhr sie mit mir in einer Ponykutsche in die Stadt; wir gingen zusammen einkaufen, wobei wir für jeden Artikel ein anderes Geschäft aufsuchten, wie es in England üblich ist – Butter hier, Brot dort. Eines Tages sagte sie mir (kann ich mich daran erinnern? Ich war vielleicht fünf), daß mein Vater kommen würde, um mich heimzuholen nach Amerika. Hatte ich ihn schon damals gesehen? Ich erinnere mich daran, daß ich am Gartentor auf ihn wartete und sah, wie er aus dem Wagen stieg, mit dem er gekommen war. (Als ich in späteren Jahren ›Adam Bede‹ gelesen hatte, kam es mir so vor, als hätte Adams Mutter so auf sein Erscheinen am Horizont gewartet, wie ich an jenem Tag auf meinen Vater; ich mochte diesen Bezug nicht, da ich keine Frau sein wollte, die darauf wartet, daß ein Mann sie aus der Bedeutungslosigkeit errettet.) Wir nahmen ein Schiff, mein Vater und ich, zurück an einen Ort, an den ich mich nicht erinnere; meine Stiefmutter erzählte mir, sie hätte meinen Vater in Boston kennengelernt, und ich sei damals bei meinem Vater gewesen, aber ich habe meiner Stiefmutter nie geglaubt. Nicht, daß sie log; das habe ich nie gedacht. Ich glaubte nur nicht, daß sie zur Wahrheit über die meisten Dinge überhaupt einen Zugang hatte. Jetzt allerdings kommt es mir vor, als stimmte auch hier alles bei ihr.

Der Mann und die Frau auf der Suche nach mir sind nicht zurückgekommen; sie haben mir einen Brief geschrieben. Ted hatte ihn in die Scheune gelegt, so daß ich ihn finden konnte, wenn ich zum Nachmittagsmelken kam. (Ich bekomme selten Briefe und habe Teds Angebot eines eigenen Briefkastens abgelehnt. Der zuständige Briefträger weiß, wo ich bin, und steckt meine Post in Teds Kasten. Es ist wenig genug: mein vierteljährlicher Scheck, gelegentlich eine Rechnung.) Dieser Brief war an Alberta Ashby, bei Ted Wilkowski, adressiert. Ich steckte ihn in meine Hosentasche und fuhr mit dem Melken fort. Es war einer der Tage, an denen ich allein war mit den Kühen, und ich dachte an frühere Zeiten – denen ich normalerweise nicht nachtrauere –, als man noch von Hand molk, den Kopf an die warme Flanke der Kuh gelehnt. Im Moment gab es keine Kuh in der Herde, die sich von Hand hätte melken lassen; da ich mir angewöhnt hatte, altes Brot für die Färsen auf den Weiden mitzunehmen, kannten sie mich und scheuten nicht, wenn ich in ihre Nähe kam.

Ich ging in den Wald hinter meinem Haus, um den Brief zu lesen; es war kaum noch hell genug, aber ich wollte, daß mich der erste Schock im Freien traf, und mein Haus ein Ort friedvoller Zuflucht bleiben konnte. Der Gedanke daran, daß Erinnerungen an meine Tante und an Oxford wieder aufleben könnten, erregte und erschreckte mich – erschreckte mich, weil ich mein Leben so eingerichtet hatte, wie ich es mir wünschte, und weil ich meine Gedanken nicht in die Vergangenheit zurückwandern lassen wollte; ich wollte meine Gegenwart gestalten. Der Brief war unerwünscht, auch als ich begriff, daß er von meiner Tante handelte:

»Liebe Miss Ashby,
Harriet St. John Merriweather hat uns gebeten, Sie persönlich aufzusuchen und Ihnen einen Brief von ihr zu überbringen. Da wir den Eindruck hatten, Sie wollten uns ausweichen und wir auch bei unserem Besuch auf der Farm, auf der Sie arbeiten (das hatten sie also herausgefunden), keine Bereitschaft Ihrerseits feststellen konnten, uns zu empfangen, schreiben wir Ihnen nun, um Sie zu

fragen, ob Sie zu einem Treffen mit uns bereit wären. Miss Harriet St. John Merriweather, eine Freundin Ihrer Tante, Miss Charlotte Stanton, ist achtzig Jahre alt und daher verständlicherweise daran interessiert, die Angelegenheit, die sie mit Ihnen zu erledigen hat, zu beschleunigen. Wir schlagen vor, daß wir uns am Mittwoch um 19 Uhr im Red Lions Inn in Stockbridge zum Dinner treffen. Bitte rufen Sie uns unter der nachstehenden Telefonnummer an, um uns mitzuteilen, ob Sie einverstanden sind. Wir möchten Sie dringend bitten, sich mit uns zu treffen, und fügen als Ermutigung die alte Redensart hinzu, daß Sie, wenn Sie mit uns Verbindung aufnehmen, etwas für Sie Vorteilhaftes erfahren werden.«

Der Brief trug zwei Unterschriften und die erwähnte Telefonnummer. Mein Hauptproblem war, aber das konnte ich den Unterzeichnern wohl kaum sagen, wie ich nach Stockbridge gelangen sollte. Bevor ich aus dem Wald zurückkam, hatte ich beschlossen, Ted und Jean zu fragen, ob sie mir ihren Wagen leihen könnten; das war zwar gegen meine Prinzipien, aber die mußten sich außergewöhnlichen Ereignissen beugen. Das Telefongespräch war kein Problem: Ortsgespräche sind gebührenfrei, und in der Scheune war ein Nebenanschluß. Ich würde morgen nach dem Frühmelken anrufen.

Ich ging direkt zum Haus und brachte meine Bitte vor, wobei ich Ted und Jean versicherte, daß dies nicht zur Gewohnheit würde. Ich erklärte, daß es sich um eine wichtige Angelegenheit aus England handelte.

»Hat das etwas mit den beiden zu tun, die neulich hier überall ihre Nase hineinsteckten?« fragte Ted.

»Genau«, sagte ich. »Es hängt mit einer Tante von mir zusammen, die vor einer Weile gestorben ist.« Das schien mir eine angemessene Erklärung zu sein, wenn sie auch nicht ganz stimmte; aber ich mußte ihnen schließlich erklären, warum ich mir ihren Wagen ausleihen wollte.

»Vielleicht hast du ein Vermögen geerbt und wirst das Melken aufgeben«, sagte Jean, ich glaube, mit Bedauern.

»Da gibt es kein Vermögen, das vererbt werden könnte«, sagte ich. Das Erbe meiner Tante waren die Tantiemen von ihren beliebten Romanen, aber die gingen nicht auf mich über.

»Es tut mir leid, daß ich mir euren Wagen ausleihen muß«, sagte ich im Hinausgehen. »Bitte, glaubt nicht, daß das einreißen wird; ich schätze meine Tätigkeit hier und habe nicht die Absicht, das auszunutzen.«

»Du machst dir zu viele Gedanken«, sagte Jean und lächelte mir zu. »Wenn es dich beruhigt, kannst du ja etwas Gänsefutter von Agway an der Hauptstraße mitbringen; die haben bis neun auf.«

»Das mache ich, und danke«, sagte ich mit einem Lächeln. Jean und ich verstanden einander.

»Ich fahre nach dem Melken los, mit dem ich am Mittwoch etwas früher anfangen werde«, sagte ich. »Ich werde für acht Uhr zusagen; darauf müssen sie sich einstellen.«

Am nächsten Morgen hinterließ ich ihnen die Nachricht, daß ich sie am Mittwoch um acht Uhr im Red Lion Inn erwarten würde. Danach versuchte ich, die Sache aus meinen Gedanken zu verbannen.

6

Liebster Toby,
wir haben sie gesehen, sie – wie ich es George vorhergesagt hatte –, durch Ehrlichkeit und Direktheit zu einem Treffen bewegen können. Sein lächerliches Unterfangen auf der Farm hatte natürlich weniger als keinen Erfolg – wie zu erwarten war. Es ist wohl überflüssig zu sagen, daß George sie sich als verschrumpelte englische alte Jungfer vorgestellt hatte, die uns Pastinakenwein anbieten würde, sobald wir ihr jungfräuliches Herz entflammt hätten. Wie es ihm gelungen ist, dieses Bild mit einer Frau, die Farmarbeit leistet, in Einklang zu bringen, wird Georges Geheimnis bleiben, wenn es ihm jemals bewußt wird. »Sie ist eine selbständige Frau, George«, sagte ich. »Sie kann mit deinen Artigkeiten ebensowenig anfangen

wie mit Nesselfieber. Wende dich auf eine geschäftsmäßige Weise an sie, lade sie zum Dinner ein, und wahrscheinlich wird sie aus einer normalen menschlichen Neugierde heraus kommen oder aus Loyalität ihrer Tante gegenüber oder gegenüber der alten Harriet Sinjin.« Ich hatte mir angewöhnt, sie so zu nennen. Und ich hatte recht, wie gewöhnlich (ich sehe Dich grinsen und nehme es hin). Sie traf uns im Speisesaal des Red Lion Inn, der bis zum Geht-nicht-mehr von Touristen überlaufen ist; aber es gibt dort eine Art Gartenrestaurant, in dem man nicht auffällt wie eine bunte Kuh, wenn man nicht piekfein angezogen ist.

Sie wäre in jedem Fall aufgefallen, denn sie ist groß und bewegt sich mit einer Selbstsicherheit, die sie jahrelanges Bemühen gekostet haben muß; ich meine, daß sie sich in ihrem Körper zu Hause fühlt. Ich nehme an, die harte körperliche Arbeit hat das bewirkt – hast du mal bemerkt, wie sich Athletinnen bewegen? Nein, mein geliebter Toby, ich bin sicher, du hast noch keinen Gedanken daran verschwendet. Sie trug eine lange Cordhose mit einem Maßhemd und einer flotten Krawatte um den Hals. Wir haben sie sofort erkannt, und ich winkte ihr zu. George starrte sie beinahe mit offenem Mund an, der arme Irre; weiß der Himmel, was er erwartet hatte.

Sie gab uns die Hand, setzte sich und sagte zu mir: »Sie sehen nicht so aus, als ließen Sie sich von einer Gans erschrecken.« Und sie lächelte; sie hat ein hübsches Lächeln, das ihr Gesicht von einer eher traurigen, wenn auch nicht unschönen Maske in ein leuchtendes Zentrum verwandelt. Was für einen Unsinn ich Dir schreibe. Ich wußte sofort, was sie meinte; George wollte ihr einen Drink anbieten und nahm gleichzeitig an, daß sie wohl gar keinen brauchte. »Ich war nicht erschrocken«, sagte ich. »Es war nur lästig. Ich mag die Arroganz der Gänse, und ich verleite sie dazu zu denken, ich sei verrückt; natürlich halten sie jedes menschliche Wesen, das ihnen die Hand hinhält, für eine dumme Gans, wie wir sagen würden.« Oh, Toby, warum bist nicht Du hier bei mir anstatt des langweiligen George; ich schreibe das zum tausendsten Mal.

Sie und ich, wir mochten einander auf Anhieb, das ist

wunderbar. Wie kann ich George loswerden? Er wird eindeutig die ganze Angelegenheit vermasseln, wenn ich ihn nicht abschütteln kann. Wie Harriet Sinjin zu so einem langweiligen Sohn kommt, ist nur durch die rätselhaften Verbindungen von Genen zu erklären. Er und ich hatten jedenfalls beschlossen, an diesem Abend nicht mehr zu tun, als ein weiteres Treffen zu vereinbaren; mein ruchloser Plan ist, George auf dem Weg dorthin in einen Straßengraben zu werfen. Wir haben also ein wenig geplaudert, obgleich klar war, daß sie Geplauder ebensowenig mochte wie ich. Ich erzählte ihr von mir selbst; das schien am hilfreichsten. Ein- oder zweimal wollte George von seiner Mama und ihrer Tante anfangen, aber da habe ich ihm unter dem Tisch hart gegen das Schienbein getreten.

»Sie haben denselben Namen wie meine Tante«, sagte sie lächelnd.

»Ja«, sagte ich. »Aber ich werde immer Charlie genannt, und sie nannte man immer Charlotte, nie mit einem Diminutiv, niemals Lottie, stimmt's?«

»Stimmt genau. Meistens war sie ›Die Rektorin‹, oder welchen Titel auch immer sie vorher gehabt haben mag. Nie tolerierte sie Formlosigkeiten, und sie hielt, wie Sie sicher wissen, wenn Sie meine Tante nur ein wenig kennen, die meisten Mädchen für Närrinnen. Sie war überzeugt davon, daß diese sich mit erstaunlicher Entschlossenheit von den Chancen abwandten, die das Leben ihnen bot. Vielleicht war das auch so.«

Und das, lieber Toby, war ihre längste Rede. Sie trank nur Eistee und erklärte das damit, daß sie noch fahren mußte. Ich fürchtete schon, eines dieser schrecklichsten aller Geschöpfe der Gesellschaft vor mir zu haben, nämlich eine knallharte Abstinenzlerin, aber sie beruhigte mich. »Ich habe so viele Unfälle mit Betrunkenen hier in der Gegend gesehen«, sagte sie. »Und es ist ein geliehener Wagen.« Ich hatte ein wenig das Gefühl, als wollte sie am Anfang nicht gleich eine allzu vertrauliche Stimmung aufkommen lassen. Sie fragte nach dem Brief von Sinjin. George übergab ihn ihr, wie wir verabredet hatten. Später mehr. (Ich sehe Dich, wie Du diese Zeilen liest, an Deinem Feierabenddrink nippst und mich vermißt, wie ich hoffe.) Du bist ein Engel, mein Engel, weil Du keinen Wirbel darum gemacht hast, daß ich weggefahren bin. Ich weiß, wieviel Dir daran liegt, daß ich bei Dir bin. Aber schließlich war es Stanton, die uns zusammengebracht hat, das dürfen wir nicht vergessen, mein Liebling.

Liebster Toby,
wir haben uns wiedergesehen, ohne George, der schließlich eingesehen hat, daß ich allein möglicherweise größere Fortschritte erzielen würde. Der arme George gehört zu den Leuten, denen man aus der Ferne eine riesige Toleranz entgegenbringen kann und die man auf das entschiedenste ablehnt in dem Augenblick, da man sie wieder zu Gesicht bekommt. Er ist ein so aufgeblasener, mieser Pfuscher. Wie hat Harriet ihn nur zustande bringen können – aber das habe ich, glaube ich, schon oft genug gesagt. Unsere Alberta könnte da viel logischer ihr Sprößling sein. Aber von wem? Das ist die Frage.

Der Brief war wahrhaftig kurz genug. Aber hattest Du oder George ihn gelesen? Ich höre Deine Frage. Nein. Wir haben uns unser reines Gewissen bewahrt und das Siegel unberührt gelassen. Man kann von George halten, was man will, aber er gehört nicht zu der Sorte, die einen Briefumschlag über Wasserdampf öffnet – sogar wenn er wüßte, wie das geht. Wie dem auch sei: Es schien nicht angebracht. Wenn Dich die Ungeduld auch umbringt, unsere liebe Alberta hat mir den Brief nicht gezeigt. Aber sie hat den Inhalt kurz zusammengefaßt, wie sie sagte, bevor sie ihn mit einer endgültigen Geste in die Gesäßtasche steckte. »Da wird George gebeten, mich zu finden«, sagte sie, »womöglich mit Charlies Hilfe – Ihrer Hilfe«, fügte sie mit einem Lächeln hinzu. »Sie hofft, Sie beide werden Erfolg haben, bevor sie stirbt; sie hat das Gefühl, daß dieses Ereignis eintreten wird, sobald sie ihr Werk über die Tudor-Handschriften beendet hat. Wenn es Ihnen gelingt, mich zu finden, möchte sie mich sehen. Sie sagt, George wird darunter leiden müssen, wenn ich nicht komme, da sie ihr Testament vorher nicht machen kann. Geld für die Reise nach England steht bereit. Es steht noch etwas mehr darin, aber das ist das Wesentliche.«

Als sie den Brief weggesteckt hatte und mit dem Melken fortfuhr, sagte sie mir, daß sie darüber nachdenken müßte. Habe ich überhaupt erwähnt, daß wir im Stall waren und daß der ganze Melkvorgang damit beginnt, daß sie eine Falltür öffnet, durch die uns Heuballen vor die Füße fallen (vorausgesetzt, wir haben den nötigen Schritt zur Seite gemacht), die sie dann mit einer Heugabel dorthin befördert, wo die Kühe stehen? Ein Punkt war, daß sie ihre Arbeitgeber nicht im Stich lassen wollte. Ich beruhigte sie und sagte ihr, daß sie die Reise in einer Woche hinter sich haben könnte und daß Sinjins endgültiges Manuskript beim Verleger sei und sie nur noch auf den Fahnenabzug wartete. Ich erinnerte Alberta daran, daß die liebe alte Lady an die achtzig wäre, verdammt nochmal, und daß nicht mehr viel Zeit bliebe; Körper und Seele würden nur noch durch die Notwendigkeit zusammengehalten, das letzte ihrer Bücher im Druck zu sehen.

»Was haben Sie mit all diesen Dingen zu tun?« fragte sie verständlicherweise. Meiner Meinung nach paßte es zu ihr, daß sie nicht früher gefragt hatte. Sie hat etwas von einer Henry-James-Persönlichkeit, sie bewegt sich in einem moralischen Universum, das nur sie selbst bewohnt und mit allem Nachdruck unberührt sehen will. Es wäre ungehobelt gewesen, hätte sie früher gefragt, verstehst Du? Und sogar jetzt beugte sie sich über die Melkmaschine, um nicht den Anschein zu erwecken, als wollte sie mich beim Antworten beobachten. Ich mag sie, Toby, und das hilft sehr.

Liebster Toby,
sie ist einverstanden, hinzufahren; sie hat ihren Farmersleuten die ganze Geschichte erzählt, und die sind äußerst verständnisvoll und schätzen ihre Rücksichtnahme. Es machte ihnen nichts aus, eine Woche ohne sie auskommen zu müssen (was ich mir gut vorstellen kann; ich habe die beiden noch nicht kennengelernt, außer die männliche Hälfte das eine Mal, aber ich bin sicher, sie würden noch eine Menge mehr tun als das, um Alberta zu halten. Es kann kein zweites Geschöpf auf dieser Welt geben, egal ob männlich oder weiblich, wenn bei gesundem Verstand, das diesen Job bei dieser Bezahlung machen wür-

de). Aber das habe ich unserer Alberta natürlich nicht gesagt, sondern nur, daß ich mich um die Flugscheine kümmern werde, damit wir zusammen fliegen können. George wird schon früher fliegen, mein Lieber, nachdem ich ihn mit meiner ungeheuer klugen Art überredet habe, bei Mama zu sein, bevor wir beide aufkreuzen. Mein Beweggrund war natürlich, ihn von Alberta fernzuhalten, und es hat prächtig funktioniert; ich konnte direkt sehen, wie er hoffte, die Beziehung mit Sinjin zu festigen, bevor dieser neue weibliche Einfluß auf sie und sein Erbteil wirksam werden konnte. Wirklich, George ist einfach unmöglich; und trotzdem kann ich den armen Trottel nicht ganz und gar verachten; aber er ist so ein stümperhafter, selbstgerechter Narr. Wir fliegen Montagabend; Alberta fährt mit mir zum Flugplatz von Bradley – das ist näher, und ich möchte nicht nach New York hinein und wieder hinaus, was wegen der Hotels und Taxen und so weiter sehr kompliziert wäre; ich fürchte, sie könnte bei der ersten Gelegenheit schwankend werden. Ich werde sie einfach am Nachmittag auf der Farm einsammeln (sie wird das Melken versäumen, aber ich habe sie darauf hingewiesen, daß sie zum Abendmelken genau eine Woche später zurück ist, so daß sich das ausgleicht – welches Ehrgefühl sie doch hat), und nach eineinhalb Stunden werden wir pünktlich zum Abflug am Flugplatz ankommen; keine Chance zum Entwischen. Ich werde keine Zeit haben, mich persönlich von Dir zu verabschieden, mein Liebling, und das bedauere ich sehr; aber Du verstehst bestimmt die Dringlichkeit. Ich habe vor, in den kommenden Tagen wie ein Schutzengel über ihr zu schweben.

Liebster Toby,
ich hatte keinen Augenblick Zeit zum Schreiben, obwohl ich gehofft hatte, diesen Brief hinkritzeln zu können, während ich in Sinjins Haus auf das große Interview wartete. Ich hoffe nur, Du kannst ihn lesen; ich fürchte, Deine Arbeit hat nicht mit sich gebracht, daß Du unmögliche Handschriften gewöhnt bist; wir armen Biographen müssen uns daran gewöhnen. (Wie laufen die Dinge so bei Dar & Dar? Ich denke oft daran zwischen den dramatischen Momenten hier.)

Also, mein Lieber, wir kamen in der Morgendämmerung an, wie immer bei diesen verdammten Flügen, und machten uns auf den lästigen Weg durch den Zoll, die Einreisebehörde etc. (Eines habe ich Dir noch gar nicht gesagt; es hat sich herausgestellt, daß der Paß unserer Alberta, an den ich erst im allerletzten Augenblick gedacht hatte, völlig in Ordnung war. Ich habe den Verdacht, daß sie sich immer die Möglichkeit offengehalten hat, nach England zurückzufliegen, wenn sie die Lust dazu packt. Ein gutes Zeichen, finde ich.) Nachdem wir alle Hürden in Heathrow überwunden hatten, nahmen wir den Bus nach London, stellten unser Gepäck im Hotel ab und fuhren mit der U-Bahn zum Ladbroke Grove, wo Sinjin lebt. Ich wußte nicht recht, wie ich unsere Alberta auf die Begegnung vorbereiten sollte; ich konnte ihr nur sagen, daß das Haus etwas von einem Rattennest an sich hat. Ich sagte, es wäre das Heim eines Menschen, der an nichts anderes dachte als an das England von Elizabeth I., in allen Einzelheiten, und der, wie ich vermutete, meist selbst in jener Zeit lebte. Ich hatte daran gedacht, ihr Sinjin selbst zu beschreiben, beschloß dann aber, es nicht zu tun. Jedem anderen gegenüber hätte ich, entgegen meiner sonstigen Art, angedeutet, wenn auch sehr vorsichtig, daß Sinjin in keiner Weise den alten Ladies im Film und in BBC-Produktionen gleicht: weißhaarig und wohlfrisiert, gebeugt, mit knochigen, ausgeprägten Gesichtszügen. Aber ich war sicher, daß es Alberta bei ihrer eigenen unkonventionellen Art nicht einmal auffällt, wenn sie eine Frau trifft, der ihr Äußeres völlig gleichgültig ist – Hauptsache, ihre Arbeit war gut. Ich wollte es einfach den beiden überlassen, ob sie miteinander vorankamen oder nicht: Reife bedeutet, die Dinge geschehen zu lassen, mein Lieber – falls Du das noch nicht gemerkt haben solltest.

Habe ich Dir Sinjin beschrieben? Mir wird gerade klar, daß Du vielleicht gar nicht weißt, was ich meine. Sie ist ungefähr achtzig und brummelt vor sich hin, wie das die Alten gerne tun. Treppen bereiten ihr Schwierigkeiten, dennoch wohnt sie in einem engen, dreistöckigen Reihenhaus und zeigt damit, wie alle Engländer, ihre stolze Verachtung für jeglichen Komfort. Sie geht am Stock und beklagt sich über ihr Gedächtnis, das mir allerdings verdammt gut vorkommt, wenn auch eher auf die Zeit der Tudors beschränkt und die Belange ihres eigenen Lebens. Täglich beantwortet sie eine Flut von Briefen, zum Teil von Leuten, die etwas über Albertas Tante wissen wollen; wenn man bedenkt, daß sie auch noch alle Bücher im Druck hat, schafft sie das, soweit ich das beurteilen kann, besser, als man heute von den sogenannten Alten annehmen würde. Der springende Punkt jedenfalls ist: Sie ist fett, hat ein riesiges Doppelkinn und fast keine Haare mehr auf dem Kopf; was da noch ist, ist weiß. »Schütter« wäre eine wohlwollende Bezeichnung. Sie hat enorm dikke Beine, die, wie ich annehme, ihre ohnehin schon vorhandenen Schwierigkeiten bei der Fortbewegung noch verstärken. Neunundneunzig Leute von hundert würden über sie lachen, aber diese neunundneunzig würden sich keinen Pfifferling um die Tudors scheren oder auch nur ahnen, wen sie da vor sich haben. Ich vertraute darauf, daß dies bei Alberta anders sein würde.

Als Alberta bei unserem ersten Besuch wieder herauskam, blieb absolut unklar, wie alles gelaufen war. (Das nächste Mal ging sie alleine hin; sie benutzte die U-Bahn wie eine Einheimische, aber natürlich vergesse ich immer wieder, daß England vertrauter Boden für sie ist, zumindest geographisch gesehen. Sie war erstaunt über die Menge verschleierter arabischer Frauen, die man auf den Straßen sieht.) Alberta gehört nicht zu den besonders redseligen Typen, aber sie erwähnte, wie sehr sie Sinjin mochte und wie sehr sie sie bewunderte – »wie meine Tante, sie sagt immer, die Arbeit, die du tust, ist wichtig«; ich bin sehr zuversichtlich. George ist in seinen Club verbannt worden, wo er vermutlich den ganzen Tag lang Bridge spielt, und wenn er als Strohmann fungiert, betet, daß alles gut geht. Er hat auch irgendwas von Golf erzählt; ich bin sicher, daß wir ihn für eine Weile außer Reichweite haben.

Liebster Toby,
es tut mir leid, daß so viel Zeit vergangen ist, aber nach Deinem lieben Anruf gestern abend geht es mir wieder besser. Es hat mich glücklich gemacht, mein Geliebter,

daß Du daran gedacht hast. Es war herrlich, Deine Stimme zu hören. Bis Du diesen Brief erhältst, werde ich die letzten wichtigen Einzelheiten für die Biographie erfahren haben.

Alberta und Sinjin sprachen miteinander – stundenlang, mein Lieber; ich glaube, Sinjin hat die Tudors so ziemlich vergessen. »Und worüber haben Sie gesprochen?« wollte ich von Alberta wissen. »Oh, über ihre Kindheit – wußten Sie, daß sie gern ein Junge gewesen wäre mit Mütze und gestreiftem Blazer? –, über ihre Begegnung mit meiner Tante, über die Jahre in Oxford und die Zeit danach, die Freundschaft der beiden, Sinjins Heirat und George.«

»Eine wunderbare Liste von Gesprächsthemen«, sagte ich mit meiner üblichen sanften Ironie. »Aber was genau haben Sie geredet? Wie verlief das Gespräch? Sie wissen ja, und ich sagte, und sie sagte, und sie sagte, daß sie sagten ...« Unsere liebe Alberta lächelte nur und sagte, daß sie noch nicht darüber sprechen könne, nicht weil es geheim sei, sondern nur, weil sie nicht darüber reden wolle, bevor sie es verdaut habe. Und damit mußte ich mich natürlich zufrieden geben, zumal sie stets die Rücksichtnahme in Person war (und ist). Das heißt, daß mir vielleicht die köstlichen Leckerbissen, die kleinen Erinnerungen, die Skandale entgehen – die ich jedesmal erahne –, aber sie war offen genug, über die Entscheidungen zu sprechen, die sie, heftig aufeinander einredend, unter dem Dach des engen Hauses getroffen haben, während Sinjin ihre fetten und Alberta ihre langen Beine dem unzulänglichen Heizofen entgegenstreckten.

»Was Sie sicher wissen wollen«, sagte Alberta, »ist ihre Entscheidung, was die Biographie meiner Tante, ihre Papiere und so weiter betrifft. Sie hat kein besonders großes Vertrauen zu George, aber sie war entschlossen, ihm alles zu überlassen, falls ich mich als Enttäuschung entpuppt hätte oder als uninteressiert an ihr oder an meiner Tante. Nachdem sie festgestellt hatte, daß ich interessiert und nicht besonders enttäuschend auf sie wirkte, sagte sie, sie wolle mir überlassen, was mit den Papieren, der Biographie, der ganzen Angelegenheit überhaupt geschehen soll. Das Testament, das sie in den Staaten gemacht hat, soll anscheinend weiterhin gültig bleiben. (Ich hätte wohl kaum losschreien können; ich kenne es, mein Liebhaber hat es abgefaßt.) Ich werde alle ihre Papiere einsehen können. Sie fragte, ob ich Sie für eine gute Biographin meiner Tante hielte, und ich sagte ja. Ich glaube daher nicht, daß es Probleme geben wird. George und ich sollen uns die Erträge aus den Büchern meiner Tante teilen; sie hat alles mir angeboten, aber ich habe abgelehnt; ich bin erst im letzten Moment in Erscheinung getreten, und es wäre George gegenüber nicht fair gewesen. Alle Einnahmen aus der Biographie gehen natürlich an Sie.«

Also, mein liebster Toby, eine größere Fairneß kann man wirklich nicht erwarten. Sie sagte mir, sie fange an, mich zu mögen und zu respektieren, und sie glaube, daß ich eine gute Biographie schreiben würde; jedenfalls sehe sie keinen Grund, warum mir das nicht gelingen sollte. »Aber werden Sie mitarbeiten wollen?« fragte ich. Wieviel sie mir über Dinge erzählen würde, die mit ihr selbst zu tun hätten, könne sie nicht ehrlich sagen, aber das meiste würde ohnehin aus den Papieren hervorgehen, und sie habe nicht die Absicht, etwas zurückzuhalten.

»Haben Sie Sinjin zufällig gefragt, wie sie zu einem Sohn wie George gekommen ist?« Ich konnte mich nicht zurückhalten, das zu sagen. »Bridge, Golf und nur ein Hauch von Verstand.« »Ich habe nicht gefragt, sie hat es mir von sich aus gesagt.« Alberta sah auf ihre Hände hinunter, und nach einer Pause, die ich aus reiner Höflichkeit hätte füllen sollen, fuhr sie fort: »Sinjins Vater war ein charmanter Mann. Da er aber etwas Geld geerbt hatte, spielte er nur Golf und Bridge. Das waren für ihn die angenehmsten Dinge der Welt und sicherlich entschieden wichtiger als die kleine Harriet und ihre Mutter. Als Harriet erwachsen war, hatte sie alle Hoffnung in bezug auf intellektuelle Männer aufgegeben, und auch Männer der gehobenen Gesellschaftsschicht, wie ihr Vater, die nur daran dachten, sich zu amüsieren, waren ihr gleichgültig; also heiratete sie einen Automechaniker.« »Einen Automechaniker«, schrie ich. Wir saßen im St. James Park, aber ich glaube, man hat mich bis auf die Kanalinseln gehört. Alberta sah natürlich um sich wie ein aufgescheuchtes Reh, und ich schalt mich eine Idiotin. Aber sie lächelte. »Sinjin drückte es so aus: ›Leider hat

George die frivolen Interessen seines Großvaters geerbt, aber nicht seinen Verstand, die Unbekümmertheit seines Vaters, aber nicht seine Geschicklichkeit; und meine Figur.‹« Sinjin wolle jetzt, nachdem Alberta gefunden war, George nur noch das hinterlassen, was sie an eigenem Einkommen habe, und dazu das Haus, das – wenn man den Immobilienmaklern glauben konnte, die jede Woche anriefen – eine enorme Wertsteigerung erfahren hatte. (Es müßte ein neues Klo eingebaut werden, dachte ich boshaft.) »Das Wichtigste«, sagte Alberta, »war, daß Sinjin nicht wußte, was sie mit den Sachen meiner Tante anfangen sollte; sie wollte die Tantiemen, die noch immer ganz ansehnlich sind, mir überlassen. Ich dagegen wollte sie überreden, auch diese George zu hinterlassen; wir haben uns schließlich darauf geeinigt, die Tantiemen aufzuteilen.«

»Ich kann nicht verstehen, warum Sie so großzügig sein sollten, wenn Sie meine offene Art entschuldigen«, sagte ich. »Sie können schließlich nicht für den Rest Ihres Lebens Kühe melken.«

»Ich habe schon ein kleines Einkommen«, sagte Alberta. »Ich bin der Meinung, es steht George rechtmäßig zu. Schließlich hätte es ja auch gut sein können, daß er mich nicht findet.« »Ganz bestimmt hätte er Sie nicht gefunden«, sagte ich. »Deshalb hat Sinjin mich losgeschickt; nebenbei kannte sie auch meine Beweggründe. Ich finde, Sie sind es mir schuldig, das Geld zu nehmen.« »Ich nehme die Hälfte«, sagte Alberta, und ich konnte kein weiteres Wort aus ihr herausbekommen.

Morgen werden wir beide uns mit Sinjin treffen. Wie Du Dir vorstellen kannst, war ich ziemlich überrascht, als Alberta mir das sagte, aber natürlich auch erfreut. Ich erwarte, daß man mich ermahnt, nett zu George zu sein, und mich über die Verantwortung eines Biographen belehrt; diese Belehrungen werde ich mehr als bereitwillig annehmen, schließlich kann ich den alten zerrupften Fleischberg gut leiden. Alberta ist ganz eindeutig der Meinung, daß Sinjin eine Art Wunder ist, herabgefallen auf Albertas Lebensweg wie das Manna bei den Hebräern. Ich kann mir nicht vorstellen warum; es ist nicht so, als ob Alberta eine Biographie schreiben wollte. Glaube nur nicht, daß mir eine solche Befürchtung nicht heftig in die Glieder gefahren wäre (das hast Du Ekel Dir natürlich auch schon gedacht). Alberta schien all das zu erahnen und beruhigte mich; sie sagte, die Biographie ihrer Tante zu schreiben, käme für sie gleich nach der Aufgabe, Brautjungfer zu spielen. Von Zeit zu Zeit läßt sie sogar einen witzigen Spruch los, wie man sieht. Ich nehme beinahe an, daß unsere liebe Alberta all diese Probleme mit der Kleidung, was man anziehen soll und was nicht, verabscheut und sich zu Sinjin hingezogen fühlt, weil sie diesen Dingen nicht den allergeringsten Gedanken widmet (das weiß der liebe Himmel). Auch eine schlampig gekleidete alte Frau kann eine angesehene Gelehrte sein – oder etwas ähnliches.

Nach dem Besuch bei Sinjin, denke ich, werden wir für ein oder zwei Tage nach Oxford fahren. Alberta will mir ein paar Stellen in London und Oxford zeigen, wo sie und Tantchen in ihrer Kindheit die Welt ein Stück vorangebracht haben. Ich denke schon an meine Rückkehr zu Dir, mein Liebster. Ich hoffe so sehr, daß Du wieder anrufst, bevor Du diesen Brief bekommst, damit mein Tag unter einem guten Stern steht, weil ...

7

Kate hatte die Dokumente, die Charlie ihr gegeben hatte, zu Ende gelesen. Der Privatdetektiv, der sie danach aufsuchte, war ruhig und geschäftsmäßig und entsprach so wenig der Vorstellung irgendeines amerikanischen Schriftstellers vom Privatdetektiv, daß Kate sich einen Moment lang fragte, ob er ein Schwindler sei, der ihr aus Spaß von Toby und Charlie geschickt worden war. So wirken sich literarische Klischees auf unseren Verstand aus, dachte sie. Sie hatte ihn zu sich zum Tee eingeladen. Dieser wurde in einem Service serviert, das sie, als einzige Tochter, von ihrer Mutter geerbt hatte. Kates Haushälterin, die die Dinge stets mit beachtlicher Begeisterung in die Hand nahm, wenn sie die Wiederbelebung der Sitten einer früheren Zeit ahnte, hatte Sandwiches mit Brunnenkresse gemacht und dünne, feine Kekse gebacken. Als Kate ihn fragte, ob er Sahne oder Zitrone möge, fühlte sie sich in einen englischen Kriminalroman der zwanziger Jahre versetzt. Der Detektiv, der nicht anders heißen konnte als Mr. Fothingale, bat sie, ihn Richard zu nennen; er nahm Zitrone und Zucker und machte es sich bequem für seine langwierige Geschichte von Frustration und spärlichen Ergebnissen. Kate nippte an ihrem Tee mit Zitrone und ohne Zucker und genoß das vorzügliche Sandwich mit Brunnenkresse; sie ermunterte ihn ab und zu mit einem Lächeln und zustimmendem Kopfnicken.

»Ich habe mit dem angefangen, was Sie aus diesen Unterlagen entnehmen konnten«, sagte er. »Natürlich ohne das Ashby-Tagebuch. Das habe ich gefunden, nachdem ich diesen Auftrag übernommen hatte. Aber das war schon praktisch alles, was ich gefunden habe. Nach Charlies letztem Brief, den Sie dort haben, ist Alberta Ashby verschwunden, und seitdem hat niemand mehr etwas von ihr gehört. Niemand.«

»War das Tagebuch in dem Haus mit dem Zeltdach?« fragte Kate.

»Ja, es war in der Schublade des Tisches eingeschlossen, an dem sie immer geschrieben hat. Ehrlich gesagt, ich glaube nicht, daß sie es dort gelassen hätte, wenn sie nicht beabsichtigt hätte, zurückzukommen, und meiner Meinung nach war das der deutlichste Beweis dafür, daß sie nicht untergetaucht ist. Natürlich«, sagte er und hob abwehrend die Hand, als Kate zu einem Satz ansetzen wollte, »ist es auch möglich, daß sie es zurückgelassen hat, um uns irrezuführen. Sie war so sehr auf die Unantastbarkeit ihrer Privatsphäre bedacht, daß es wahrscheinlicher gewesen wäre, wenn sie es mitgenommen hätte. Aber sie wollte nur für eine Woche fort. Ich nehme an, sie vertraute den Farmersleuten, daß sie nicht in ihren Sachen herumschnüffeln würden; sie hat auch eine Vorsichtsmaßnahme getroffen, indem sie ein stabiles Schloß an der Schublade anbrachte. Ich meine, man hätte wirklich mit einem Brecheisen darangehen müssen, um an ihren Kram zu kommen – wie wir es schließlich auch getan haben.«

»Ich frage mich«, sagte Kate, »ob sie es nicht an einer völlig unwahrscheinlichen Stelle versteckt hätte, wo es nie gefunden worden wäre, wenn sie so auf die Wahrung ihrer Geheimnisse bedacht gewesen wäre, wie ich es war.«

»Daran habe ich auch gedacht. Aber, ich weiß nicht, ob Sie jemals ein Haus dieser Bauweise von innen gesehen haben. Da gibt es einfach nicht so viele Verstecke – das ist nicht wie in einem alten Haus mit Wandtäfelungen und Winkeln und Ecken. Es gibt keinen Stauraum, welcher Art auch immer, und auch nichts, wohinter man etwas verschwinden lassen könnte. Sie hätte es im Kühlschrank oder im Backofen oder in irgendeinem anderen Möbelstück verstecken können, oder in der Scheune – aber das war nicht wirklich ihre Art. Nein, eigentlich glaube ich, daß sie das Sicherste getan hat, was sie tun konnte, vorausgesetzt, daß sie beabsichtigte zurückzukommen.« Kate nickte.

»Aber«, fuhr er fort, »was haben wir durch dieses Stückchen Tagebuch erfahren? Eine Menge über ihre Kindheit in Oxford und über ihre Arbeit auf der Farm, aber nichts, was uns weiterbringt. Ich meine, die Tatsache, daß sie gern ein Junge gewesen wäre, führt uns nirgendwohin, wenn Sie es genau betrachten, oder? Ausgenommen den Fall natürlich, daß sie sich so sehr und so lange gewünscht hat, sich in einen Mann zu verwandeln – verstehen Sie, daß sie sich für einen Mann ausgegeben hätte. Das könnte eine Spur sein, die ziemlich schwer zu verfolgen wäre.«

»Das halte ich für unwahrscheinlich«, sagte Kate, »nach meiner derzeit unmaßgeblichen Meinung für sehr unwahrscheinlich. Sie hatte ein Junge sein wollen – welches Mädchen mit Verstand wollte das nicht? Beide Akademikerinnen, die Charlie Toby in den Briefen schildert, wollten Jungen sein. Aber von da bis zu dem Entschluß, sich auf unbestimmte Zeit als Mann zu verkleiden, ist es ein langer Weg. Vor allen Dingen heutzutage, wo Frauen sich genauso bequem kleiden können wie Männer, wenn sie wollen.«

»Eine von vielen Spuren, die ich verfolgt habe«, sagte Richard und hielt ihr seine Tasse zum Nachschenken hin,

»war die Möglichkeit, daß sie eine Stelle auf einer anderen Farm angenommen hat. Verstehen Sie mich richtig, ich habe es keinen Augenblick lang wirklich gedacht, weil ich an das glaubte, was sie in ihr Tagebuch geschrieben hat; aber es hätte eine Falle sein können, die mich zu genau dieser Folgerung führen sollte. Also habe ich eine Menge Nachforschungen angestellt über Landarbeiter, die kürzlich in der Gegend angeheuert hatten und auch in anderen Teilen von New England. Das sagt sich so leicht in einem Satz, nicht wahr? Aber es hat viel Zeit gekostet, die vielen Fragen, die man stellen muß, die scheinbare Wertschätzung, die man an den Tag legen muß, weil man hofft, ein paar Neuigkeiten aus den Leuten herauslocken zu können. Zum Glück tratschen Farmer gern, Männer wie Frauen. Ihr Leben ist einsam, warum also sollten sie nicht? Das Fazit war, daß die neuen Arbeitskräfte, die kürzlich eingestellt worden waren, sich als zu klein oder zu fett oder bärtig herausstellten, in keinem Fall aber als Alberta Ashby. Eine Verkleidung kann nur soweit gehen. Und was noch hinzukommt: Die Farmersleute, für die sie gearbeitet hat, glauben nicht, daß sie ihnen davongelaufen ist, genauso wenig wie Charlie. Vielleicht war Alberta Ashby die größte Betrugskünstlerin der Welt, aber warum hätte sie dann ein solches Talent an irgendwelche Farmer und eine Biographin verschwenden sollen, die ihre Biographie sowieso weiterschreibt? Ich meine, wen wollte sie ›reinlegen‹ und warum? Wofür?«

»Die Antwort scheint mir in England zu liegen, bei den beiden Professorinnen, Charlotte und Sinjin, nicht wahr?«

»Ja, das scheint offensichtlich. Ich habe eine Menge Zeit in England zugebracht und eine Menge Geld ausgegeben – Charlies Geld. Ich bin nicht billig, und dann sind da noch die Reisekosten und so weiter. Was ich Ihnen sagen möchte ist, daß ich nichts herausgefunden habe; das heißt, alles, was ich herausgefunden habe, war negativ. Charlie sagte, ich könne ihr dieses Gespräch mit Ihnen in Rechnung stellen, aber das werde ich nicht tun. Ich hoffe, Sie werden etwas finden, was ich nicht gefunden habe. Vielleicht stellt sich heraus, daß die Farmersleute sie wegen eines Hühnereis, das sie aus dem Nest genommen hat und von dem wir nicht einmal etwas wissen, ermordet, auf der Farm vergraben und ihr Tagebuch liegengelassen haben, um eine falsche Fährte zu legen. Aber das wäre wohl allzu abenteuerlich.«

»Gibt es nicht irgendwelche Unterlagen über ihren Rückflug hierher?«

»Eigentlich nicht. Eine der Fluglinien ist schließlich damit herausgerückt – auf welche Weise ich ihrem Gedächtnis nachhelfen mußte, kann ich Ihnen kaum beschreiben –, daß ein Passagier, unmittelbar nachdem Alberta in England verschwunden war, in die Vereinigten Staaten zurückgeflogen ist. Eingetragen war dieser Passagier als Alberta Ashby. Aber das beweist gar nichts. Jeder kann behaupten, er sei Alberta Ashby. Sagen Sie es nicht, ich weiß, was Sie fragen wollen: Was ist mit ihrem Paß? Die Fluggesellschaften sind beim Vergleichen von Tickets und Pässen nicht besonders sorgfältig, jedenfalls ist es nicht schwer, ihnen einen falschen Paß vorzulegen und zu sagen, man sei Alberta Ashby. Die amerikanischen Behörden haben keine Unterlagen über ihre Ausreise oder ihre Einreise, und wenn sie welche hätten, würden sie sie mir nicht geben. Natürlich wäre in ihrem Paß ein Vermerk, aber der ist mit ihr verschwunden. Ich hoffe, Sie beginnen das Ausmaß der Probleme zu erkennen.«

Kate lächelte Mr. Fothingale an. Sie bewunderte ihn, nicht nur, weil er frustrierter war, als er es eigentlich hätte sein müssen, sondern auch, weil er bereit war, ihr alles mitzuteilen, was er in Erfahrung gebracht hatte. Das war wirklich sehr großzügig. Sie war nicht eigentlich seine Konkurrentin. Für ihre Nachforschungen nahm sie kein Honorar – im Gegenteil, meistens ging es so aus, daß sie noch draufzahlte. Wenn man arm ist, kann man nicht lange Amateurdetektiv sein. Dennoch, auch wenn sie all dies zu Mr. Fothingales Gunsten in Betracht zog, beunruhigte Kate eine Frage. Sie entschloß sich, sie auszusprechen, wenn auch mit heftigen Befürchtungen.

»Bitte, diese Frage soll Sie nicht beleidigen«, sagte sie. »Nein, so anzufangen, ist nicht ehrlich. Bitte, verstehen Sie, daß ich diese Frage stellen muß und daß sie in keiner Weise durch Zweifel an Ihrer Integrität hervorgerufen ist.« Richard Fothingale nickte. »Kann ich sicher sein, daß Sie mir nicht den Fall jetzt übergeben, weil Sie vermuten oder glauben, daß Charlie selbst oder Toby van Dyne etwas mit dem Verschwinden von Alberta Ashby zu tun haben? Bitte, mißverstehen Sie mich nicht«, fügte Kate nervös hinzu.

Richard stellte seine Tasse auf dem Tisch ab. »Hätten Sie diese Frage nicht gestellt, hätte ich Sie für dumm gehalten. Der Punkt, den Sie angesprochen haben, ist mir sehr früh bei meinen Nachforschungen durch den Kopf gegangen. Auf diese Weise zu mir zu kommen, wäre der klügste aller Tricks gewesen, wenn Charlie Alberta beiseite geschafft hätte. Ich kann nicht beweisen, daß sie oder Mr. van Dyne es nicht getan haben. Ich glaube nicht, daß sie anders sind, als sie erscheinen, und ich habe Ihnen den Fall nicht übergeben, weil ich befürchtete, meine Klienten könnten schuldig sein. Das ist die Wahrheit, aber ich an Ihrer Stelle würde das nachprüfen.«

»Der springende Punkt scheint zu sein, daß es nichts nachzuprüfen gibt. Was ist mit Cyril, zum Beispiel?«

»Das liegt leider ganz klar; Cyril starb, als er noch nicht dreißig war. Ich muß zugeben, daß der Gedanke, er hätte die Identität eines anderen angenommen und wäre aus irgendeinem Grund zurückgekommen, aufregend war. Allerdings kann ich mir nicht vorstellen, warum oder wie Alberta darauf hätte reagieren sollen. Es ist nicht einmal klar, ob und wieviel Zeit sie als junge Erwachsene miteinander verbracht haben.«

»Wenn ich ihr Tagebuch lese, scheine ich nur an sie als Kind denken zu können, das, in seine Schuluniform gekleidet, Amerikanern Oxford zeigt. Sie scheint ein ewiges Kind zu sein, wie Alice oder die Kinder in den Nesbit-Büchern.«

»Charlie sagte, Sie würden die Sache literarisch angehen. Ich verlasse mich mehr auf schriftliche Unterlagen. Die Akten sind sehr präzise, was Cyril betrifft. Er starb an der Hodgkinschen Krankheit. Er dachte wohl an seine Kindheit und Alberta, als er wußte, daß er sterben würde. Wir wissen, daß er sich an sie erinnerte und zwar mit großer Zuneigung, denn er hatte sie als Erbin nach dem Tod seiner Mutter eingesetzt. Seine Mutter, die arme Frau, hat ihn überlebt, aber jetzt ist sie tot.«

»Sie schien ihr Leben schon hinter sich zu haben, als die Kinder noch klein waren.«

»Ja«, sagte Richard. »Sie war eine mitleiderregende Frau, nicht wahr?«

»Und Alberta hat das gewußt, damals und als sie das Tagebuch schrieb. Aber wohin führt uns das?«

»Also«, sagte Richard ein wenig energischer, »da sind eine Menge Einzelheiten. Über Cyrils Leben, über Charlotte Stantons Leben und sogar ein wenig über Harriet St. John Merriweather alias Sinjin. Jetzt ist sie ein erstaunlicher alter Fleischberg, wenn Sie mir diesen Ausdruck gestatten. Sie wußte ganz genau, was sie Alberta gesagt hat und was in ihrem Testament stehen sollte und wer das literarische Erbe verwalten sollte und so weiter.«

»Haben Sie sie kennengelernt?« fragte Kate.

»Oh, ja. Sie starb erst vor ganz kurzer Zeit. Ich habe auch George kennengelernt.«

»Eine inspirierende Erfahrung, möchte ich annehmen.« Kate lächelte ihm zu.

»Zunächst hatte ich Schwierigkeiten, an seine reale Existenz zu glauben. Sein Teil der Unterhaltung war eine Anhäufung von ›wissen Sie‹, ›also, entschuldigen Sie bitte‹ und ›ich habe keinen blassen Schimmer‹. Wenn Sie mich fragen, er hatte wirklich keinen.«

»Hat er möglicherweise eine Show abgezogen?« fragte Kate.

»Das hatte ich gehofft! Das ist das Schwierige an diesem Fall; man riecht den Braten und denkt, ›das wäre zu schön, um wahr zu sein‹, und dann findet man heraus, daß es wahr ist. Ich habe jede vorhandene Spur verfolgt, beinahe bis hin zur Lektüre der Bücher unserer beiden Autorinnen. Vielleicht finden Sie dort etwas. Ich nehme an, daß es diese Hoffnung ist, die Charlie bewogen hat, einen literarischen Spezialisten zu engagieren.«

»Das möchte ich aber wirklich bezweifeln. Charlie hat alle Bücher gelesen. Ich glaube eher, daß sie jemanden sucht, der frischen Wind in die Sache bringt und nicht zu viel kostet; jemand, der ihr nicht das Gefühl gibt, völlig übergeschnappt zu sein. An wen könnten sie sich noch wenden, wenn ein Mann von Ihrer Gründlichkeit und Ihrem Wissen versagt?«

»An eine Professorin, natürlich«, sagte Richard. »Dürfte ich wohl die Kekse aufessen? Sie sind so gut.«

»Bedienen Sie sich«, sagte Kate. »Und die Kresse-Sandwiches sollten wir auch nicht liegen lassen. Noch etwas Tee?« Richard nickte. »Wenn es Ihnen nichts ausmacht, gehen wir die Sache noch einmal durch«, sagte Kate. »Ich werde versuchen, nicht allzu weitschweifig zu sein. Alles in Albertas Tagebuch hat sich als richtig erwiesen; das haben Sie ja überprüft. Was ist übrigens mit den Leuten in Ohio?«

»Das ist ziemlich klar. Albertas Schulakten sind noch da und auch die Unterlagen über das Haus, das die Familie besaß. Der Vater ist tot, aber die Mutter und die beiden anderen Töchter waren schnell gefunden. Ich habe sie aufgesucht.«

»Sie waren wirklich gründlich. Muß ich annehmen, daß da nichts zu finden war?«

»Nichts von besonderem Interesse, obwohl Sie es vielleicht anders sehen. Alberta ist mit achtzehn von zu Hause fortgegangen und niemals zurückgekommen. Sie hat eine lose Verbindung aufrechterhalten; die Schwestern sprachen mit gedämpfter Zuneigung von ihr – eigentlich eher mit Scheu. Die Mutter sagte nur, sie sei nie mit ihr zurechtgekommen, so sehr sie sich auch bemüht habe. Ich glaube ihr das. Alberta schrieb Karten zu Weihnachten und beantwortete Hochzeits- und Geburtsanzeigen und so weiter. Sie war höflich, aber desinteressiert. Für mich war nirgends ein Motiv erkennbar.«

»Wie ist es mit Geld? Geld ist immer ein Motiv.«

»Als der Vater starb, hinterließ er den Grundbesitz seiner Frau mit der Maßgabe, daß bei deren Tod das Haus zu je einem Drittel an seine Töchter fallen sollte. So ist die Lage der Dinge, wenn sie stirbt. Vielleicht könnten die anderen beiden sich verbünden und Alberta töten wegen eines Drittels von hunderttausend Dollar, das sie irgendwann in der Zukunft bekommen würden, aber ich sehe das nicht so.«

»Das wäre auch schwierig«, stimmte Kate zu.

Richard stellte seine Tasse mit einer Geste ab, die eine gewisse Endgültigkeit ausdrückte. »Ich glaube, das wäre wohl in etwa alles«, sagte er, »oder fällt Ihnen noch etwas ein? Ich möchte Sie nicht drängen.«

»Wann genau ist Alberta verschwunden?« fragte Kate. »Charlies Briefe hören auf, als sie und Charlie Sinjin besuchen wollen. Haben sie sie wirklich getroffen?«

»Entschuldigen Sie; ich dachte, Sie wüßten alles darüber. Ich habe festgestellt, daß das oft in Gerichtsverhandlungen vorkommt. Jeder nimmt an, daß jeder andere etwas ganz Offensichtliches weiß, und wenn sich herausstellt, daß es nicht der Fall ist, ist man ›gelackmeiert‹ (das habe ich auch bei George aufgeschnappt).«

»Das ist ein raffinierter Trick in Kriminalromanen«, fügte Kate hinzu. »In meinem Lieblingsbuch spielen Musiker eine Rolle – die meisten sind Amateure, aber es sind auch ein paar Profis dabei, vor allem ein berühmter Dirigent –, und niemand kommt auf die Idee, dem Detektiv zu sagen, daß Mozart in der Symphonie, die sie gespielt haben, gar keine Klarinettenstimme notiert hat. Natürlich war der Klarinettist der Täter.«

Richard lächelte. »Nachdem sie bei Sinjin waren, sind Charlie und Alberta getrennte Wege gegangen. Sie sollten sich um zwei am Paddington-Bahnhof treffen. Soweit wir wissen, hat niemand Alberta jemals wiedergesehen.«

»Oder etwas von ihr gehört.«

»Nein. Charlie hat von ihr gehört; eine Nachricht, die Charlie bei ihrer Rückkehr ins Hotel vorfand und die besagte, daß sie es nicht geschafft habe und daß es ihr leid täte. Es sah aus, als wäre sie im Taxi hingekritzelt worden.«

»Haben Sie die Nachricht?«

»Nein. Charlie sagt, sie sei so außer sich gewesen, daß sie sie einfach zerknüllt habe.«

»Hat Charlie Ihnen etwas über ihren und Albertas letzten Besuch bei Sinjin erzählt?«

»Ein wenig. Sie haben geplaudert, und die alte Dame sagte, wie glücklich sie sei, daß nun endlich ihr Testament geregelt wäre und natürlich auch das Problem mit Charlotte Stantons Biographie. Alles eitel Sonnenschein, ja, und zum Schluß sei sogar George noch gekommen. Er hatte eine Flasche Blubberwasser – wie er es nannte – mitgebracht, um die Angelegenheit zu begießen. Kein Wölkchen am Horizont, nicht das allerkleinste.«

»Ich nehme an, Sie haben abgeklärt, daß nicht George

Alberta beiseite geschafft hat; es wäre naheliegend, ihn zu verdächtigen. Entweder er ist verärgert wegen der Biographie, oder er ist ein Psychopath und hält sie irgendwo im Keller versteckt.«

»Das wäre eine bequeme Lösung, und ich habe die Sache genauestens unter die Lupe genommen, das können Sie mir glauben. Was diese Möglichkeit angeht, ist mein Bericht wirklich besonders gründlich. Tatsache ist, daß er Sinjin am Tag der Zusammenkunft verlassen hat, um an einem Golfturnier in Schottland oder Wales – wo genau, habe ich vergessen – teilzunehmen; er hätte es beinahe gewonnen, und Hunderte von Leuten können seine Anwesenheit zu fast jeder Stunde des Tages und der Nacht bezeugen. Als ich ihm von Albertas Verschwinden erzählte, war er außerdem ganz offensichtlich erstaunt. Entweder er ist der größte Schauspieler der Welt, oder er sagt tatsächlich die Wahrheit. Ich neige eher zur zweiten Annahme, jedenfalls wünsche ich Ihnen viel Glück. Ich meine es wirklich ehrlich. Der Bericht über George liegt mit all den anderen in meinem Büro. Kommen Sie doch vorbei, ich würde mich freuen.«

»Ich glaube, das war's wohl in etwa«, sagte Kate. »Und der Tee ist auch alle. Ich danke Ihnen, daß Sie so geduldig waren.«

»Keine Ursache«, sagte Richard und stand auf. »Rufen Sie mich an, wenn irgend etwas ist. Ich möchte Ihnen wirklich helfen, wissen Sie. Wenn ich eine Weile über die Sache geredet habe, fühle ich mich so frustriert, daß ich mich einfach bewegen muß. Das heißt aber nicht, daß ich nicht zur Verfügung stehe, selbst ohne diese wunderbaren Kekse.«

»Ich verstehe vollkommen«, sagte Kate, »und ich bin doppelt dankbar, weil ich Sie verstehe. Ich danke Ihnen, Mr. Fothingale-Richard.«

Sie verabschiedeten sich mit einem Händedruck an Kates Wohnungstür wie Kollegen.

Der folgende Tag war ein Samstag, und Kate machte sich auf zu einem Besuch bei Ted und Jean Wilkowski. Einen Moment lang hatte sie daran gedacht, Lillian zu bitten, sie zu begleiten. Kommen Sie, Watson, das Spiel beginnt oder so etwas Ähnliches. Lillian hätte sicher eine Abwechslung in ihrem fragmentarischen Leben zwischen fehlendem Engagement, einer Schreibhemmung (Kates Vermutung) und der Langeweile von Textverarbeitung gebrauchen können, aber Kate hatte einfach das Gefühl, daß zwei weniger leicht das Vertrauen von Ted und Jean gewinnen könnten als einer. Sie mußte zu einer Entscheidung kommen, was Lillian betraf.

Kate hatte, wie George sich ausgedrückt hätte, »keinen blassen Schimmer«, was sie von Ted und Jean zu erfahren hoffte, wenn es denn überhaupt etwas zu erfahren gab. Sie konnte nur versuchen, sich im Rahmen ganz allgemeiner Fragen zu bewegen. Sagen Sie, was ist Ihrer Meinung nach geschehen? wollte sie sagen. Aber was würden sie ihr erzählen können? Während sie so dahinfuhr, machte sich Kate im Kopf eine Liste der Dinge, die sie für diese Aufgabe in Angriff nehmen würde – eine Gewohnheit von ihr –, bei der nächsten Gelegenheit würde sie sie zu Papier bringen. Erstens die Werke von Charlotte Stanton lesen und prüfen, was über ihr Leben bekannt war. Kate würde nicht nur die in Albertas Tagebuch erwähnte Biographie lesen müssen, sondern alles, was sie sonst noch würde finden können. Das war ganz klar. Eigentlich könnte sie Lillian für das Quellenstudium anheuern, eine schlaue Idee. »Watson, altes Mädchen«, hörte sie sich sagen, »besorge mir Fotokopien von allen Artikeln und Büchern, die du über Charlotte Stanton und ihr Werk finden kannst. Wenn die Bücher nicht mehr lieferbar sind, laß' in der Bibliothek Fotokopien machen. Da Mr. Fothingale, Richard, meint, die Antwort könne dort liegen, müssen wir eben suchen.« – Aber warum bin ich so sicher, daß all das uns keinen Schritt weiterbringt? fragte sich Kate, als sie von der Taconic in die Route 23 einbog. Immerhin freute sie der Gedanke an eine Aufgabe für Lillian. »Mache ich«, hörte sie Lillian sagen. »Aber du mußt mir versprechen, mich auf dem laufenden zu halten.« Kate hatte ihre Antwort schon parat: »Watson war deine Idee; bitte erinnere dich, daß Watson immer bis zu allerletzt keinen blassen Schimmer von irgend etwas hatte und Sherlock Holmes es ihm schließlich erklärt hat. Gedulde dich, mein Kind.«

Sie war zufrieden, nun einen Plan für Lillian im Kopf zu haben, und fuhr gutgelaunt bis Great Barrington, wo sie vor der Weiterfahrt zur Wilkowski-Farm etwas essen wollte. An der Hauptstraße entdeckte sie ein Restaurant, das Bio-Kost anpries und aussah, als gehörte es in die Columbus Avenue in New York. Sie bestellte eine Mischung aus Auberginen und Avocados auf Vollweizen-Pittabrot und Kaffee; Kate mochte kein Pittabrot, fand aber, wenn man schon gesund ißt, sollte man es auch richtig tun. Sie trug ihr Tablett zu einem Tisch und mampfte dieses ungewöhnliche Gemisch in sich hinein; dabei überlegte sie ohne Erfolg, was sie wohl den Leuten auf der Farm sagen sollte. Aber Pläne konnte man nicht einfach ausbrüten. Sie würde wohl versuchen müssen, etwas aus dem Ärmel zu schütteln, wie es genannt wurde, wenn jemand eine Vorlesung hielt, ohne genügend vorbereitet zu sein. Kate hatte diese Erfahrung bisher nicht oft gemacht und war auch gar nicht scharf darauf.

Dennoch, als sie Ted und Jean sah, wußte sie sofort, daß ihr Instinkt sie nicht getrogen hatte. Sie musterten Kate, machten sich ihr Bild und faßten Vertrauen – genau wie bei Alberta. Warum? Später, während des Gesprächs, wunderte Kate sich noch und war glücklich über dieses überraschende Gefühl von Vertrautheit, das nur aufkommt, wenn die Chemie genau stimmt. Oft lernt man Menschen schätzen oder sogar lieben, denen man auf den ersten Blick nicht getraut hat; aber mit den Menschen, zu denen man sich spontan hingezogen fühlt, entsteht eine ganz besondere Art Freundschaft oder Zuneigung. Und das geschah noch seltener bei einem Ehepaar – weiß der Himmel. Kate hatte die Erfahrung gemacht, daß ein Ehepaar gemeinsam eine eigene Dynamik entwickelt, die normalerweise jeden Ansatz von Offenheit unterbindet, auch wenn man jeden Partner für sich mag.

»Könnte ich mir das Zeltdachhaus ansehen?« fragte Kate.

»Nein«, sagte Jean. »Wir haben eine neue Hilfskraft für die Farm gefunden, die jetzt dort wohnt. Aber wenn Sie mehr suchen als einen allgemeinen Eindruck, werden Sie nicht viel erfahren, glaube ich. Ted und ich haben alles herausgeräumt, was ihr gehört; möchten Sie es sehen? Ich werde es Ihnen holen, wenn ich mir auch nicht vorstellen kann, was Sie finden könnten. Alberta hatte sich wirklich auf die allerwichtigsten Dinge im Leben beschränkt.«

Ted ging hinter Jean her, um ihr zu helfen; sie kamen mit zwei Kisten zurück. Sie erklärten Kate, daß die eine Kleidung und die andere persönliche Dinge enthielt – Zahnbürste, Toilettengegenstände; sie hatten alles aufbewahrt. »Manchmal lese ich Kriminalromane, und wer weiß, welchen wertvollen Hinweis Sie vielleicht in ihrer Zahnpasta finden«, sagte Jean lächelnd.

»Ich vermute, Mr. Fothingale hat nichts in ihrer Zahnpasta gefunden.«

»Gar nichts. Wollen Sie die Kleiderkiste durchsehen?«

»Eigentlich sollte ich wohl beide durchsehen, schon aus Prinzip. Ich fange mal mit der anderen Kiste an.«

»Ihr Tagebuch ist natürlich weg«, sagte Jean. »Die paar anderen persönlichen Papiere scheinen nicht der Rede wert zu sein. Ein paar Steuerbelege, Rechnungen und so weiter.« Während sie sprach, half sie Kate, Bücher und ein paar Zeitschriften auf dem Tisch auszubreiten.

»Ich finde das nicht richtig«, sagte Ted. »Ich weiß zwar, daß wir versuchen müssen, herauszufinden, was mit ihr passiert ist. Aber ihr Privatbereich war ihr so wichtig, und ich habe ihr vertraut. Ich glaube auch, sie war sich sicher, daß ich nicht an ihre Sachen gehen würde.«

»Darüber haben wir schon ausführlich genug gesprochen, Ted«, sagte Jean. »Mir gefällt es auch nicht, aber ihr Verschwinden gefällt mir noch weniger.« Nach einer kurzen Pause drehte sich Jean zu Kate um. »Da waren noch ein paar Bücher aus der Leihbücherei in Lenox«, sagte sie. »Ich habe sie zurückgebracht, das schien mir das beste; aber ich habe die Titel aufgeschrieben.«

Kate nahm das Blatt Papier und sah es sich einen Augenblick lang an; daraus war zu ersehen, daß Alberta neuere Bücher gelesen hat, die sie interessierten und die ihr ins Auge fielen, aber auch Klassiker, wie der Charlotte-Brontë-Roman bewies. Kate legte die Liste beiseite und betrachtete die anderen Gegenstände. Es war wenig genug, was von einem Leben übrig blieb. Führte sie jetzt irgendwo ein anderes Leben? War sie vielleicht dorthin verschwunden? Wartete etwa Cyril – ganz und gar nicht tot – in einer einsamen Hütte im finstersten Wales auf sie? Auch wer für Romantik absolut nichts übrig hat, sollte nicht vergessen, daß das Leben selbst gelegentlich romantisch ist, dachte Kate bei sich: Man denke nur an die Damen von Llangollen. Sie ging die Papiere durch; ordentliche Stapel von Rechnungen und Quittungen und ein Ordner, in den Alberta alles eingeheftet hatte, was in keine andere Rubrik paßte. Kate hatte selbst solch einen Ordner mit dem Etikett DIV. für »Diverses«.

Es waren Zeitungsausschnitte, die Alberta aufbewahrt hatte, keiner ließ auf den ersten Blick wilde Spekulationen zu; Kate legte sie daher zur späteren Prüfung zur Seite. Als sie ganz in Gedanken darin blätterte, fand sie ein Stück gefaltetes Plastik, knapp zehn mal fünf Zentimeter, mit einer auf der Rückseite befestigten Sicherheitsnadel. »Was glauben Sie wohl, wo sie das her hat?« fragte Kate sie. »Was ist das überhaupt, und warum hat sie es aufgehoben?«

»Vielleicht dachte sie, sie könnte es eines Tages nochmal brauchen«, meinte Ted. »Sie hat nicht wahllos Dinge aufbewahrt, aber sie hat auch nichts unüberlegt weggeworfen.«

»Vielleicht«, sagte Kate. »Es erinnert mich an etwas, aber mir fällt nicht ein, an was. Ich werde es eben auch mitnehmen und darüber nachdenken.« Sonst bot die Kiste nichts von besonderem Interesse, auch nicht demjenigen, der wie wild auf der Suche nach Anhaltspunkten war. »Unsere einzige wirkliche Hoffnung bleibt das Studium von Charlotte Stantons Werk«, sagte Kate, als sie ihre Suche beendet und sich wieder hingesetzt hatte. »Zum Glück haben wir für ihr Werk eine Expertin. Es ist schon merkwürdig, wie wenig Alberta von ihrem Leben zurückgelassen hat, obwohl es, wie ich ganz stark vermute, besonders reich und erfüllt war. Die meisten von uns sammeln im Laufe ihres Lebens so viel unnützes Zeug an.«

»Sie war eine bemerkenswerte Persönlichkeit«, sagte Ted. (Kate spürte, daß er nach der richtigen Bezeichnung gesucht hatte und nun mit diesem Wort herauskam.) »Wenn wir Ihnen irgendwie behilflich sein können, lassen Sie es uns wissen. Und wenn Sie irgendwo ihr Versteck ausfindig machen, sagen Sie ihr, daß sie immer bei uns arbeiten kann und das Haus auf sie wartet. Die Kinder vermissen sie. Sogar die Hunde vermissen sie.«

»Wir alle vermissen sie«, sagte Jean, als Kate sich zum Gehen fertig machte. »Sie sagen uns doch Bescheid, wenn Sie etwas von ihr hören, nicht wahr? Irgend etwas!«

Kate versprach es, als sie sich verabschiedete, allerdings ohne große Hoffnung, daß es viel zu berichten geben würde; höchstens irgendwelche literarischen Dinge über eine Frau, die nicht einmal Albertas richtige Tante war. Kate konnte Mr. Fothingales Frustration sehr gut nachempfinden.

8

Den folgenden Tag – es war ein Sonntag – brachte Kate mit der Vorbereitung ihrer Vorlesungen zu, abgesehen von einer Stunde, in der sie über das Verschwinden von Alberta Ashby nachgrübelte. Schließlich ging sie zu Reed, um sich seine Kommentare zu ihren Schlußfolgerungen anzuhören. Sie umriß die ganze Angelegenheit, indem sie ihm eine Zusammenfassung von Albertas Tagebuch, Charlies Briefen und Mr. Fothingales fruchtlosen Nachforschungen gab.

»Ich nehme nicht an, daß irgend jemand auf die Idee gekommen ist, die Polizei zu benachrichtigen; sie hat bei der Suche nach vermißten Personen immerhin eine gewisse Routine von mittlerer Effizienz.«

»Fothingale sagte, sie hätten die Polizei benachrichtigt«, sagte Kate. »Es ist nichts dabei herausgekommen. Ted hat mit Charlies Einverständnis Alberta vermißt gemeldet, aber offensichtlich war die Polizei der Meinung, daß Alberta einen besseren Job gefunden hat und einfach abgehauen ist. Sicher, aus der Sicht der Polizei hat sie nichts Wichtiges zurückgelassen.«

»Ich vermute aber, daß sie etwas zurückgelassen hat, was für jemand anderen von Bedeutung sein könnte.«

»Da du das jetzt sagst, fällt mir ein, daß sie dieses Ding hier zurückgelassen hat«, sagte Kate und lächelte ihn an. »Ich erwähne das nur, weil ich nicht dahinterkomme, was es ist. Irgend etwas klingelt in meinem Kopf, aber ohne konkretes Ergebnis.« Sie hielt ihm das gefaltete Stück Plastik mit der Sicherheitsnadel auf der Rückseite hin.

»Wenn du so viel wie ich in Nobel-Verbrechen herumgestochert hättest, meine Liebe, würdest du das erkennen: Es ist ein Anstecker für Namensschildchen, wie sie auf Kongressen benutzt werden. Man gibt dir so eine Plastikanstecknadel, in die du ein Schild mit deinem Namen schiebst; dann steckst du dir das Ganze ans Revers oder ans Kleid als Erkennungsmarke.«

»Ach ja, natürlich. Wie dumm von mir, nicht darauf zu kommen«, sagte Kate.

»Ganz und gar nicht dumm. Nach meiner Erfahrung bist du Meister im Fernbleiben von Kongressen. Wann hast du das letzte Mal an einem teilgenommen und sei es auch nur an einem von deinem Berufsverband?«

»Die MLA. Natürlich. Reed, du bist ein Genie. Wann habe ich dir das zuletzt gesagt?«

»Habe ich dich auf eine Idee gebracht? Was bedeutet eigentlich ›Modern‹ in Modern Language Association?«

»Modern Language Association of America – ›modern‹ heißt hier ›nicht Griechisch oder Latein‹. Ich würde es nicht Idee nennen; nur den Hauch einer Ahnung. Hast du sonst noch einen tollen Vorschlag?«

»Nein. Da nun alle Hinweise nach England zu deuten scheinen, werde ich diese offensichtliche Tatsache nicht weiter erwähnen – ich hatte nämlich gehofft, wir würden unseren nächsten Urlaub hier verbringen; allerdings muß ich zugeben, daß es nicht viele andere Anhaltspunkte zu geben scheint.«

Es ergab sich, daß Kate am nächsten Abend mit einer Freundin vom Hunter College zum Dinner verabredet war; sie war Professorin für Französisch, und Kate konsultierte sie gern, wenn Fachberichte aus Frankreich und die provokative und dennoch schwerfällige französische

Philosophie sie verwirrten. Susan und Kate sahen sich von Zeit zu Zeit, wie das unter Kollegen so üblich ist; sie verfolgten dabei keinen bestimmten Zweck und trafen sich einfach nur zum Vergnügen und um sich gegenseitig die Geschichten akademischer Auswüchse zu erzählen. Taten Männer so etwas auch? Kate fragte sich das manchmal ernsthaft. Ihr Eindruck – wenn auch nicht bewiesen – war, daß ihre männlichen Kollegen sich entweder regelmäßig trafen, um wie Kumpel miteinander zu reden, zu trinken und Squash zu spielen, oder nichts dergleichen taten, wie Rüden im selben Revier.

»Weißt du zufällig etwas über die MLA-Kongresse?« fragte Kate sie nach einer Weile. Ihr Gegenüber sah sie mit weit aufgerissenen blauen Augen an und hörte auf zu kauen.

»Eine Frage, die nur du stellen kannst«, sagte sie schließlich. »Hast du denn nie etwas mit Einstellungsgesprächen zu tun?«

»Sicher. Aber meistens handelt es sich dabei um akademisches Personal, da finden die entsprechenden Gespräche gemütlich beim Lunch oder weniger gemütlich beim Dinner auf heimischem Boden statt, d.h. im Fakultäts-Club. Ist das der einzige Grund, dahin zu gehen?«

»Man fährt hin, um Referate zu halten, Referate zu hören, entfernte Freunde wiederzusehen, ein kleines Abenteuer zu erleben, wenn die Umstände es erlauben, oder um – wie in meinem Fall – von den Kindern fortzukommen und das zur schlimmsten Jahreszeit. Aber ich nehme an, keiner dieser Gründe hat dich je in Versuchung geführt.«

»Ich dachte immer, zu Weihnachten krallt man sich an seinen Kindern fest, tauscht Geschenke aus und erzählt ihnen etwas über die drei Weisen aus dem Morgenland.«

»Sehr witzig. Ich habe festgestellt, daß Leute ohne Kinder sich nie die Mühe machen, darüber nachzudenken, in welch glücklicher Lage sie sich befinden; das wäre schlecht für die Moral. Weihnachten ist die Hölle, und ich glaube, man hat Kongresse ursprünglich so gelegt, damit die Männer, die die Organisation übernommen hatten, Frau und Kinder allein lassen, über Literatur diskutieren und ihre Zeit auf herrlich nichthäusliche und erwachsene Weise verbringen konnten. Als auch die Ehefrauen anfingen zu arbeiten, hat das die Lage kompliziert. Josh und ich wechseln uns ab: ein Jahr geht er, das nächste ich. Wir haben einmal versucht, die Kinder mitzunehmen; unsere Ehe hat das nur mit Mühe überstanden; obwohl man jetzt sogar die Kinder mitbringen kann und keine Hotelkosten für sie zu zahlen braucht. Das ist wohl eine Folge (neben vielen anderen) der neuen konservativen, familienfreundlichen Regierung in Washington. Natürlich sind manche schlau genug, Ehemänner beziehungsweise Ehefrauen zu haben, die in akademischen Disziplinen wie Religion arbeiten und zu einer anderen Jahreszeit tagen. Worüber haben wir gesprochen?«

»MLA-Kongresse.«

»Ach ja. Und du bleibst zwischen Weihnachten und Sylvester zu Hause, mit nichts als Ruhe und Frieden um dich herum.«

»Und Reed. Es hat sich herausgestellt, daß das für ihn die beste Zeit des Jahres ist. Sogar wenn man für Massenmorde zuständig ist, gelingt es der Staatsanwaltschaft, die Angelegenheit bis zum Morgen des Neujahrstages zurückzuhalten. Ja, ich hasse Kongresse. Man scheint immer den falschen Leuten über den Weg zu laufen und die richtigen zu verfehlen. Ich bin einmal zu einem gegangen, weißt du, aber das ist eine Ewigkeit her. Die Sitzungen verliefen immer gleich: Ein alter (so schien es mir damals) männlicher Professor stellte irgendwelche aufgeblasenen Theorien auf, und ein paar auserwählte Schüler hielten unübertroffen langweilige Referate. Ich hatte das Gefühl, die ganze Struktur bräche mit einem Schlag in sich zusammen, falls jemand etwas Interessantes sagen würde. Und nie konnte man irgendwo etwas trinken oder ein Sandwich bekommen oder sich frisch machen; dazu mußte man in sein Zimmer gehen, was die Benutzung des Aufzugs erforderte; der fuhr aber immer nur aufwärts und niemals abwärts. War mein Eindruck falsch?«

»Die Aufzüge sind dieselben geblieben, aber alles andere hat sich verändert. Die Professoren alten Stils beklagen sich, daß ihre Vorlesungen immer leer sind, weil sie zur falschen Zeit angesetzt sind oder gleichzeitig mit einer über Autobiographien von Schwarzen oder lesbische Lyrik in Texas.«

»Das kann nicht dein Ernst sein.«

»Das sagen sie. In der letzten Zeit gibt es ungeheuer aufregende Themen, und die alte Garde ist so gut wie weg vom Fenster. Man hat sogar gehört – und hier mußt du die Stimme senken, wenn Frauen anwesend sind –, man hat also gehört, wie sie sich verzweifelt beschweren, weil es sogar Vorlesungen über mißglückte Ehen in der Literatur gibt; kannst du dir das vorstellen! Woher eigentlich dieses plötzliche Interesse? Hat man dich aufgefordert, im Programmausschuß mitzuwirken?«

»Wohl kaum. Aber du hast mich inspiriert, Susan. Willst du damit sagen, daß auch Vorlesungen über weniger bedeutende Autorinnen gehalten werden, beispielsweise Charlotte Stanton?«

»Die, die all diese tollen Romane über das alte Griechenland geschrieben hat? Das ist sehr wahrscheinlich, meine Liebe. Du könntest es bei der Popular Culture Association versuchen. Sie tagt nicht zu Weihnachten und hält Seminare über so herrliche Sachen wie Pornographie und Poker. Ich glaube, die Polizei aus einer Stadt im Süden hat tatsächlich an einem dieser Pornographieseminare teilgenommen, und man fand sie zum Schluß allesamt in tiefem Schlaf; die hatten anstößige Bilder erwartet und nicht eine Analyse der Pornographie.«

»Charlotte Stanton würde sich bei diesem Gedanken im Grabe umdrehen; aber wahrscheinlich haben auch die Typen von der Popular Culture solche Plastikanstecker.«

»Ich vermute, wir sind auf Spurensuche?«

»Allerdings. Auch wenn es nur der Hauch einer Möglichkeit ist. Wie kann ich herausfinden, über welche Themen die MLA Seminare abgehalten hat?«

»Na ja, du könntest in eine Bibliothek gehen und in den MLA-Bänden nachsehen. Im letzten Band eines jeden Jahres ist das Jahresprogramm des Kongresses abgedruckt. Oder du könntest, reich und faul wie du bist, jemand anheuern, das für dich zu tun. Oder du könntest zur MLA-Verwaltung gehen und dich dort der Gnade dieses Kongreßvölkchens ausliefern. Warum versuchst du das nicht einfach? So bekommst du ein Gefühl für die Atmosphäre dort. Aber, paß auf! Sie könnten finden, daß du einen vielversprechenden Eindruck machst und dich für einen Aussschuß vorschlagen.«

»Arbeiten die Leute denn nicht gern in diesen Ausschüssen?«

»Die meisten sind ganz wild darauf, meine Liebe. Du wirst aus dem finstersten Kansas oder Missouri nach New York bugsiert, in ein Hotel gesteckt und nur tagsüber in den Sitzungsräumen des MLA-Hauptquartiers eingesperrt. Wenn man in New York lebt, widersteht man diesen Versuchungen leichter, niemals aber der Versuchung, dem Berufsstand zu dienen.«

»Und was ist mit der französischen psychoanalytischen Theorie, jetzt nachdem Lacan gestorben ist«, fragte Kate.

»Alle Meister mit Ausnahme von Derrida sind tot«, sagte Susan. »Wir blicken auf Iragaray und Cixous und Kristeva und hoffen auf große Dinge. Wollen wir uns noch einen Wein bestellen?«

Die Zentrale der Modern Language Association gleicht aufs Haar dem Büro eines großen Verlages oder einer Anwaltskanzlei; sie nimmt zwei Etagen ein, ist mit den neuesten elektronischen Geräten ausgestattet und mit dem Besten, was moderne Innenarchitektur zu bieten hat. Und auch hier stolpert man, wie in ähnlichen Unternehmen, beim Verlassen des Fahrstuhls über eine allgegenwärtige Empfangsdame. In Anwaltskanzleien und Verlagshäusern ist es üblich, daß diese Gestalt weiblich einladend wirkt und zugleich so willkommenheißend wie ein Wachhund. Die MLA hat Mitglieder und keine Klienten oder Kunden, dementsprechend ist diese Position mit einer fröhlich wirkenden Frau besetzt, die jedem, der ihr gegenübertritt, gute Absichten unterstellt – wenn auch nicht immer guten Willen –, denn sogar Mitglieder können sich beschweren. Kate fühlte sich zum ersten Mal in der Geschichte ihrer Erfahrungen mit diesen auf Hochglanz polierten Büros nicht sofort wie ein Steuerprüfer oder ein Vertreter, der eine tausend Seiten dicke Biographie von Calvin Coolidge verkaufen will.

»Hallo«, sagte die Empfangsdame. »Was kann ich für Sie tun?«

»Kann man etwas über die Kongreßprogramme der letzten Jahre erfahren?«

»Nehmen Sie Platz«, sagte die Empfangsdame. »Ihr Kleid gefällt mir. Es wird gleich jemand kommen, der Ihnen weiterhilft.«

Kate setzte sich und betrachtete die ausliegenden Veröffentlichungen. Es hatte den Anschein, daß sich diese Organisation verlegerisch betätigte, ohne dabei in die schlechten Angewohnheiten normaler Verlagshäuser zu verfallen. Es ist eigenartig, dachte Kate, daß man in New York ständig in andere Welten hineinstolpert, von deren Existenz man nichts gewußt hat und die sich mit großer Energie zu großem Einfluß entwickelt haben, ohne daß man sich dessen bewußt ist. Kann ich deshalb nirgendwo sonst leben? Braucht ein erfülltes Leben die Möglichkeit von Überraschungen?

Die Frau, die sich Kate in diesem Augenblick vorstellte, war offensichtlich schon vor langer Zeit zu dem Schluß gekommen, daß das Leben – zumindest in diesem Büro – überwiegend aus Überraschungen bestand, und zwar meist unliebsamen. In ihrem Gesicht drückten sich auf schöne Weise Vorsicht und Interesse zugleich aus. »Sie hatten eine Frage zu unseren Kongressen?« fragte sie und setzte sich zu Kate. Sie hatte ein nettes Lächeln.

»So ungefähr. Ich frage mich, ob Sie mir helfen können. Ich hätte gern gewußt, ob es zufällig bei einem Kongreß der letzten Jahre ein Seminar über Charlotte Stanton, die Romanautorin, gegeben hat. Wenn Sie mich jetzt in die Bibliothek schicken, bin ich Ihnen nicht böse. Ich fürchte, ich gehöre zu der unausrottbaren Spezies der ›Wegabkürzer‹, was fast immer bedeutet, daß andere die Arbeit haben.«

»Das macht gar nichts«, sagte die Frau und erhob sich mit einer Erleichterung, die erkennen ließ, daß sie die Aufforderung erwartet hatte, aus gewichtigen Gründen, den nächsten Kongreß in Terre Haute, Indiana, abzuhalten. »Bitte, folgen Sie mir.«

Sie führte Kate auf labyrinthartigen Wegen zu ihrem eigenen Büro, in dem Regale mit Reihen von MLA-Journalen standen. Die meisten waren blau. »Die braunen Nummern erscheinen zweimal im Jahr«, erklärte Elmira (so hatte sie sich vorgestellt); »im September mit einem Mitgliederverzeichnis und im November mit dem Kongreßprogramm. Sie suchen nach einem Kongreß der letzten Jahre?«

»Nicht einmal das weiß ich«, sagte Kate. »Vielleicht sollten wir mit 1980 oder 1981 anfangen.«

»In diesem Fall nehmen wir alle Kongreßprogramme der achtziger Jahre heraus und sehen unter dem Punkt ›Themenverzeichnis aller Kongresse‹ nach«, sagte Elmira mit einer geübten Fröhlichkeit, die in Kate ein Schuldgefühl hervorrief – sie hätte eben doch zur Bibliothek gehen sollen.

»Und sehen einfach nach, ob *Stanton, Charlotte,* verzeichnet ist«, schloß Kate hoffnungsvoll.

»Nicht ganz so einfach. Es sind thematische Stichworte in einem weitergefaßten Sinn, leider. Wenn Sie zum Beispiel wissen wollen, ob es ein Seminar über ›Intertextuelle Wiederholung: Der Gebrauch von Verdoppelungen und Reiterativa‹ gegeben hat, so würden Sie das unter dem Untertitel ›Theorie und kritische Beurteilung der Literatur‹ finden; hier ist dann die Nummer für weitere Einzelheiten angegeben, wie z.B. Namen der Referenten, Veranstalter des Seminars und die Adressen, an die Sie sich wenden können, wenn Sie Kopien der Referate brauchen«, sagte Elmira, während sie rasch ein Journal durchblätterte. »Das war natürlich nur ein Beispiel«, fügte sie hinzu mit einem Anflug von Erstaunen, wie es Kate schien.

Kate ermunterte sie. »Wenn ich also wissen wollte, ob ein Seminar über Charlotte Stanton stattgefunden hat, würde ich unter ... hm ... ›Englische Literatur des zwanzigsten Jahrhunderts‹ nachsehen. Ist das richtig?«

»Das ist das System. Die Bezeichnung heißt britische Literatur und schließt irische und so weiter ein, nichtbritische Literatur in englischer Sprache oder amerikanische Literatur dagegen aus – sie sind getrennt eingeordnet; hier unter ›Zwanzigstes Jahrhundert‹ gibt es keine Charlotte Stanton, leider. Aber hier steht: ›Jean Rhys: Gedenkkolloquium‹.« Es war wie ein Ersatzangebot. Kate hatte das Gefühl, der Anstand würde erfordern, daß sie sich für Jean Rhys entschied, obwohl Elmira, die ja den Umgang mit Universitätsleuten gewöhnt war, nicht den Eindruck machte, als erwartete sie das.

»Ich glaube, ich habe das System begriffen«, sagte Kate. »Wenn Sie erlauben, könnte ich selbst die braunen Novemberbände durchsehen, natürlich nur, wenn ich nicht störe.«

»Ganz und gar nicht«, sagte Elmira. »Aber es ist Ihnen doch klar, daß vielleicht niemals ein Seminar stattgefunden hat, das ausschließlich Charlotte Stanton gewidmet war.«

»Ja, leider«, sagte Kate.

»Aber das heißt natürlich nicht, daß sie nicht Gegenstand eines Referates gewesen sein könnte, welches unter einer anderen Rubrik aufgeführt ist.«

»Ich verstehe, was Sie meinen«, sagte Kate. »Das Thema im Verzeichnis könnte heißen ›Moderne britische und amerikanische Autoren, die griechische Vorlagen für populärwissenschaftliche Romane in englischer Sprache verwenden‹. Das würde eine noch genauere Nachforschung erfordern. Das sehe ich ein.«

»Also, machen Sie es sich bequem«, sagte Elmira. »Ich nehme an, dieser Tisch wird Ihnen zusagen; hier sind alle Kongreßprogramme seit 1980. Möchten Sie eine Tasse Kaffee?«

Mehrere Tassen Kaffee und Kongreßprogramme später war Kate zu dem Schluß gekommen, daß *kein* Seminar über Charlotte Stanton stattgefunden hatte; das wäre auch *allzu* einfach gewesen, murmelte sie in sich hinein. Allerdings hatte es mehrere Seminare gegeben, die Charlotte Stanton möglicherweise mit einbezogen; und eines, in dem sie mit Sicherheit Thema war: Ihr Name war im Titel eines Referates aufgeführt, das unter der Rubrik »Romanciers in Oxford« stand. Da Kate beschlossen hatte, sich von der Gegenwart ausgehend zurück in die Vergangenheit durchzuarbeiten, war sie nicht im geringsten überrascht, im frühesten (und letzten) Katalog, nämlich in dem von 1980, auf dieses Seminar zu stoßen. Dieser Kongreß war in Houston abgehalten worden. Sie nahm ihre Entdeckung und die wenigen anderen Bände, die *vielleicht* etwas über Charlotte Stanton hätten enthalten können, und ging damit zu Elmira hinüber, die lächelte und hilfsbereit aussah.

»Wenn ich hiervon gerade noch Kopien machen könnte, werde ich gehen und versuchen, Sie nicht mehr zu belästigen«, sagte Kate und fügte hinzu, »es sei denn, Sie hätten Lust, mit mir zum Lunch zu gehen. Ich bin eingetragenes MLA-Mitglied.«

Elmira lächelte. »Das habe ich bereits festgestellt. Ich weiß auch ein wenig über Sie. Mehrere Male sind Sie dem Verwaltungsrat für irgendwelche Positionen in Kommissionen oder Komitees vorgeschlagen worden, aber man hatte immer gleich befürchtet, Sie würden ablehnen, was Sie dann ja auch getan haben.«

»Schuldig im Sinne der Anklage«, sagte Kate. »Aber ich unterstütze die Association als Sprachrohr der Geisteswissenschaften in diesen schlimmen Zeiten. So ist das. Lassen Sie sich von mir zum Lunch überreden; dann können Sie versuchen, mich davon zu überzeugen, daß ich etwas für die MLA tun muß.«

»Zum Lunch muß ich sowieso; auf diese Weise wird es ein Vergnügen.«

Nachdem Kate alle erforderlichen Kopien und Notizen gemacht hatte, landeten sie schließlich in einem pubähnlichen Restaurant am Universitätsplatz.

»Arbeiten Sie das ganze Jahr über an diesen Kongressen?« fragte Kate, nachdem beide bestellt hatten. »So, wie die Anstreicher an der George-Washington-Brücke, die am vorderen Ende wieder anfangen, kaum daß sie das hintere erreicht haben?«

»So ungefähr ist es«, sagte Elmira. »Abgesehen natürlich von der Teilnahme an Sitzungen des Verwaltungsrates und der Direktion und Gesprächen mit Leuten, die etwas über frühere Kongresse wissen wollen.«

»Wie ich, ich weiß. Es tut mir leid, so lästig gewesen zu sein, besonders, weil es möglicherweise ganz umsonst war; das ist sogar ziemlich wahrscheinlich.«

»Bitte, entschuldigen Sie sich nicht. In allererster Linie ist es meine Aufgabe, den Mitgliedern zu helfen, und ich tue das gern. Wir sehen nicht viel von den Mitgliedern, nur wenn sie in ein Komitee gewählt werden oder eine Beschwerde haben. Es macht wirklich Freude, mit jemandem zu sprechen, der nicht beleidigt ist, weil sein Seminar um acht Uhr morgens stattfinden soll oder der sich beschwert, weil in den New Yorker Hotels die Preise für Drinks oder die Garderobe unerschwinglich sind. Letzterem stimmen wir ja zu, aber wir haben schließlich keinen Einfluß auf die Gewerkschaften und andere New Yorker Probleme. Manchmal habe ich das Gefühl, Mitglieder von außerhalb machen uns für das Wetter verantwortlich, wenn es schlecht ist, und für die Graffitti in der U-Bahn. Die Anfrage von jemandem, der ein Referat über ein bestimmtes Thema sucht, ist beinahe schon ein Hochgenuß.«

»Um ehrlich zu sein, ich suche weniger ein Referat, als eine bestimmte Person«, sagte Kate. »Die Person, die das Referat gehalten hat.« Und sie fügte hinzu, *»eigentlich* bin ich auch nicht an dieser Person interessiert, sondern an der Frage, ob sie zufällig jemand anderen kennt.«

»Vielleicht, wenn die andere Person Mitglied der MLA ist, könnte ich . . «

»Ich bin aber ziemlich sicher, daß das nicht der Fall ist. Nein, eigentlich weiß ich bestimmt, daß sie es nicht ist. Das wäre zu einfach«, sagte Kate etwas versonnen. »Und völlig unerwartet, wenn ich ehrlich sein soll.« Und sie fuhr fort: »Nicht, daß ich nicht neugierig auf das Referat bin; ich habe wirklich ein Interesse an allem, was über Charlotte Stanton geschrieben worden ist. Aber ich suche jemanden, der an dem Seminar über Charlotte Stanton teilgenommen hat, jemand, der sich vielleicht sogar eingetragen hat, obgleich mir auch das zweifelhaft erscheint.«

»Ich vermute, Sie können sie nicht einfach fragen.«

»Nein«, sagte Kate bedauernd. »Das ist das Problem. Sie ist spurlos verschwunden.«

»Aha«, sagte Elmira. »Da sehe ich nun gar nicht, wie ich Ihnen helfen kann; aber wenn irgendwelche anderen Pläne für Seminare über Charlotte Stanton eingereicht werden sollten, werde ich Sie gerne benachrichtigen. Allerdings kann das noch Monate dauern. Wir müssen den diesjährigen Kongreß noch überstehen.«

»Wer trifft die Auswahl der Seminare, die angenommen werden?«

»Der Programmausschuß. Wissen Sie, Sie könnten eine Anzeige in die ›MLA Newsletter‹ setzen. Ich glaube, die neue Nummer geht demnächst in Druck. Sie müssen sich mit dem zuständigen Redakteur in Verbindung setzen. Wenn dann irgend jemand etwas weiß, könnten Sie sich mit ihm auf dem diesjährigen Kongreß treffen; der findet in New York statt.«

»Oh, wirklich?« sagte Kate. »Ist er oft in New York?«

»Oh ja. Es ist unser beliebtester Tagungsort. Die Leute kommen immer gern nach New York und wir besorgen ihnen besondere Flugtarife und Hotelarrangements.«

»Wieviele kommen gewöhnlich zum Kongreß?«

»In New York etwa zehntausend.«

»Ein besonders seltsamer Mensch könnte also sicher unbemerkt bleiben, wenn er oder sie das wollte.«

»Ganz bestimmt. Andererseits weiß man nie, wem man dort begegnet.«

»Nichtmitglieder können sich auch zum Kongreß anmelden, und sie bekommen auch ein Namensschildchen oder zumindest so eine Plastikanstecknadel?«

Elmira nickte. »Also – wir sagen es nicht gern – natürlich vergeben wir diese Plastikhalter; sie liegen einfach bergeweise in einem Korb an der Anmeldung, und sicher kann jemand etwas anderes hineinstecken als sein eigenes Namensschild.«

»Ein fremdes Namensschild, zum Beispiel.«

»Bei der MLA ziehen wir es vor, uns darüber keine Gedanken zu machen.«

Kate lächelte. »Ich verspreche, mein eigenes Namensschild zu tragen, wenn ich komme.«

»Wenn Sie sich voranmelden, wie das für Mitglieder möglich ist, ist es billiger«, sagte Elmira. »Bitte, sagen Sie mir Bescheid, wenn ich noch etwas für Sie tun kann. Ich erinnere mich, gehört zu haben, daß Sie sich als Detektivin betätigen. Ist das jetzt der Fall?«

»Im Moment tappe ich hilflos im Dunkeln«, sagte Kate.

9

Am folgenden Morgen hatte Kate ein Gespräch mit Lillian. Sie, Kate, hatte über die ganze Watson-Geschichte nachgegrübelt und wollte – um ihrer selbst und Lillians Willen – keine Kapriole unterstützen, die Lillian davon abhalten könnte, sich Dingen zu widmen, die vielleicht einmal ihre Lebensaufgabe werden könnten. Gleichzeitig ertappte sich Kate dabei, beinahe in die Fußstapfen ihrer Brüder zu treten. Deren Überzeugung nach sollte man nicht zu lange nach seinem zwanzigsten Geburtstag seinen Platz im Leben gefunden haben. Wenn Lillian sich noch ein wenig umsehen wollte, so war das für sie vielleicht richtig. Watson war wahrscheinlich nicht die ideale Rolle für sie, aber andererseits war es kaum weniger befriedigend, Nachforschungen über Charlotte Stanton anzustellen, als für eine Anwaltskanzlei die Textverarbeitung zu machen. Wenn Kate die Ängste betrachtete, die das Tantesein mit sich brachte, war sie froh, keine noch engere Verbindung mit der Jugend eingegangen zu sein. Muttersein war vermutlich noch schwieriger, da man noch weniger in der Lage war, einen kühlen Kopf zu behalten. Kate hatte festgestellt, daß es Eltern beinahe unmöglich ist, bei Ratschlägen, die sie ihren Kindern geben, emotionslos zu bleiben; sogar die Haltung einer distanzierten Besorgnis findet auf dem Konto der langfristigen elterlichen Gefühle ihren emotionalen Niederschlag. Da Watson und Holmes nicht miteinander verwandt waren, konnten sie sich also besser auf ihre Arbeit konzentrieren.

»Ich möchte alles wissen, was über ihr Leben zu erfahren ist«, sagte Kate zu Lillian. »So einfach ist das. Natürlich suche ich nach Hinweisen, was die Verbindung zwischen Alberta und Charlotte Stanton angeht, aber wenn wir uns auf nur eine Sache konzentrieren, übersehen wir vielleicht etwas anderes, noch wichtigeres.«

»Super«, sagte Lillian. »Bist du darauf gefaßt, mir das höchste Gehalt zu zahlen, das eine Sekretärin auf Zeit jemals verdient hat, wenn ich dieses Stanton-Zeug lese? Sollte ich zu Hause lesen oder in einer offizielleren Umgebung?«

»Wenn das ›Zeug‹ nur in Bibliotheken zu haben ist, wirst du es dort lesen müssen. Wenn nicht, dann lies es wo du willst. Ich glaube, ich werde auch in die Romane hineinschauen – wenn zwei sie lesen, kommt vielleicht mehr dabei heraus, als bei nur einem, aber ich verlasse mich auf dich, was die Zusammenfassungen aller Biographien, Kritiken und Briefe angeht und die Berichte über alle veröffentlichten und unveröffentlichten Werke, die du finden kannst. Das meiste davon wird von Charlie kommen.«

»Aber du willst dich nicht auf ihre Zusammenfassungen verlassen?«

»Nein, und nur zum Teil, weil ich dich mit anständiger Arbeit versorgen will. Wir könnten manches anders sehen als Charlie ...«

»Oder etwas entdecken, was Charlie uns nicht sehen lassen möchte.«

»Da ist es! Das erste Gesetz für die Detektivarbeit heißt: Verdächtige jeden!«

»Ausgenommen natürlich Watson und Holmes.«

»Selbstverständlich. Während du liest und deine Zusammenfassungen machst, werde ich in eine völlig andere Richtung marschieren. Wir wollen unsere Notizen in – na, sagen wir – einer Woche vergleichen.«

»Wieviel, glaubst du, kann ich in einer Woche lesen?«

»Du wirst sehen, eine ganze Menge, wenn du wirklich nur die Zeit berechnest, die du mit Lesen verbringst. Ich möchte auch alle Berichte haben, die es über Oxford zu der Zeit gibt, als Charlotte Stanton Rektorin war; du weißt schon, Erinnerungen von Studentinnen, denen sie aus der Klemme geholfen hat oder denen sie eine Strafe auferlegt hat, weil sie ohne Robe herumliefen – alle Ereignisse dieser Art.«

»Vielleicht sollte ich lieber eine Reise nach England machen und dort Nachforschungen anstellen«, sagte Lillian.

»Eines nach dem anderen«, antwortete Kate abwehrend.

Kate befolgte die Hinweise, die in dem Exemplar der ›MLA-Newsletter‹ standen, das sie an jenem Vormittag aus der MLA-Verwaltung mitgenommen hatte, und schickte ihre Anzeige ein. Sie fügte einen Scheck über drei Dollar pro Wort bei; das Minimum von zehn Worten bereitete ihr keine Schwierigkeiten. Im Gegenteil, ihre Fähigkeit der präzisen Ausdrucksweise wurde aufs äußerste gefordert. Die Anzeige hatte folgenden Wortlaut:

Alberta Ashby: Jeder, der sie in den letzten Jahren bei einem MLA-Kongreß getroffen hat, sei es in einem Seminar über Charlotte Stanton und ihr Werk, sei es anderswo, möge sich bitte mit Professor Kate Fansler in Verbindung setzen.

Zum Schluß gab Kate ihre Adresse und Telefonnummer in der Universität an. Durch die Nennung der drei Namen, Albertas, Stantons und ihres eigenen, hoffte sie, auch die Menschen anzusprechen, die auf eine weniger persönlich gehaltene Anzeige vielleicht nicht reagiert hätten. Zweifellos würde sie eine gewisse Anzahl von derben oder komischen Zuschriften erhalten, aber das war die Sache ihrer Meinung nach wert. Außerdem hatte sie sich vorgenommen, abzuwarten, ob eine Frau sich melden würde, die 1980 das Referat über Charlotte Stanton in Houston gehalten hatte. Falls nicht, könnte Kate immer noch selbst die Initiative ergreifen; in der Zwischenzeit konnte sich Reichweite und provokative Wirkung der Anzeige erweisen.

Für die Wartezeit bis zum Erscheinen ihrer Anzeige und eventueller Ergebnisse plante Kate eine ausführliche Rücksprache mit Charlie.

Diese fand in Tobys Wohnzimmer statt, wo sich Kate auf dem Heimweg nach einem Tag voller Vorlesungen und Gespräche mit Studenten mit einem Martini stärkte. Toby war in seiner Kanzlei. Charlie nippte an einem Bier und sah aufgeregt und wißbegierig aus, während Kate sich hauptsächlich erschöpft fühlte. Kate dachte, sie sollte vielleicht doch Urlaub nehmen und ein Buch schreiben oder irgendeine Detektivarbeit als Vollzeitjob übernehmen. Das waren ihre üblichen Spätnachmittagsgedanken, die sich aber stets bis zum nächsten Morgen in Nichts aufgelöst hatten.

»Ein Leben mit viel Freizeit sieht von außen immer so

verlockend aus«, sagte Kate. »Aber ich habe oft festgestellt, daß es das von innen betrachtet viel weniger ist. Mögen Sie Ihr unstrukturiertes Leben? Kein Büro, keine Routine, außer einer selbstauferlegten, und keine Menschen um sich herum? Vermutlich haben Sie sich mehr Freizeit gewünscht und deshalb Dar & Dar so überstürzt verlassen. War es so, wie Sie sich es erhofften?«

»Ich habe die Kanzlei überstürzt verlassen, weil ich nicht länger dort arbeiten wollte, nachdem Toby und ich endgültig beschlossen hatten, zusammenzubleiben; er tat sich schwer, den Leuten dort von unserer Beziehung zu erzählen. Ich dachte, das wäre zum Teil so, weil ich auch im Büro arbeitete; meine Vermutung hat sich später bestätigt. Also habe ich mich einfach zurückgezogen und außer Lillian haben mich alle schon vergessen. Mir war klar, daß mich später auf Geschäftsparties Leute vielleicht wiedererkennen würden, aber ich wollte auch einfach etwas Zeit vergehen lassen (übrigens sind Menschen, die im Büro arbeiten, außerhalb dieses Zusammenhangs oft nicht wiederzuerkennen). So weit ist alles sehr gut gelaufen. Schließlich kümmerte sich Toby dort noch immer für mich um die Sinjin-Sache – Sie wissen doch, die beiden Testamente.«

»Auf Larrys Party für die Kanzleikollegen sind Sie nicht gewesen.«

»Nein. Ich warte den rechten Zeitpunkt ab, und das war in jedem Fall einer, den ich getrost verstreichen lassen konnte. Natürlich konnte ich nicht wissen, daß Sie dort sein würden. Um Ihre Frage zu beantworten, ich war so sehr damit beschäftigt, mir Gedanken um Charlotte Stanton zu machen, daß ich gar keine Zeit hatte, das Fehlen eines durchstrukturierten Tagesablaufs zu vermissen. Hat man als Schriftsteller keinen Erfolg, dann stelle ich mir ein solches Leben entsetzlich einsam, ja sogar deprimierend vor. Mit Erfolg meine ich eine gewisse Reaktion von außen auf die Bücher, die man geschrieben hat, gerade schreibt oder vorhat zu schreiben. Einer der Vorteile beim Schreiben einer Biographie ist natürlich, daß man losgehen und mit Leuten über die entsprechende Person reden kann.«

»Und Alberta Ashby gehörte zu den Leuten, zu denen Sie mit diesem Vorsatz gegangen sind.«

»Ja. Mit einer Einschränkung. Sie werden sich daran erinnern, daß Sinjin sie auch suchte. Daher die ganze Geschichte mit George und so weiter, die Sie ja gelesen haben.«

»Warum nehmen Sie an, daß Toby sich wegen Ihrer Beziehung unwohl gefühlt hat? Ich möchte gleich hinzufügen, daß das keine Frage ist, die mich etwas angeht; bitte, sagen Sie mir, wenn ich bei Alberta bleiben und mich ansonsten um meine eigenen Angelegenheiten kümmern soll, wenn Sie das wollen.«

»Er ist ein sehr ruhiger Mensch und spricht nicht gern über sich selbst; zum Teil ist das ein typisches Problem von Männern, zum Teil auch ein Mangel an Übung. Außerdem bin ich jünger als er, und Toby hat immer Männer verachtet, die mit sechzig mit jüngeren Frauen davongelaufen sind. Und, da er mit Leuten wie den Fanslers aufgewachsen ist, hat er Klassenbewußtsein (obgleich er das bis zu seinem letzten Atemzug leugnen würde); und Seniorchefs bandeln nun mal nicht mit dem Büropersonal an und leben schon gar nicht mit einer von ihnen zusammen. Wahrscheinlich gibt es noch mehr Gründe, aber reicht das für den Anfang?«

»Das ist reichlich, danke. Meine Devise ist: Wenn dir etwas unklar ist, frage; aber sei nicht beleidigt, wenn du keine Antwort bekommst. Und wenn dich einer k.o. geschlagen hat, sieh zu, daß du wieder auf die Beine kommst.«

»Offenbar eine gute Devise. Inzwischen mal zurück zur Farm; konnte Ihnen irgend jemand einen Hinweis geben?«

»Man könnte es einen mageren Hinweis nennen, über den ich aber im Moment nicht sprechen möchte, wenn es Ihnen recht ist. Was passiert mit dem Geld, falls sich herausstellen sollte, daß Alberta tot ist?«

»Sinjins Geld? Es fällt an George.«

»Nach ihren Briefen war Alberta einverstanden, das Geld mit George zu teilen.«

»Das stimmt. Damals, als Sinjin Alberta sehen wollte und Toby sie nicht finden konnte, hat all dies begonnen.«

»Und Sie sind hingegangen und haben sich um einen Job in der Kanzlei beworben; ursprünglich sind Sie zu dieser Kanzlei gegangen, um mit Toby zu sprechen – wegen Ihres Interesses an Charlotte Stanton.«

»Stimmt auch. Ich hatte schon lange vor, ihre Biographie zu schreiben. Es war gar nicht so schwierig, herauszufinden, wo sie ihr Testament gemacht hatte, oder Kontakt zu Sinjin aufzunehmen. Anschließend Toby aufzuspüren, war doch nur naheliegend. Vermuten Sie eine finstere Verschwörung?«

»Nicht im geringsten; ich bin nur dabei, wieder einmal meinen alternden Verstand zu testen. Konnten Sie viel Schriftliches über die Stanton finden, von Collegeleuten oder sonst jemandem?«

»Nichts von besonderer Bedeutung, abgesehen von den Biographien. Mit dieser ganzen neuen Datenverarbeitung, dem On-Line-Retrieval-System und wer weiß was noch, kann man sich ein recht gründliches Bild von dem machen, was geschrieben wurde; abgesehen von dem gelegentlichen kleinen Artikel, der vielleicht in irgendeiner obskuren Zeitschrift stand. Man kann auch abfragen, wie oft ihr Name in den größeren Zeitungen erwähnt wurde, wann und wo. Kein Wunder, daß sich die meisten Wissenschaftler heutzutage mit Theorie befassen, Forschung ist nicht mehr wie früher vor allem eine interessante Wühlarbeit. Die größere Herausforderung ist heute die Auslegung, und die liegt noch immer jenseits der Fähigkeiten eines Computers.«

»Wie interpretieren Sie ihr Leben, falls Sie glauben, mir das anvertrauen zu können? Ich verspreche, daß ich nichts ›stehlen‹ werde, um selbst ein Buch zu schreiben oder sonst etwas, das auch nur im entferntesten mit Charlotte Stanton zu tun hat.«

»Ein Teil ist ohnehin bekannt; sie war eine gründliche Lehrerin, eine Linguistin, ja sogar Philologin. Während ihrer Zeit als Rektorin legte sie Wert auf ein besonders hohes Niveau in allem, vom gesellschaftlichen Benehmen bis zu schulischen Dingen, und ihr Auftreten war ganz gewiß zumindest streng. Und dennoch hat sie diese leidenschaftlichen Geschichten über Athen geschrieben, die die Leute so gierig verschlungen haben, und in denen es immer um Männer geht, die einander liebten und ein ehrenwertes männliches Leben führten. Es gibt eine Theorie, die besagt, daß ihre Romane die Grundlage ihrer Leidenschaft für die Philologie bildeten, aber ich glaube das einfach nicht. Man schreibt Romane, weil man es will, welche anderen Gründe es auch sonst noch geben mag.«

»Was war mit ihrem Liebesleben?«

»Das ist *die* Frage. Die Stanton war ungewöhnlich für ihre Zeit, wenn auch vielleicht nicht für ihre Umgebung, weil sie sehr enge Freundinnen hatte. Natürlich gab es ewig das Gerücht, sie sei lesbisch; das aber nur, weil sie sich sorglos kleidete, unvorteilhaft frisiert war und dick wurde. Da ist die weitverbreitete Meinung – und die hat es, glaube ich, immer gegeben –, daß Frauen, die kein Interesse daran haben, anziehend auf Männer zu wirken, wahrscheinlich lesbisch sind; als ob die meisten Lesbierinnen, mit denen ich befreundet bin, nicht todschick angezogen wären. Frauen wie die Stanton interessieren sich zum einen einfach nicht für Kleider, und zum anderen verbringen sie in ihrem Berufsleben, wenn sie Intellektuelle sind und dem akademischen Lehrkörper angehören, ohnehin die meiste Zeit mit Männern. Die meisten Dozenten, denen ich in Oxford begegnet bin, sind in jedem Fall sehr viel mehr an einem Gespräch mit einer Frau wie Charlotte Stanton interessiert, als an einem mit ihrer eigenen Frau.«

»Was Alberta in ihrem Tagebuch über Cyrils Mutter schreibt, bestätigt das.«

»Genau. Das Problem ist, daß man wirklich eine Menge Negatives über die Stanton berichten kann; die positiven Aspekte sind schwer faßbar; warum, zum Beispiel, hat sie die ganzen Jahre nur herumgeredet, statt direkt auf die Arbeit für ihren Bachelor of Letters zuzusteuern? Hatte sie Affären, und, wenn ja, mit wem? Und, zu guter Letzt, welcher Art war ihre Beziehung zu Alberta, warum hat sie sie im Sommer immer zu sich nach Oxford eingeladen?«

»Gibt es keinen einzigen Hinweis?«

»Bis jetzt nicht. Es ist schon merkwürdig; ich dachte, wir könnten Alberta vielleicht hypnotisieren, und so ein oder zwei Anhaltspunkte bekommen, aber das können wir nun wohl vergessen – zumindest scheint es so. Vielleicht wäre etwas hinter der sogenannten ›Deckerinnerung‹ hervorgekommen; einen Versuch wäre es wert gewesen. Was mich natürlich am meisten ärgert, sind all die Fragen, die ich Alberta *nicht* gestellt habe, als ich die Gelegenheit hatte. Wie hätte ich wissen sollen, daß sie auf diese Weise verschwindet? Ich *hätte* sie fragen können, ob sie in jenen Jahren mit Charlotte Stanton in Verbindung gestanden hat, aber ich hoffte auf lange Gespräche und darauf, viele Fragen stellen zu können. Glauben Sie, daß jemand sie entführt hat, um selbst eine Biographie zu schreiben? Man wird sie einer Gehirnwäsche unterziehen, dafür sorgen, daß sie die Vergangenheit vergißt, und sie dann wieder laufen lassen. Soviel zum Thema Hypnose.«

»Zu dumm, daß Cyrils Mutter nicht mehr lebt.«

»Beide Eltern sind inzwischen tot; der Vater starb vor Cyril und die Mutter erst vor ein paar Jahren. Lauter Sackgassen!«

»Könnten Sie mir alle Stanton-Romane leihen, nur für kurze Zeit?« fragte Kate. »Ich verspreche, sie umgehend in unverändertem Zustand zurückzugeben.«

»Selbstverständlich. Ich besitze alle Erstausgaben, es ist also ein Vertrauensbeweis.«

»Was ich sehr zu schätzen weiß. Aus irgendeinem Grund ist es mir wichtig, sie so zu lesen, wie sie ursprünglich veröffentlicht worden sind; zweifellos ein noch nicht ganz verkümmerter wissenschaftlicher Instinkt.«

Kate nahm sieben Romane mit, entschlossen, sie von Anfang bis Ende zu lesen. Möglich, daß das ins Nichts führte; wahrscheinlich sogar. Aber als berufsmäßig Lernender und Lehrer der Literatur sollte man einen gewissen Glauben an die enthüllenden Möglichkeiten eines Textes haben; das sagte sich Kate, um sich selbst zu überzeugen, als sie, die Tasche mit den Büchern an sich gedrückt, ein Taxi herbeiwinkte. Man brauchte schon triftige Gründe, wenn man Romane auf Kosten der eigentlichen Arbeit las.

Kate las die Romane, wenn sie nicht gezwungen war,

etwas anderes zu tun, und brauchte dafür eine Woche. Am Ende dieser Woche hatte auch Lillian die ihr gestellten Aufgaben erfüllt. Das heißt, sie hatte Photokopien von einer unglaublichen Menge – so zumindest schien es Kate – von Artikeln gemacht; die meisten waren Berichte aus Zeitungen und Zeitschriften und in einem sehr populären und geschwätzigen Ton gehalten; dazu noch ein Porträt der Stanton. Diese Berichte waren umständlich, spekulativ oder analytisch; Lillians Meinung nach war keiner davon auch nur einen Pfifferling wert. Kate überflog die Texte und war geneigt, ihr zuzustimmen.

»War in dem, was du gefunden hast, überhaupt etwas, was Auskunft geben könnte über die Grundlage ihrer Freundschaft mit Alberta? Vorausgesetzt, eine solche Freundschaft hat bestanden«, fragte Kate Lillian.

»Soll das heißen, wir haben außer Albertas Tagebuch keinerlei Grund, die ganze Geschichte von ihrer Kindheit in Oxford, ihrer Beziehung zu Charlotte Stanton und so weiter zu glauben?« sagte Lillian und machte es sich in Kates Wohnzimmer bequem.

»Du bist entschieden zu clever für Watson«, sagte Kate. »Es ist meine Aufgabe, diese Frage erst ganz am Ende zu stellen und sie bis dahin sorgfältig zu hüten als den entscheidenden Hinweis.«

»Haben wir denn überhaupt einen Grund dafür?« beharrte Lillian.

»Unglücklicherweise eine ganze Menge. Mr. Fothingale hat das alles in England abgeklärt, herumgefragt und eine Menge Zeit zugebracht und Geld ausgegeben – Charlies Geld, möchte ich betonen. Es gibt Berichte über Albertas Anwesenheit im Haus von Cyrils Familie; die Tante hatte eine Wohnung dort, und sie hat Alberta in ihrem Testament erwähnt. Sinjin wurde die Verwalterin ihres literarischen Nachlasses, und es verstand sich von selbst, daß sie ihrerseits einen Teil der Tantiemen an Alberta weitergeben würde. Sinjin war mit der Stanton zusammen in Oxford, und sie blieben auch später Freundinnen, also muß sie alles über Alberta gewußt haben. Fothingale hat sie besucht, von George ganz zu schweigen. Und dann sind da noch die Leute von der Farm.«

»Ich bezweifle nicht, daß Alberta existiert hat. Aber

nimm einmal an, das Tagebuch wurde von jemand anderem geschrieben und eingeschmuggelt.«

»Ich glaube, du bist etwas romantisch in bezug auf diese Nachforschungen und übertreibst den Einfluß von Baker Street. Ich bezweifle, daß Charlie oder sonst jemand dieses Tagebuch hätte fälschen können. Charlie hat diese hartnäckige Art des geborenen Forschers – sie gehört zu den Leuten, die Biographien schreiben, indem sie alle Fakten sammeln; ich meine damit nicht, daß sie die Fakten neu arrangieren, um sie interessanter zu machen.«

»Merkwürdig, daß sie sich mit Toby zusammengetan hat.«

»Lillian, als nächstes wirst du ihr unterstellen, daß sie Tobys Frau umgebracht hat.«

»Nur um der Diskussion willen: Kannst du sicher sein, daß sie es nicht getan hat?«

»Nur um der Diskussion willen: Ich kann es.«

»Also hast du dir darüber Gedanken gemacht?«

»Eigentlich nicht. Ich glaube an das Überprüfen aller Dinge, so weit irgend möglich. Nach meiner Erfahrung geht das möglicherweise nicht sehr weit. Die Menschen gehen nun mal nicht durchs Leben und hinterlassen Zeugnisse von allem, was sich ereignet, oder schildern sie jemandem in allen Einzelheiten, die unbewußten Motive inbegriffen. Wo war ich stehengeblieben?«

»Du hast dich gerade aufgeregt, weil ich Charlie verdächtige.«

»Oh, Lillian, benimm dich. Komm zurück aus der Baker-Street-Atmosphäre in unser Wohnzimmer und sieh zu, daß dein Sinn für die Realität wieder in Ordnung kommt; dann wirst du nämlich feststellen, daß Charlie eine Verschwörung von ungeheuerem Ausmaß hätte in Gang setzen müssen, ganz abgesehen davon, daß sie Toby hätte becircen müssen; in einer Hinsicht wäre das wohl nicht zu schwer, in anderer aber auch nicht gerade leicht. Toby ist kein Dummkopf.«

»Das könnte der Grund sein, warum er wollte, daß du dir die Sache ansiehst: der leiseste Hauch eines Zweifels, den du entweder erklären oder zerstreuen könntest.«

»Da ist die Frage, warum diese beiden Frauen ihr Testament in den Vereinigten Staaten gemacht haben und nicht in London. Aber sie haben eine vollständige Kopie davon in London hinterlegt, und da Alberta Amerikanerin ist, ergibt das auch einen gewissen Sinn. Und nach Alberta fällt das Geld an George. Du wirst doch nicht unterstellen wollen, daß Charlie mit George unter einer Decke steckt? Aber wenn du heute deinen Tag der blühenden Fantasie hast, dann laß sie ruhig blühen.«

»Was hast du in den Romanen herausgefunden?« fragte Lillian und überhörte Kates Bemerkung.

»Nicht viel. Ein kleiner Hinweis hier und da; aber wie das so oft mit diesen Hinweisen ist, meistens haben sie keine Bedeutung. Sie schreibt über Griechenland und erweckt eine Reihe von mythischen und historischen Figuren zum Leben; sie spinnt Geschichten um sie, zum Beispiel um Figuren wie Theseus, Plato, Alexander und Euripides. Es sind alles Männer; die weiblichen Charaktere von einiger Bedeutung werden negativ gesehen, wie Ariadne zum Beispiel, die als das schlimmste Monstrum männlicher Vorstellungskraft dargestellt wird, das an Stücken menschlichen Fleisches nagt. Ja, die Männer werden insgesamt idealisiert, eiserne Kämpfer, dennoch liebesfähig, mit einer starken Loyalität füreinander.«

»Hast du den Eindruck, daß sie nur an Männern interessiert war?«

»Das kann wohl sein«, sagte Kate. »Aber ich habe fast das Gefühl, daß sie an den Frauen verzweifelt ist; daran, daß Frauen immer noch ihr Leben auf Trivialitäten, auf häusliche Tugenden und auf die Bewunderung durch die Männer ausrichten, obgleich sie und einige ihrer Zeitgenossinnen die Fähigkeiten der Frau unter Beweis gestellt haben. Also ordnet sie in ihren Geschichten alle Tugenden den Männern zu und genießt es, die Frauen an den Rand eines bedeutungsvollen Lebens zu verbannen. Wahrscheinlich alles nur Hirngespinste«, fügte Kate ungeduldig hinzu.

»Mit Sicherheit sagt es uns nicht viel über Alberta.«

»Nein. Nur, daß die beiden Frauen die Neigung teilten, das Leben des Mannes zu verherrlichen. Aber das hat schließlich auch Charlotte Brontë getan. In ›Shirley‹ sagt Caroline Helstone: ›Ich hätte gern eine Beschäftigung; wenn ich ein Junge wäre, wäre es nicht so schwierig, eine zu finden.‹ Warum sich also mit weiblichen Charakteren und Liebesgeschichten herumschlagen, wenn man über alles andere schreiben kann, solange man Männer zu Hauptfiguren macht.«

»Ich verstehe, was du meinst. Das beweist aber noch nichts von ihrer Verbindung.«

»Kaum. Es gibt eine Szene in einem der Bücher, in der der Vater eines jungen Mannes in irgendeinen Krieg zieht und seine schwangere junge Frau zurückläßt; er vertraut seine Frau der Obhut seines Sohnes an, mit ganz klaren Anweisungen: Wenn das Baby ein Mädchen ist, bring' es um oder setz' es aus; ist es ein Junge, behalt' es. Das Baby war ein Mädchen, aber der junge Mann hatte Mitleid mit der Mutter und ließ es ihr. Ein Bezug zu Alberta?«

»Sicher begeht man im England des zwanzigsten Jahrhunderts keinen Kindesmord.«

»Ich meine das im übertragenen Sinn, nicht wörtlich – ach, was macht das schon für einen Unterschied?« sagte Kate und begann im Zimmer auf und ab zu gehen. Schließlich sagte sie: »Wir sollten die Sache lieber für eine Weile ruhen lassen; wenigstens für ein paar Wochen. Alles, was wir in Wirklichkeit haben, ist ein Nicht-Dasein. Keine Alberta. Wir haben kein Motiv, keinen Beweis dafür, daß sie mehr als nur verschwunden ist, keine Person, die wir ohne wildes Fantasieren verdächtigen könnten. Charlie, Ted und Jean, George, Toby – wem von ihnen ist sie so wichtig, daß er sie töten oder entführen würde, frage ich dich? Ich fürchte, Lillian, die Textverarbeitung ruft.«

»O.k.«, sagte Lillian und erhob sich aus der horizontalen Lage auf der Couch. »Ich habe genug bei dir verdient, um ein oder zwei Wochen davon leben zu können. Vielleicht stellt sich in der Zwischenzeit irgend etwas heraus. Sag' mir Bescheid.«

Und Kate gab Charlie die Romane zurück, heftete die Zeitungsartikel ab und schenkte ihre Aufmerksamkeit den sich mehrenden Anforderungen der letzten Wochen des Universitätssemesters.

Zahlenmäßig gesehen war die Reaktion auf Kates Anzeige in der ›MLA-Newsletter‹ recht zufriedenstellend. Kate war erstaunt und erfreut darüber, wie viele Mitglieder geisteswissenschaftlicher Fakultäten an englischen Autoren interessiert waren, die im zwanzigsten Jahrhundert in Oxford gelebt hatten. Die Tatsache, daß beinahe jeder, dem das Oxford jener Jahre vertraut war, auch etwas über Charlotte Stanton wußte, bewies Kate, daß die Situation der sogenannten kleineren Schriftsteller keineswegs so düster war, wie sie – und zweifellos auch andere – immer vermutet hatte. Als Rektorin eines Colleges und auf ihrem Gebiet anerkannte Wissenschaftlerin war die Stanton eine Persönlichkeit. Daß sie auch populäre Geschichten schrieb, wurde einfach nicht zur Kenntnis genommen; Kate gewann diesen Eindruck beim sorgfältigen Durchgehen ihrer Briefe und der beiliegenden Artikel, die – oft nur in einer Fußnote – auf die Stanton Bezug nahmen. Das Romaneschreiben war die Privatangelegenheit eines jeden, wie jegliche andere, schwer akzeptable Anomalie dieser Art auch. Und, wie Kate sehr wohl wußte, wurde ein Interesse an »modernen« Autoren wie Joyce, Lawrence oder Woolf nur dann gutgeheißen, wenn es sich ausschließlich auf deren Veröffentlichungen bezog, sie aber nicht Gegenstand von Vorlesungen oder Seminaren wurden. In den siebziger Jahren hatte sich all das natürlich geändert. Aber inzwischen befand man sich schon mitten in der postmodernen Epoche, die Modernen waren Geschichte geworden und konnten als Gegenstand akademischer Auseinandersetzung gelten. Die Aufgliederung in bestimmte Perioden war schon etwas Merkwürdiges.

Wenigstens konnte die Stanton so ihre Romane schreiben, ohne mit jener wahren Literatur in Kollision zu geraten, die Oxford eines Studiums für würdig hielt.

Kate las die Briefe mit Begeisterung. Trotz der Tatsache, daß sie Alberta Ashbys Namen in Großbuchstaben an den Anfang ihrer Anzeige gesetzt hatte, bezogen sich die meisten Personen, die Kate angeschrieben hatten, nur auf Charlotte Stanton. Kate hatte das Gefühl, daß sie begierig darauf waren, mit jemandem zu sprechen oder zu korrespondieren, der die Stanton und ihr Werk kannte.

Von der Einsamkeit eines Wissenschaftlers spricht man nicht viel, besonders wenn er sich mit einer weniger berühmten Persönlichkeit beschäftigt.

Manche Zuschriften kamen von Witzbolden, die sich grundsätzlich keine Chance entgehen ließen, oder solchen, die Kate einmal begegnet waren oder von ihr gehört hatten und nun froh waren über die Gelegenheit, sie auf mehr oder weniger geistreiche Weise auf den Arm nehmen zu können. Kate mußte zugeben, daß es recht häufig wirklich geistreich war. Ihr war schon vor längerer Zeit aufgefallen, daß Anfragen oder Briefe an die Herausgeber mit größerer Aufmerksamkeit gelesen wurden, als die normalen Artikel, die ja den Hauptteil einer Zeitschrift bildeten – jeder Zeitschrift. Abgesehen von den Zuschriften, die nur Charlotte Stanton betrafen, blieben nur wenige übrig, die ein besonderes Interesse verdienten.

Die erste stammte von der Frau, die 1980 in Houston das Referat über die Stanton gehalten hatte; Kate war darüber sehr zufrieden. Die Frau schrieb, sie sei nicht ganz sicher, ob sie die richtige Alberta Ashby getroffen habe, hielt es aber für ziemlich wahrscheinlich. Sie fügte hinzu, wenn Kate es nicht besonders eilig habe, würde sie sich freuen, sie auf dem nächsten MLA-Kongreß in New York kennenzulernen. Kate war ohnehin der Meinung, in einem sich frei entwickelnden Gespräch sei mehr zu erfahren als aus einem Brief; außerdem fand sie es nicht fair, einem fremden Menschen zuzumuten, einen so zeitaufwendigen Brief an einen Unbekannten zu schreiben. Kate antwortete ihr – sie hieß Alina Rosenberg – und lud sie zu einem Drink in ihr Zimmer ein. Sie hatte schon vorher beschlossen, sich ein Hotelzimmer reservieren zu lassen, um Leute treffen zu können, auch wenn sie dort nicht übernachten wollte.

Ihr Entschluß, am MLA-Kongreß teilzunehmen, war durch die anderen Briefe noch bestärkt worden. In einem anonymen Brief wurde Kate vorgeschlagen, sie bei der MLA zu treffen; jemand kündigte ihr geheimnisvoll und vielversprechend an, sie könne etwas für sie sehr Interessantes erfahren – oder auch nicht. *Was,* wurde nicht näher erläutert. Ein dritter Brief besagte zu Kates Erstaunen und Freude, daß der Schreiber Alberta Ashby als Jugendliche in Ohio gekannt hatte; er fragte, ob das für Kate von Interesse sein könnte. Auch er würde an dem Kongreß teilnehmen und sich freuen, dort mit ihr zu sprechen.

So blieb Kate nicht viel mehr zu tun, als den Semesterschluß mit all der Hetze zu überstehen, die er in letzter Minute noch mit sich brachte; sie plante ihre Gespräche beim MLA-Kongreß und mußte Reed die Neuigkeit beibringen, daß sie nicht nur am Kongreß teilnehmen würde, sondern auch ein Hotelzimmer hatte reservieren lassen. Sie hatte sich darauf vorbereitet, ihn einzuladen, das Zimmer mit ihr zu teilen, oder, sollte er das nachdrücklich ablehnen, ihn auf besonders damenhafte Art an Parties für Kollegen zu erinnern. Hätte er sie nicht dorthin mitgeschleppt, sie hätte nie an dem MLA-Kongreß teilnehmen müssen.

Es stellte sich heraus, daß Reed sogar amüsiert war. Er bezweifelte allerdings, ob eine Nacht im Hotelzimmer irgendwelche besonderen Freuden bergen könnte; sollte er nicht lieber zu Hause auf sie warten? »Ich hoffe, du hast schon dein Namensschild und den Plastikanstecker bekommen«, fügte er hinzu. Kate sagte ihm, daß sie den Plastikanstecker erst beim Kongreß bekommen würde und sich auf dieses Schild ganz besonders freute. Reed grinste.

Kate schrieb sich erst am Abend des ersten Kongreßtages in ihrem Hotel ein – es war das Sheraton, die Fremdsprachen tagten im Hilton –, denn sehr erfahrene Kongreßteilnehmer hatten sie vor den endlosen Schlangen derer gewarnt, die sich am Nachmittag eintrugen. Es hatte sich so ergeben, daß sie doch ein wenig warten mußte; die Betriebsamkeit in der Hotelhalle zog sie in Bann – Ausrufe der Begrüßung, Seitenblicke auf die Namensschildchen, manchmal verstohlen, manchmal direkt und herausfordernd; die Traurigkeit der Vergessenen und Einsamen oder die Anspannung derjenigen, die auf ein Bewerbungsgespräch warteten, von dem der Verlauf der nächsten Jahre, wenn nicht das ganze Leben abhängen konnte.

Die Männer waren selbstsicher, mit ausdruckslosen Gesichtern und einem Gehabe, das an Aufgeblasenheit grenzte. Die Frauen wirkten erschöpft oder erfreut, ein bekanntes Gesicht zu sehen; Kate hatte den Eindruck, sie verhielten sich direkter und waren eher bereit, persönlich etwas zu riskieren. Obgleich Kate niemals Anhängerin der Theorie von den geschlechter-spezifischen Unterschieden war, hatte sie doch oft den Eindruck, ein Besucher vom Mars würde sofort bemerken, daß Männer und Frauen verschiedenen Gattungen angehörten.

Ihr Zimmer, das sie schließlich nach einigen schwierigen Manipulationen mit der elektronischen Karte, die in Hotels als Zimmerschlüssel dienen, betreten konnte, erwies sich als genauso unpersönlich und zweckmäßig, wie sie gehofft hatte. Dort standen mehrere Sessel und ein Tisch; das Bett, geeignet als Mantelablage, würde sie in unbenutztem Zustand nicht in Verlegenheit bringen. Man unterhält sich nicht gern mit völlig Fremden in einer privaten und persönlichen Umgebung. Bei Kongressen allerdings müssen Zimmer allen Zwecken dienen, auch der Aufnahme von neuen Beziehungen, seien sie nun sexueller Art oder nicht.

Sie stellte einen kleinen Koffer ab, den sie als Zeichen dafür mitgebracht hatte, daß das Zimmer belegt war; Susan hatte ihr erzählt, daß sie einmal wie Kate ein Zimmer genommen hatte, es nur tagsüber benutzen wollte, und als sie nach einer Abendsitzung zurückkam, um sich im Bad frischzumachen, den Raum an ein Pärchen vergeben vorfand; dieses ließ sich auch durch ihr nachdrückliches Klopfen nicht bei seiner Beschäftigung stören.

Kate ging wieder hinaus, um alkoholische Getränke, Sodawasser und Brezeln zu kaufen. Auf dem Weg nahm sie einen Plastikhalter und schob ihr Namensschildchen hinein. Am oberen Rand des Schildchens stand MODERN LANGUAGE ASSOCIATION, NEW YORK, NY und das Datum der Tagung. KATE FANSLER und der Name ihrer Universität standen in fast zwei Zentimeter hohen Bulletin-Lettern darunter. Normalerweise war sie eine Gegnerin von Namensschildern und allzu offenkundiger Identifikation – war das einer der Gründe, warum sie Kongresse mied? –, diesmal aber trug sie es sehr auffällig. Wenn sie schon inserierte, um gewisse Auskünfte zu erhalten, mußte der Empfänger dieser Auskünfte auch deutlich erkennbar sein.

Während sie im Spirituosengeschäft darauf wartete, daß sie an die Reihe kam, blätterte sie ihr Programm durch, um zu sehen, ob es am Abend eine Veranstaltung gab, an der sie teilnehmen wollte. Eine ganze Seite des Programms bot ihr für 21 Uhr eine Auswahl zwischen »Phänomenologische Literaturtheorie nach der ›deconstruction‹«, »Das Bild der Nacht im spanischen Mystizismus des sechzehnten Jahrhunderts« und »Theorie der Autobiographien von Frauen«. Könnte das letzte Thema ihr einen Hinweis auf Alberta Ashby geben? Nachdem sie die Bezeichnungen der Tagungsräume notiert hatte, war sie mit ihren Einkäufen an der Reihe; sie brachte sie in ihr Zimmer und sah das rote Licht an ihrem Telefon blinken. Als sie die Vermittlung anrief, erfuhr sie, daß mehrere Nachrichten für sie hinterlassen worden waren, da aber die Mitteilungen schriftlich waren, mußten sie am Schalter in der Hotelhalle abgeholt werden.

Kate stand vor den überfüllten und viel zu selten fahrenden Aufzügen; als sie schließlich in einem stand, lauschte sie hingerissen den Gesprächen und beobachtete, wie emsig die Namensschildchen gelesen wurden. Ihr eigenes löste bei einer neben ihr stehenden Frau einen Ausruf aus. Auf deren Namensschild las Kate »Alina Rosenberg«. Kate begrüßte sie lebhaft, als der Aufzug beide zusammen mit der schubsenden Menge ausgespien hatte. Als sie in der überfüllten Halle eine Ecke erobert hatten, gaben sie sich die Hand.

»Ich war gerade auf dem Weg, Ihnen eine Nachricht zu hinterlassen«, sagte Alina. »Haben Sie jetzt etwas vor?«

»Nein, ganz und gar nicht«, sagte Kate, immer darauf aus, eine Gelegenheit beim Schopf zu ergreifen; gleichzeitig empfand sie ein flüchtiges Bedauern über die entgangene Erleuchtung bezüglich des Problems der phänomenologischen Literaturtheorie nach der ›deconstruction‹. »Wollen Sie in mein Zimmer kommen?«

»Das wird wahrscheinlich das beste sein«, sagte Alina. »Ich bin in einem Doppelzimmer untergebracht.« Wieder gingen sie zu den Aufzügen und drückten hoffnungsvoll auf die Knöpfe. Abgelenkt durch ihre Unterhaltung, versäumten sie, sich bis zur Tür durchzukämpfen, und verpaßten so einige Aufzüge. Als sie sich schließlich in einen hineingequetscht hatten, sagte Kate: »Das ist sicherlich der schlimmste Teil des Kongresses.«

»Sie müssen in einer sehr glücklichen Lage sein, wenn Sie das glauben«, antwortete eine Stimme. Kate fühlte sich beschämt. »Der MLA-Kongreß ist ein Sklavenmarkt«, hatte Susan ihr gesagt, und Kate errötete angesichts der unbedachten Verallgemeinerung ihrer eigenen sicheren Position. Sie wußte, daß es in den Geisteswissenschaften viele Arbeitslose gab, die hochtalentiert waren und bereit, fast jeden Job anzunehmen.

»Das ist schon merkwürdig«, sagte Alina, als sie in Kates Zimmer saßen. »Ich hatte gedacht, die Frau, die Alberta Ashby gewesen sein könnte, wäre auch auf der Suche nach einer Stellung, und ich habe sie gefragt, ob sie schon entsprechende Gespräche vereinbart hätte. Sie schien von dieser Frage überrascht, was mich wiederum überraschte. Dann habe ich leider ihre Spur verloren.«

»Ich wüßte gern alles über das Seminar in Houston, wenn es Ihnen recht ist«, sagte Kate.

»Aber sicher. Der Kongreß in Houston war ziemlich schrecklich und daher in mehr als einer Hinsicht bemerkenswert. Wir sind nach Houston gegangen, weil Illinois und Louisiana die entsprechenden Verträge mit der MLA nicht ratifiziert hatten, eine Entscheidung, die ich voll und ganz unterstütze; dennoch war ich nicht wenig verblüfft, mich in Houston wiederzufinden; ich hatte mir nicht einmal klargemacht, daß Texas zugestimmt hatte. Später habe ich erfahren, daß Texas die Ratifizierung gern zurückgezogen hätte, was wieder einmal beweist, wie merkwürdig das Leben manchmal spielt. Sicher hätte man New Orleans oder Chicago vorgezogen.«

»Und Sie glauben, Alberta Ashby war gekommen, um Ihr Referat über Charlotte Stanton zu hören?«

»Ja. Sie kam anschließend zu mir und sagte, wie sehr ihr das Referat gefallen habe. Merkwürdig, an welche Dinge man sich erinnert. Wahrscheinlich, weil sie mir schon vorher aufgefallen war, als sie so dasaß und besonders aufmerksam zuhörte. Sie war groß, recht elegant gekleidet, mit Hose und Bluse, Anfang vierzig, ein paar Jahre mehr oder weniger. Könnte das Ihre Mrs. Ashby sein?«

»Allerdings. Wie wir wissen, hatte sie großes Interesse an Charlotte Stanton, ihrer Tante ehrenhalber, bei der sie die Sommer in Oxford verbrachte.«

»Aber Sie haben ihre Spur verloren.«

»Leider, ganz und gar. Das ist der Grund, warum alles, was Sie mir sagen können, so wichtig ist. Übrigens, könnte ich wohl Ihr Referat über Charlotte Stanton sehen?«

»Aber sicher; ich habe Ihnen eine Kopie mitgebracht.«

»Können Sie sich noch an andere Referate erinnern?«

»Eigentlich nicht. Um ehrlich zu sein, ich fand sie weder interessant noch bedeutend. Alle anderen Romanschriftsteller aus Oxford waren Männer; aber Sie werden das Programm gesehen haben. Ich fürchte, es gab da eine gewisse Geringschätzung für meine so populäre Schriftstellerin, obwohl ich glaube, die meisten Zuhörer kamen ihretwegen – und vielleicht wegen Robert Graves.«

»Beide haben populäre Romane über das alte Griechenland und Rom geschrieben, nicht wahr?«

»Ja, ja, das stimmt schon, obgleich ich mich nicht erinnern kann, worauf man damals hinauswollte. Es war eine dieser Podiumsveranstaltungen, bei denen die Diskussions-Teilnehmer nicht wirklich aufeinander eingehen; jeder handelt sein eigenes Thema ab und beantwortet am Ende die Fragen, die an ihn persönlich gestellt werden. Unter den Zuhörern war ein ständiges Kommen und Gehen – was bei der MLA zwar immer der Fall ist, mir aber damals noch schlimmer vorkam. Das war auch der Grund, warum mir die Ashby sofort auffiel; sie saß nur einfach da, mit dem Gesicht zum Podium, hörte zu und gab einem das Gefühl, angehört zu werden; dieses Gefühl ist sehr angenehm, aber leider selten.«

»Ich bin Ihnen sehr dankbar«, sagte Kate. »Kann ich Ihnen etwas zu trinken anbieten? Ich habe mir gerade einen Vorrat besorgt.«

»Danke, einen Wein hätte ich gern«, sagte Alina. Als Kate ihr das Glas reichte, fügte sie hinzu: »In Wirklichkeit finde ich diese Kongresse immer sehr deprimierend;

jedes Jahr schwöre ich mir, nicht wieder hinzugehen. Aber in der Gegend von Idaho, aus der ich komme, gibt es keine ordentlichen Buchhandlungen; ich genieße es, die Buchausstellungen anzusehen und zu hören, was sich auf ein paar Gebieten so tut, die mich interessieren. Und da ich schließlich an einer Arbeit über eine Schriftstellerin sitze, ist es sinnvoll, mit Leuten zusammenzukommen, die ebenfalls an schreibenden Frauen interessiert sind. Auch das gibt es zu Hause kaum. Aber es herrscht überall so ein starker Konkurrenzkampf, und das ist entmutigend. Ich frage mich oft, was wohl Charlotte Stanton aus solch einer Situation gemacht hätte.«

»Haben Sie sich mehr mit ihrem Leben oder mit ihrem Werk beschäftigt?«

»Eigentlich mit beidem. Ich konzentriere mich auf ihr Werk; widme aber ein Kapitel ihrem Leben; doch kann man nicht umhin, hierhin und dorthin zu schauen, besonders jetzt, da diese Methode sich mehr durchsetzt – nicht wie in der Zeit des ›New Criticism‹, als Schriftsteller kein Privatleben haben oder dieses gar in ihr Werk einbringen durften.«

»Wußten Sie, daß eine gewisse Charlotte Lucas gerade eine Biographie über die Stanton schreibt?«

»Himmel, nein! Nein, das habe ich nicht gewußt. Aber so geht das nun mal. Es kommt immer wieder vor, daß zwei Personen Bücher über dasselbe Thema schreiben.«

»Ich wollte Sie nicht beunruhigen. Ich bin sicher, daß in diesen Fällen jedes Buch eine andere Aussage zu machen hat. Ich habe das nur erwähnt, weil ich nicht den Anschein erwecken will, mit verdeckten Karten zu spielen.«

»Nun ja«, sagte Alina. »Wahrscheinlich hat sie die Möglichkeit, jedes Jahr nach England zu reisen, um dort angemessene Nachforschungen zu betreiben. Das kann ich nicht. Aber der Verlag, für den ich schreibe, ist auch nicht so anspruchsvoll. Das Buch soll eine Art von Einführung sein; ich hoffe allerdings, daß ich es gut mache.«

»Das werden Sie sicher«, sagte Kate und dachte: Was für ein glückliches Leben Charlie und ich doch haben. Sie dachte weiter: Vielleicht kann Charlie Kontakt mit ihr aufnehmen und ihr ein paar wertvolle Tips geben, sagte dann aber nur: »Haben Sie die Frau, die Alberta Ashby gewesen sein könnte, auf dem Kongreß in Houston noch einmal gesehen?«

»Ich habe sie noch einmal in der Hotelhalle getroffen, wie das so vorkommt«, sagte Alina. »Wir lächelten einander zu, und sie sagte mir noch einmal, wie sehr ihr mein Referat gefallen habe. Bei dieser Gelegenheit habe ich sie nach den Vorstellungsgesprächen gefragt. Ich hatte aber den Eindruck, sie hatte keine Lust, herumzusitzen und zu reden. Sie schien auf dem Weg irgendwohin zu sein. Es tut mir leid, aber mehr ist da nicht. Ich fürchte, all dies hat Ihnen nicht ein bißchen weitergeholfen.«

»Da irren Sie sich aber«, sagte Kate. »Es hat mir sehr viel weitergeholfen, und ich bin Ihnen sehr dankbar. Nach allem, was Sie über das Leben und die Romane der Stanton wissen – glauben Sie, daß sie ein Kind hatte?«

Alina starrte sie an. »Um Himmels willen, nein. Ihr ganzes Leben lang schien sie einer Heirat und Kindern peinlichst aus dem Wege zu gehen, soweit ich das beurteilen kann. Ob sie nun nicht die Möglichkeit hatte, den richtigen Mann zu finden, wie wir bisher angenommen hatten, oder ob sie grundsätzlich nicht heiraten wollte, was ich heute eher glaube, jedenfalls hatte sie eindeutig beschlossen, sich den Teufel um das Bügeln von Herrenhemden und das Stopfen von Männersocken zu kümmern. Wahrscheinlich projiziere ich meine Vorstellungen auf andere Menschen, wie Psychoanalytiker das nennen«, fügte Alina mit einer intellektuellen Differenziertheit hinzu, die Kate bisher an ihr noch nicht bemerkt hatte. »Ich halte nichts von dem Satz: ›Zu meiner Zeit war das nicht möglich.‹«

»Ich glaube nicht, daß das jemals leicht war; vielleicht war es auch gar keine bewußte Entscheidung. Haben Sie sich jemals über Jane Austen gewundert?«

Alina ließ das als rhetorische Frage im Raum stehen. Sie stand langsam auf, stellte ihr Glas ab und ergriff ihre Sachen. »Vielen Dank für den Drink und für das Gespräch«, sagte sie. »Wenn ich Ihnen noch weiter helfen kann, lassen Sie es mich wissen. Ich habe Ihnen meine Zimmernummer und meine Heimatadresse aufgeschrieben. Es ist ein Vergnügen, sich mit Ihnen zu unterhalten, und ich würde mich freuen, wenn sich noch einmal die Gelegenheit dazu ergäbe.« Kate brachte sie zur Tür und nahm das Stück Papier mit Alinas Adresse und Zimmernummer entgegen; Alinas letzte Bemerkung hieß für Kate soviel wie: In dem Teil von Idaho, in dem ich lebe, gibt es nicht viele Leute wie Sie. Kate hätte ihr gern gesagt: Wir New Yorker gehören zu einer besonderen Spezies, oft verachtet und manchmal hoch geschätzt. Aber sie schwieg. Sie wünschte, sie könnte etwas besonders Nettes für Alina tun, aber diese Großmütigkeit mußte sie wohl Charlie überlassen.

Da sie Alina so unerwartet getroffen hatte, hatte sie ihre anderen Nachrichten noch nicht abgeholt. Sie machte sich erneut auf den Weg, auf ein weiteres Erlebnis mit den Fahrstühlen gefaßt. »Beklage dich nie zu laut über die Aufzüge«, hatte Susan sie ermahnt. »Wenn sie dich hören, bleiben sie zwischen zwei Etagen stehen und lassen sich für Stunden nicht von der Stelle bewegen, oder sie sind eingeschnappt und weigern sich, die Türen aufzumachen.«

Eine Reihe von Mitteilungen erwarteten Kate; die meisten waren scherzhafte Kommentare von Freunden und Kollegen wegen ihrer Anwesenheit; sie hatten Kates Namen am schwarzen Brett gelesen. Zwei hatten allerdings mit ihrer Suche nach der Ashby zu tun. Eine stammte von dem anonymen Schreiber, sie besagte: »Ich werde am ersten Abend des Kongresses, dem 27., um zehn Uhr an Ihre Zimmertür klopfen. Wenn Ihnen der Zeitpunkt nicht paßt, antworten Sie einfach nicht – natürlich auch, wenn Sie nicht da sind.« Kate sah auf ihre Uhr. Es blieben ihr noch fünf Minuten, um sich in einen der Aufzüge zu stürzen und in ihr Zimmer zurückzukehren. In der anderen Mitteilung, von dem Mann, der Alberta aus Ohio kannte, stand nur die Zimmernummer und daß er den ganzen Tag über beschäftigt sei, sich aber freuen würde, sie am 29. oder 30. zum Frühstück in seiner Suite einladen zu dürfen. Kate konstatierte, daß die wichtigen Zusammenkünfte des Kongresses in der Tat zu sehr ungewöhnlichen Zeiten stattfanden. Kate hatte sich noch nie, aus welchem Grund auch immer, mit jemandem zum Frühstück verabredet, eine Einstellung, die sie, wie so viele andere, würde ändern müssen; diese Erfahrung hatte sie in späteren Jahren gemacht. Ihr wurde bewußt, daß sie praktisch keinerlei feste Einstellung zu irgendwelchen Dingen hatte und das war vielleicht gut so.

Zwei Minuten vor dem Klopfen hatte sie ihr Zimmer erreicht; sie öffnete die Tür und stand einem großen Mann von konventionellem Habitus gegenüber, der ihr die Hand schüttelte, sie um einen Drink bat und sagte, er habe von ihr gehört. Ob er dies als Kompliment für sich selbst oder für sie auffaßte, würde, wie Kate befürchtete, ebenso unklar bleiben wie die Motive der meisten seiner Äußerungen. Seine ganze Haltung und Körpersprache machten deutlich, was sein Hauptziel bei diesem und anderen Kongressen war. Während er sprach, bemerkte Kate sein Interesse an den sexuellen Reaktionen anderer, und wie er sie mit seinen eigenen verglich. Er trug einen Ehering und bestätigte so Kates eher zynische Einstellung der Ehe gegenüber. Aber Kate machte sich bewußt, daß all dies nur ein ganz spontanes Gefühl war. Es könnte ein Beweis für Jane Austens These über die Unzuverlässigkeit erster Eindrücke sein. Als er jedoch seinen Drink entgegennahm und weitschweifig zu reden begann, wurde deutlich, daß in manchen Fällen erste Eindrücke doch richtig waren.

»Kann ich mit Sicherheit ausschließen, daß Sie nach Beweisen für ein Scheidungsverfahren suchen?« fragte er Kate. Sie starrte ihn an. »Es kommt mir zwar nicht so vor, aber ich muß ganz sicher sein. Diesem Teufelsweib möchte ich nicht gerade helfen, ihren Mann hereinzulegen.«

»Könnte da ein Mißverständnis vorliegen?« fragte Kate. »Ich habe den Eindruck, wir sprechen nicht von denselben Personen.«

»Ashby, haben Sie doch in Ihrem netten kleinen Inserat geschrieben. Alberta Ashby. Glauben Sie, daß es zwei davon gibt, beide mit Verbindungen zu dieser Schlampe, Miss Charlotte Stanton?«

Kate konnte es noch immer nicht glauben. »Wie alt ist Ihre Alberta Ashby?« fragte sie. Dieser Mann sprach sicher von einer jungen Frau.

»Geht auf die fünfzig zu, wenn Sie mich fragen. Na ja,

vielleicht so vierundvierzig, fünfundvierzig. Ich sage das im Hinblick auf den Mann; der mag sie nicht jung und grün. Anders, als manch anderer von uns«, fügte er mit einem komplizenhaften Grinsen hinzu. Kate war froh, das zu hören, und schwieg.

»Verstehen Sie mich nicht falsch«, sagte er und hielt ihr sein Glas zum Nachfüllen hin. »Meine Motive sind sicherlich finsterer Art, dennoch kann ich Ihnen wahrscheinlich helfen, Ihre Miss Ashby zu finden. Ich brauche allerdings eine kleine Ermutigung. Außer Alkohol«, fügte er hinzu, als Kate sein Glas nahm. Nicht zum ersten Mal in ihrer langen akademischen Karriere befand sich Kate in der Situation, daß sie Informationen von jemandem brauchte, dem sie liebend gern ihre wahre Meinung ins Gesicht gesagt hätte. Nicht sicher, ob sie erpreßt werden sollte oder ob das nur ein Annäherungsversuch war, schwieg Kate einfach; sie hatte festgestellt, daß Männer diese Haltung gern zu ihren Gunsten auslegten.

»Okay, ich sehe, Sie sind in einer miesen Lage. Aber das bin ich auch. Vielleicht können wir einander helfen.« Jetzt war die Ursache für Kates Schweigen allerdings echte und ungeschminkte Verblüffung. »Der Grund ist, ich brauche dringend Zutritt zur Bibliothek Ihrer Universität, und ich glaube, Sie können mir den verschaffen, wenn Sie ein bißchen darüber nachdenken. Entweder könnten Sie mich in eines dieser berühmten Universitätsseminare hineinbugsieren oder mich als Gasthörer nach der Promotion fördern; welchen Weg Sie wählen, überlasse ich Ihnen. Wenn Sie mich auch als das niederträchtigste Wesen betrachten, möchte ich Ihnen doch zusichern, daß ich keines der Bibliotheksbücher stehlen werde«, fügte er – wie Kate zugeben mußte – mit einem gewissen Scharfblick hinzu. »Meine Absichten in Bibliotheken sind durchaus ehrenhafter Art.«

Das alles passiert gar nicht mir, dachte Kate. So etwas passiert nicht im wirklichen Leben, das weiß jeder. »Ich weiß nicht einmal, wie Sie heißen«, sagte sie, da sie nun irgend etwas sagen mußte. Am liebsten hätte sie noch hinzugefügt: Da Sie die Gewohnheit haben, anonyme Briefe zu schreiben, ganz zu schweigen von diesem Gespräch, bin ich auch gar nicht sicher, ob ich Ihren Namen wissen will.

»Ich sehe Ihre Schwierigkeiten. Ich wollte mir ein Bild von Ihnen machen. Sie sind ganz bestimmt ein ehrenhafter Mensch. Wenn Sie etwas versprechen, dann halten Sie es, so schwierig das auch sein mag. Ich habe eine angeheiratete Tante, die ist genauso. Ihre Katze hat Junge bekommen, und sie bestand darauf, das häßlichste zu behalten. Als man sie nach dem Grund fragte, sagte sie, als es geboren wurde, habe sie versprochen, es zu behalten. Das ist genau Ihre Art, das sehe ich auf den ersten Blick.«

Kate ertappte sich dabei, wie sie an ihre früheren Ansichten über das akademische Leben dachte, an die Gründe, für ihren so leidenschaftlichen Wunsch dazuzugehören. Weil alle Männer (all ihre Lehrer waren damals Männer) so ehrenhaft schienen, so vertraut mit all den netten kleinen Höflichkeiten. Und nichts scheint sich an diesen Erwartungen geändert zu haben, dachte sie. Ich bin wie eine Frau, die weiterhin an die romantische Liebe glaubt, auch nachdem sie im Laufe der Zeit von fünfzehn Männern verlassen worden ist. »Ich könnte noch einen vertragen«, sagte der Mann. »Soll ich Ihnen auch einen machen?«

»Danke, ich trinke nicht«, sagte Kate und fügte im Stillen hinzu: »Nicht mit Leuten wie Ihnen.«

»Also, hier sind meine Informationen; Sie wissen, was ich als Gegenleistung erwarte. Sie könnten nach einer Dame namens Mary Louise Heffenreffer schauen – ihre Freunde, von denen sie allerdings verdammt wenige hat, nennen sie Biddy. Sie ist etwa fünfundvierzig und eine großartige Frau, obwohl ich das äußerst ungern sage. Ein Körper!« Er warf Kate einen Blick zu. »So ähnlich wie Ihrer, muß ich zugeben, wenn auch an manchen Stellen etwas voller. Und sie kann sich anziehen. Kennen Sie diese Charivari-Läden hier? Zu jeder Tageszeit sieht sie aus, als käme sie direkt aus einem von deren Schaufenstern. Und die Kleider sind nicht billig da, das kann ich Ihnen sagen. Kurz gesagt, sie hat Klasse. Und Sex.« Und von Ihnen, dachte Kate, hat sie nicht das geringste wissen wollen, was ebenfalls für ihren guten Geschmack spricht.

»Ja, ich weiß genau, was Sie denken«, sagte er. »Vielleicht sind betrogene Frauen gefährlich, aber das kommt daher, daß Shakespeare keine Männer beschrieben hat, die ...« Er wollte die Phrase, die einem leicht in den Sinn kommt, nicht gebrauchen, obwohl Kate sie hätte nennen können. Verabscheuungswürdige Männer waren oft Leisetreter, wenn sie nicht unter Gleichgesinnten waren. »Sie hätte an jedem Finger zehn haben können, das garantiere ich Ihnen. Aber sie konnte ihren Mann nicht bei der Stange halten. Sie sind beide Professoren, nebenbei gesagt, in irgendeinem College hier in der Nähe. Und wissen Sie, an wen sie ihren Mann verloren hat – nicht de jure, natürlich, aber körperlich und seelisch, und das ist es ja schließlich, was zählt? An Ihre Alberta Ashby, oder wessen Alberta sie sonst sein mag. Na, ist das eine unerwartete Antwort auf eine Anzeige im ›MLA Newsletter‹? Übrigens, mein Name ist Stan Wyman, für den Fall, daß Sie nachprüfen wollen, ob ich nicht nur so ein verrückter Spinner bin.« Als er hinausging und die Tür hinter sich ins Schloß fallen ließ, mußte Kate zugeben, daß er seinen Abgang gut inszeniert hatte.

Sie saß wie betäubt in ihrem Sessel. Alberta Ashby das Opfer einer eifersüchtigen Frau und einer besonders attraktiven obendrein? Konnte Stan Wyman einfach ein Verrückter sein? Nun ja, wie man so sagte: »Inserieren lohnt sich.« Kate betonte immer, daß Dorothy L. Sayers diesen Satz geprägt hatte. Aber wie viele andere von Sayers Bemerkungen über Dantes ›Inferno‹ war auch diese von amerikanischen Unternehmern gern übernommen worden. Susans Anweisungen eingedenk, nahm Kate die Bettüberdecke ab, ließ ihren Koffer gut sichtbar liegen und verstaute die alkoholischen Getränke im Wandschrank (ebenfalls Susans Ratschlag). Dann verließ sie das Zimmer mit liebevollen Gedanken an Reed, mit dem sie ganz gewiß gern einen Drink zu sich nehmen würde. Auf dem Weg aus dem Hotel hinterließ sie eine Nachricht für den Briefschreiber aus Ohio und teilte ihm mit, daß sie am 29. Dezember zum Frühstück in seine Suite kommen würde. Morgen früh wenigstens würde sie nicht im Morgengrauen aufstehen müssen; wenn sie dann schließlich aufgestanden wäre, wäre sie frei, an der einen oder anderen Veranstaltung teilzunehmen – vielleicht sogar über die Implikationen der Semiotik, zu Ehren der so ungeheuer hilfreichen Susan.

11

Kate kam nach Hause und fand Reed und Lillian in ein Gespräch vertieft vor. Mit unendlichem Feingefühl begrüßten sie sie wie einen heimgekehrten Krieger und sorgten für ihre geistige und körperliche Stärkung: mit einem Gespräch und einem Drink. Kate hatte immer wieder festgestellt, daß es ihre Gedanken klärte, wenn sie Reed erzählte, was sich ereignet hatte, und Lillian hatte schließlich auch ein Recht auf Information. Vorausgesetzt, Holmes hatte eine Frau. Watson hatte natürlich eine, aber da er sie um der Nähe und der Gesellschaft von Holmes willen im Stich gelassen hatte, ist die Frage nach ihrer Rolle in der Detektivarbeit nie aufgekommen. Verdammt nochmal, dachte Kate; ich hasse Analogien. Sie erzählte ihnen alles, was sich ereignet hatte, und schilderte besonders diesen abscheulichen Stan Wyman, der mit einem Schlag Alberta Ashby in einem völlig unerwarteten und untypischen Licht erscheinen ließ.

»Dieser schreckliche Mensch hat wahrscheinlich die ganze Geschichte nur erfunden«, sagte Lillian mit all dem Wissen einer Generation, die über einen reichen Erfahrungsschatz auf diesem Gebiet verfügt. »Er betrachtete es als eine Möglichkeit, dich ihm zu verpflichten, damit er zu seinem Bibliotheksausweis kommt und sich in deinen Bekanntenkreis einschleichen kann. Wahrscheinlich wird sich herausstellen, daß er Alberta Ashby nicht von Chris Evert Lloyd unterscheiden kann. Zweifellos tut er das wegen dieser Heffenreffer-Lady«, fügte sie hinzu, als Kate den Mund aufmachen wollte. »Ich an deiner Stelle wäre verdammt vorsichtig und würde nicht in diese Falle gehen. Die scheint mir aus einem Kindermärchen zu stammen; wirklich, ein besonders ehrenwerter Typ. Der Mann macht einen wütend.«

»Sieht ganz so aus«, stimmte Reed zu. »Vielleicht ist dies eine der weniger nutzbringenden Seiten von privaten Zeitungsanzeigen. Jahrelang war das ein sehr beliebter Zeitvertreib. Du erinnerst dich sicher, daß Holmes die Kleinanzeigen stets mit großem Interesse gelesen hat.«

»Ist denn hier jeder ein Holmes-Fan geworden?« fragte Kate ziemlich plump. »Ich muß schon sagen, dieser alte Knabe ermüdet mich langsam. Für euch beide ist es schön einfach, hier herumzusitzen, über Gott und die Welt zu diskutieren und euch dabei zu amüsieren; aber ihr habt ja keine Ahnung, wie es auf einem solchen Kongreß zugeht. Wenn man nicht gerade wahnsinnig kontaktsüchtig ist und keine freie Minute zwischen all den Verabredungen hat oder ein Vorstellungsgespräch nach dem anderen führt oder auf der Suche nach Sexabenteuern ist, zwingen einen diese Kongresse in ein Wechselbad von Menschenmassen und der deprimierendsten Art von Einsamkeit; man kommt sich vor wie in einem fremden Land, ohne die richtige Währung in der Tasche und mit dem Hotelzimmer als einzig möglichem Zufluchtsort. Ich gehe jetzt zu Bett und wünsche, nur dann geweckt zu werden, wenn etwas mindestens so Aufregendes passiert, wie das Wiedererscheinen von Holmes persönlich. Wenn euch beiden etwas sehr Tiefsinniges einfällt, schreibt es auf einen Zettel, den kann ich dann nach dem Aufwachen lesen.«

Lillian warf ihrer Tante eine Kußhand zu.

Am nächsten Tag erwachte Kate wirklich erst sehr spät – wie sie angekündigt hatte. Sie fand eine aufmunternde Nachricht von Reed vor, in der er ihr Glück wünschte und mitteilte, Lillian und er seien zu dem Schluß gekommen, sie sollte den Rest des Kongresses einfach sausen lassen; beide seien der Meinung, daß weder für Kates Verfassung noch für ihre Nachforschungen etwas Gutes dabei herauskommen würde. Reed rechne mit einer zustimmenden Nachricht und freue sich auf einen gemeinsamen Abend.

Trotz dieses hervorragenden Rates ging Kate zum Kongreß, wenn auch nicht, um sich dort eine Vorlesung über Semiotik oder ein anderes Thema ihrer Wahl anzuhören; sie hatte beschlossen, sich auf die Suche nach Mary Louise Heffenreffer zu machen, von ihren Freunden Biddy genannt. Als Kate die Liste der vortragenden Teilnehmer durchging, entdeckte sie, daß Heffenreffer, Mary L., ein Referat über Pulci hielt, und zwar im Rahmen eines Seminars über die historischen Aspekte der Epik in der italienischen Renaissance. Kate wurde von dem Gefühl beschlichen, daß die wichtigste Erkenntnis dieses Kongresses die ihrer Unwissenheit auf allen Gebieten sei; sie erfuhr nur, daß von Pulci ein Epos namens ›Il Morgante‹ stammte, dessen ersten Gesang Byron übersetzt habe. Sie sah sich gezwungen, einen Kollegen anzurufen, der ihr etwas mehr über Pulci erzählte; zum Glück hatte er Humor und war großzügig. Er meinte, niemand außer Kollegen vom italienischen Institut wisse überhaupt etwas über Pulci, und das Heffenreffer-Referat sei überaus interessant, weil es auf die historischen Aspekte in Pulcis Werk einginge und auf seinen Einfluß auf Ariost und das komische Epos des sechzehnten Jahrhunderts. So gerüstet ging Kate zu dem Seminar, und sie hatte sich darauf eingestellt, daß die ganze Angelegenheit in italienisch stattfinden würde. Mrs. Heffenreffer sprach aber nicht nur ein elegantes Englisch, sondern drückte sich auch gut verständlich aus, wenn auch zum Widerspruch herausfordernd, wie es Kate im Verlauf der Diskussion schien. Wie so viele andere Literaturwissenschaftler der Moderne fand Kate schwer verständlich, was in der Motivation eines Schriftstellers interessant sein sollte, der bereits seit fünfhundert Jahren tot war, und wie jemand über völlig unbekannte gesellschaftliche Strukturen schreiben konnte; ihre Gedanken beschäftigten sich mehr mit Mary Louise Heffenreffer als mit Pulci. Kates Besucher vom Vorabend hatte recht: Sie war aufregend, obwohl Kate sich längst an die Tatsache gewöhnt hatte, daß Professorinnen nicht mehr unbedingt nachlässig gekleidet oder per se unsexy waren. Dennoch gingen die meisten Dozenten beiderlei Geschlechts – ebenso wie die Vertreter anderer

Berufssparten – so um die fünfundvierzig in der Mitte etwas auseinander und mußten den Gürtel weiter schnallen; aber für Mary Louise Heffenreffer traf es nicht zu.

Kate hatte nie die Absicht gehabt, mit Mary Louise Heffenreffer zu sprechen oder sie von ihrer Anwesenheit wissen zu lassen. Sie verließ das Seminar, während noch alle damit beschäftigt waren, Pulci eher als Komödienschreiber darzustellen, denn als historisch wirksamen Schriftsteller. Sie ging in ihr Zimmer zurück, wo die Tagesdecke auf ihrem Bett wieder an Ort und Stelle lag. Sie streckte sich auf dem Bett aus, stopfte sich mehrere Kissen unter den Kopf und dachte nach. Wenn man sich nicht leidenschaftlich zu früheren Epochen hingezogen fühlte, fand man das Ganze eher einschläfernd. Kate döste vor sich hin.

Am späten Nachmittag wurde sie durch das Läuten des Telefons geweckt. Es war Lillian. »Ich habe Neuigkeiten für dich!« verkündete sie.

Kate, die so gut wie nie einen Mittagsschlaf hielt und deshalb jetzt völlig desorientiert aufwachte, blickte entgeistert um sich. »Wo bist du?« fragte sie, um die Frage »Wo bin ich?« zu umgehen.

»In dieser verdammten Hotelhalle. Die wollten mir deine Zimmernummer nicht geben, versprachen nur, dich anzurufen. Ich vermute, man will dich vor kriminellen Elementen schützen, vor denen, die dich per Brief nicht erreichen. Kann ich hinaufkommen?« Kate nannte ihr die Zimmernummer und ging ins Bad, um sich Wasser ins Gesicht zu spritzen.

Lillian machte einen triumphierenden Eindruck, der Kate nichts Gutes ahnen ließ. Sie ließ sich in einen Sessel fallen. »Wie wär's, wenn du mir was zu saufen anbietest«, sagte sie. »Ich hab's verdient.« Kate starrte sie an. Das war nicht Lillians normale Art zu reden.

»Was hättest du gern?« fragte Kate argwöhnisch.

»Ach, vergiß es. Du darfst mich zum Dinner mit nach Hause nehmen, und dort hätte ich dann gern einen von Reeds Martinis. Ich habe mich an deinen Stan Wyman herangewagt – jawohl, das habe ich –, auch wenn er sich wie der Größte vorkommt. Seit irgend so einem Literaturkurs in Havard, wo es einen Kommilitonen mit derselben Masche gab, habe ich so etwas nicht mehr erlebt. Ich frage mich, ob er es überhaupt jemals tut, ja, wirklich.«

»Lillian, wovon redest du?«

»Nun ja, irgend jemand mußte doch herausfinden, ob dein Stan Wyman nur auf diesen Kongressen herumschwirrt, um etwas Action zu erleben, oder ob er wirklich Professor ist oder beides, wie ich befürchtet hatte. Als du gestern abend also so hochnäsig ins Bett verschwunden bist – ich muß schon sagen, meiner Meinung nach haben Kongresse wirklich keinen guten Einfluß auf deinen Charakter –, habe ich mich in deinem Arbeitszimmer umgesehen und den MLA-Prospekt entdeckt; als kluges Mädchen, das ich nun mal bin, habe ich unter W nachgesehen. Und da stand er, Professor für Englisch in Hofstra. Dann habe ich noch ein wenig mehr Detektiv gespielt und ihn aufgespürt. Die langweiligen Einzelheiten erspare ich dir. Er war so glitschig wie ein Aal. Die Sherlock-Holmes-Geschichte, in der der Stiefvater vorgibt, der Verlobte zu sein, um seine Stieftochter an einer Heirat zu hindern, hat mich auf die Idee gebracht; ich hatte vor, dich daran zu hindern, deine so hochgeschätzte Ehre aufs Spiel zu setzen. Ich hoffe, das gefällt dir, wenn du aber verstimmt bist, werde ich dir nicht erzählen, was ich herausgefunden habe.«

»Ist dir eigentlich klar, daß er zu den Männern gehören könnte, die eine Frau vergewaltigen? Du hast dich da in eine hervorragende Lage manövriert. Wirklich, Lillian ...«

»Ich hasse es, wenn du mit diesem ›wirklich, Lillian ...‹ anfängst. Natürlich könnte er ein Vergewaltiger sein, aber ich hatte meine Zweifel daran, daß er in der Lobby oder im Speisesaal handgreiflich werden würde. Ich bin ihm nicht in seine privaten Gemächer gefolgt, darauf kannst du dich verlassen. Und da ich ihm einen falschen Namen und eine falsche Zimmernummer im Hilton genannt habe, erwarte ich nicht, ihn jemals wiederzusehen – übrigens hatte ich ihm gesagt, ich sei in der spanischen Abteilung, worauf er mir sagte, daß ich wohl im Hilton wohnte.«

»Er könnte dahinter kommen, daß du in Beziehung zu mir stehst.«

»Willst du nun hören, was er gesagt hat, oder nicht? Ich

werde es dir nur erzählen, wenn du aufhörst, die gestrenge Tante von Anno dazumal zu spielen.«

»Ich *bin* die gestrenge Tante von Anno dazumal.«

»Jetzt hör' schon auf damit, Kate, ja? Wenn du es wirklich wissen willst, ich glaube nicht, daß er einer ist, der die Frauen vergewaltigt; ich glaube nicht einmal, daß er es schafft, seine kleinen Opfer ins Bett zu kriegen; er ist nur ein großer Aufschneider, der die Frauen anmachen will, wenn du meine unmaßgebliche Meinung hören willst. Jedenfalls habe ich nicht die Absicht, ihn wiederzusehen; niemals. Könnten wir jetzt aufhören, über Sex zu reden, und zur Sache kommen?

»Und was ist die Sache?« fragte Kate.

»Nun ja, natürlich konnte ich ihn nicht nach Mary Louise Heffenreffer fragen, ohne mich auf fatale Weise zu erkennen zu geben, aber ich habe herausbekommen, woher er kommt und wer er ist –, ich weiß ja, das war nicht schwierig –, und daß er einer von diesen krankhaften Typen ist, die immer gleich zudringlich werden müssen, ewig Komplimente machen und schöne Frauen sammeln, wie andere Männer Briefmarken. Das heißt, er hätte sehr wohl auf die Heffenreffer zu sprechen kommen können, wenn sie nur halb so aufregend ist, wie er sagt.«

»Sie ist es«, sagte Kate. »Ich habe sie gesehen.«

»Wir gehen beide ganz schön raffiniert zu Werke, wenn du mich fragst«, sagte Lillian voll Bewunderung. »Das einzige Risiko, das ich eingegangen bin, war, daß ich ihm in meinem kindlichsten Tonfall sagte, ich bevorzugte Männer, die ältere Frauen mögen; er sagte, er hätte eine oder zwei ältere Frauen kennengelernt, die nicht einmal so übel gewesen wären und die er nicht per Fußtritt hätte aus dem Bett befördern müssen. So redet er, das kannst du mir glauben. Ich habe mich gefragt, ob vielleicht du eine dieser älteren Frauen gewesen bist.«

Kate ignorierte das. »Lillian, ich bin wirklich der Meinung, du solltest weniger überstürzt handeln. Ich möchte nicht die nervtötende Tante spielen, aber du mußt dir darüber klar sein, daß du unser Blatt ewas zu früh aufgedeckt hast. Nimm nur einmal an, er stellt einen Zusammenhang zwischen uns her.«

»Nimm einmal an... Wirklich, Kate, ich glaube, daß du

als Detektivin nur halb so gut bist, wie man dir nachsagt, oder aber du läßt sehr nach. Er wird mich nie wiedersehen, wie also soll er eine Verbindung zu dir oder sonst irgend jemandem herstellen können? Was ich für dich herausgefunden habe, ist, daß er zu denen gehört, die es vielleicht auf Mary Louise Heffenreffer abgesehen haben, das heißt, es stimmt, was er uns erzählt hat. Ich meine, wenn sich herausgestellt hätte, daß er so ein niedlicher alter Trottel ist, der irgendein Spielchen spielt, hätte das die Lage geändert, verstehst du nicht? Und«, fügte Lillian mit der Zufriedenheit dessen hinzu, der alle Möglichkeiten berücksichtigt hat, »wenn du meinst, du brauchst mich, um ihn zu beschatten, mach' dir keine Sorgen, daß er mich jetzt kennt. Wenn es sein muß, kann ich mich wunderbar verkleiden. Ich vermute, für ihn sind alle Frauen gleich, wenn sie nur gut aussehen; tun sie das nicht, nimmt er sie gar nicht zur Kenntnis, eine Tatsache, die für uns sehr von Nutzen sein kann.«

Kate gab es auf, noch weiter zu diskutieren. Eines mußte sie Lillian zugestehen; sie hatte herausgefunden, welche Art von Mensch Stan Wyman war, auch wenn das für sie keine große Überraschung war, aber schließlich spielen die Menschen seltsame Spiele aus seltsamen Beweggründen. Allerdings erklärte das alles nicht, wie er von Alberta Ashby erfahren hatte, aber wahrscheinlich hatte er selbst es so eingerichtet, daß er ihr vorgestellt wurde. Oder er hat sich die ganze Sache ausgedacht, aber wozu hätte das gut sein sollen? Dann war da noch dieser Bibliotheksausweis, den er haben wollte; manchem mag das weit hergeholt erscheinen, nicht aber Kate, die das langwierige Verfahren nur zu genau kannte, das man hinter sich zu bringen hatte, um einen Ausweis für eine der größeren Universitätsbibliotheken zu bekommen. Sie verlangten siebenhundert Dollar und mehr für einen Ausweis, wenn man keine andere Berechtigung nachweisen konnte. Kates Anzeige hatte ihn auf die Idee gebracht, und so hatte das Spiel begonnen.

»Wenn du mit Grübeln fertig bist, habe ich noch einen Plan«, sagte Lillian. »Sag' nicht nein, bevor du weißt, worum es geht«, fügte sie hinzu, als Kate den

Mund aufmachen wollte. »Ich hätte dir auch das hier nicht erzählen müssen, aber...«

»Lillian«, unterbrach Kate, »wenn du noch so eine einzige irrsinnige Sache machst, wie die mit Stan Wyman, bist du gefeuert. Und erzähl' mir nur nicht, daß Holmes Watson nie gefeuert hat, das zieht nämlich nicht.«

»Ich habe mir schon gedacht, daß du mit dieser Tour kommst, deshalb will ich es dir ja erzählen, verdammt nochmal. Weißt du, Kate, du bist entsetzlich empfindlich geworden; meinst du, du kommst in die Jahre?«

»Ich *bin* in den Jahren – ich habe der nächsten Generation Zugang zu meinen persönlichen Angelegenheiten gewährt, was ich nun sehr bedaure.«

»Das ist nicht sehr liebenswürdig. Warte nur, bis ich Vetter Leo erzähle, was du gesagt hast.«

»Vetter Leo schuftet den ganzen Tag lang und kommt auf eine Menge Arbeitsstunden in einer großen Anwaltskanzlei. Er vertrödelt keine Zeit mit Professoren mit fragwürdigen Motiven und einer noch fragwürdigeren Moral.«

»Mein Plan ist: ich will versuchen, den Heffenreffer kennenzulernen. Auf diesem Kongreß ist er nicht; das habe ich schon abgeklärt. Aber wenn er irgendwo hier in der Nähe unterrichtet, könnte ich mich unter irgendeinem Vorwand um seine Bekanntschaft bemühen. Für dich wäre das viel schwieriger, weißt du. Bei deinem Namen und deiner Stellung könnte er leicht Verdacht schöpfen. Ich könnte hingehen und ihm eine Reihe von Fragen stellen und wäre dabei für ihn nichts weiter als eine von den vielen jungen Frauen, die ihm über den Weg laufen.«

Kate mußte zugeben, daß das wahrscheinlich stimmte. Was aber könnte Lillian herausfinden? Daß Heffenreffer von der gleichen Sorte war wie Stan Wyman oder nicht; daß er ein Ehebrecher war oder nicht, ein zwanghafter Schürzenjäger oder die Art Universitätslehrer, der, nachdem er eine großartige und brillante Frau geheiratet hat, mehr oder weniger keine Lust mehr hat, sich auf akademische Dinge zu konzentrieren?

»Einverstanden«, sagte Kate, »aber unter einer Bedingung, und das meine ich ernst, Lillian: Du darfst auf gar keinen Fall ihm gegenüber Alberta Ashby erwähnen. Ich will nicht, daß er weiß, daß irgend jemand überhaupt von ihrer Existenz weiß. Kann ich mich auf dich verlassen?« Und Lillian versprach es.

Kate hatte sich mit ein paar Freunden aus dem Westen zum Abendessen verabredet. Sie genoß den Abend und kam ziemlich spät nach Hause; Reed arbeitete noch in seinem Büro. Bevor sie auf einen Schlummertrunk zu ihm ging, suchte sie in ihrem eigenen Arbeitszimmer die Fotokopien heraus, die sie seinerzeit mit Elmira im MLA-Büro gemacht hatte. Tatsächlich waren für das Seminar von 1980 mit dem Titel ›Romanciers aus Oxford‹ vier Namen genannt; der des Seminarleiters und die der drei Referenten: Alina Rosenberg, einer, von dem Kate noch nie etwas gehört hatte, und Martin Heffenreffer, dessen Referat Robert Graves zum Gegenstand hatte. Alina hatte ihn nicht ausdrücklich erwähnt, nur daß er zu den Männern im Seminar gehört habe, die kein besonders großes Interesse an Charlotte Stanton gezeigt hätten. War dieses »kein besonders großes« echt?

Reed hatte ihnen beiden einen Drink gemixt und saß nun auf der Armlehne ihres Sessels, die Hand auf ihrem Kopf. Das war eine vertraute Geste, und Kate hatte immer das Gefühl, als gingen Kraft und Ruhe von ihm auf sie über – vom Gehirn ausgehend hinunter in ihren ganzen Körper. Nach einer kleinen Weile lehnte sie den Kopf zurück und murmelte etwas an seiner Brust.

»Ich kann dich nicht verstehen«, lachte er, »aber ich weiß, was du fragen willst: ›Das Leben ist so schön, warum muß man es sich dann mit diesen Detektivspielen so komplizieren?‹ Und ich weiß auch die Antwort. Wenn man in seinem Leben nicht bereit ist, dann neue Erfahrungen zu machen, wenn sie sich bieten, wird alles bald langweilige Routine. Menschen, die ihr Leben wirklich leben und es nicht nur als Schutz gegen Unbill jeder Art betrachten, neigen immer dazu, sich mehr abzufordern, als sie ohne weiteres bewältigen können. Aber ob du dich nun beschwerst oder nicht, du weißt, daß dies das Leben ist; es besteht eben nicht darin, daß man die Luft anhält und einfach abwartet, bis sich die Dinge beruhigt haben. Sie hörten Reed Amhearsts Credo zum Tage.«

»Was machen bloß die Menschen, die Risiken auf sich nehmen, stets auf einem schmalen Grat wandern und niemanden wie dich haben, zu dem sie heimkommen können?«

»Das ist eine nette Frage, Kate; sie gefällt mir. Aber du weißt, sie ist kompletter Unsinn. Wenn wir Glück haben, haben wir Freunde oder Ehepartner, die zuhören und uns unterstützen können; wenn nicht, sind wir einsam und kämpfen allein. Aber ich bezweifle, daß es am Ende wirklich jemals einen Menschen gibt, zu dem wir heimkommen können. Heim, das ist der Platz, an dem wir die Füße hochlegen.«

»Und was ist dann die Ehe, großer Meister?«

»Die Ehe ist wie der stumme Partner in jenem Dickens-Roman, nur mit dem Unterschied, daß der Partner in der Ehe dir zu einem bestimmten Status verhilft, anstatt, wie bei Dickens, die Schande auf sich zu nehmen. Ich bin verheiratet und somit ein guter und verantwortungsbewußter Bürger.«

»Eine bemerkenswert zynische Definition der Ehe.«

»Sie ist nicht sehr weit entfernt von der Jane Austens; abgesehen von den Kindern, die für uns ja nicht in Frage kommen.«

»In diesem Fall kann ich mir überhaupt nicht vorstellen, warum du heiraten wolltest. Irgendwie hatte ich früher den Eindruck, du hättest andere Gründe.«

»Natürlich hatte ich die. Ich konnte mir mein Leben ohne dich nicht vorstellen. Die Ehe schien mir die beste Art von Partnerschaft zu bieten, und das hat sich bis heute nicht geändert. Ich weiß jetzt nur, daß ich meine Füße gern in guter Gesellschaft hochlege, und deine ist die beste, die ich kenne. Wolltest du eigentlich mit mir über die Ehe sprechen oder über Alberta Ashby?«

»Eigentlich ist es nicht Alberta, sondern diese Stanton. Sie ist wie Rebecca und spukt in jedermanns Leben herum; und ich weiß nicht einmal, ob sich am Ende herausstellt, daß sie geliebt wurde oder gehaßt, ob sie gut war oder böse. Glaubst du, Alberta ist vielleicht, so wie die zweite Ehefrau, dazu verdammt, in ihrem Schatten zu leben?«

»Die zweite Frau lebte mit ihrem seelisch entkräfteten

Ehemann weiter. Glaubst du, Alberta ist noch am Leben?«

»Reed, Liebster, was soll ich davon halten? Ist es wirklich möglich, daß eine erwachsene Frau spurlos von der Erdoberfläche verschwindet, und niemand außer Charlie hat es bemerkt?«

»Die Farmersleute haben es bemerkt. Und du würdest dich wundern, wenn du wüßtest, wieviele Erwachsene verschwinden und verschwunden bleiben. Manche tauchen einfach unter; sie richten sich ein neues Leben ein und tauchen nie wieder auf. Manche kommen ums Leben. Deine Alberta erweckt ganz den Anschein, als hätte sie ihr gesamtes Leben darauf ausgerichtet, unterzutauchen, ein neues Leben zu beginnen.«

»Du meinst, sie hat unverbindlich gelebt. Keine großen Besitztümer, keine Liebesbeziehungen. Reed, was weißt du über Toby?« fragte Kate nach einer Pause. »Und antworte mir nicht: ›Was wissen wir überhaupt über einen anderen Menschen.‹ Du weißt ganz genau, was ich meine.«

»Ehe könnte definiert werden als die Fähigkeit, die Sätze des Partners zu vollenden. Aber das gelingt wohl auch nur bis zu einem gewissen Grad. Meine Einstellung Toby gegenüber ist die, daß ich mein Leben für ihn verpfänden würde; wenn du mich aber fragst, warum, könnte ich dir keine Antwort geben. Wir alle wissen nur sehr wenig von Toby – ich glaube, weniger noch als von vielen anderen Menschen. Er ist einfach Toby, was in Wirklichkeit ganz und gar nicht einfach ist. Weißt du, meine Worte klingen wie deine. Vielleicht übertragen sich in einer guten Ehe Beobachtungen und Satzstrukturen auf den Partner, während in einer müde gewordenen Ehe das Aufspüren von Gegensätzlichkeiten im Vordergrund steht. Es macht Spaß, die Ehe zu definieren; ich fühle mich dabei beinahe so herausgefordert wie beim Scrabble.«

»Ich weiß nicht, was ich als Nächstes tun soll, Reed. Ich meine, was diesen Fall angeht«, fügte sie hinzu, um ihm zuvorzukommen. Rasch berichtete sie von den Ereignissen des Tages.

»Warum warten wir nicht ab, was Lillian aus diesem Verführer Heffenreffer herausbekommt und was du morgen beim Frühstück über die junge Alberta in Ohio erfährst. Vielleicht hat ja Alberta *ihn* verführt.«

»Du hast nur noch Verführungen im Kopf«, sagte Kate.

»Um das festzustellen, mußt du nicht verheiratet sein«, lachte Reed. »Was aber wichtiger ist: Du Nachteule mußt morgen mit den Hühnern aus den Federn, um zu deinem aufregenden Frühstück zu gehen.«

Frühstück in der Suite eines großen Hotels im Stadtzentrum war für Kate eine völlig verrückte Vorstellung, aber sie mußte zugeben, daß James Fenton, der ganz ihrer Meinung war, nicht den Eindruck machte, als sei er zu dieser frühen Stunde schon angeheitert. Er hatte Saft, Kaffee und süße Brötchen bestellt (»Ich hoffe, Sie mögen sie; es ist alles, was in diesem Hotel aufs Zimmer serviert wird. Ich selbst mag nur Toast«) und entschuldigte sich höflich dafür, daß er sie so früh aus den Federn geholt hatte. »Wir geben den ganzen Tag über Interviews, und am Abend bin ich ausgebucht mit Gesprächen mit möglichen Kandidaten für die Universität. Wir gehören zu einem jener Fachbereiche, wo in etwa vier Jahren fast alle pensioniert werden; das ist der Verwaltung endlich klargeworden. Ich glaube, das ist an jeder Universität so, aber manche nehmen offensichtliche Notwendigkeiten etwas früher zur Kenntnis. Ich bin praktisch der einzige meiner Generation in unserem Fachbereich. Aber Sie sind nicht hergekommen, um darüber mit mir zu sprechen.«

»Wir sind in der gleichen Lage«, sagte Kate und nahm den Kaffee entgegen. »Ich glaube, das ist überall so. Und nicht einmal die Tatsache, daß wir eine ganze Generation von Akademikern verloren haben, weil es keine Arbeit für sie gab – oder man das glaubte, was auf dasselbe hinausläuft –, hat daran etwas geändert. Es ist sehr freundlich, daß Sie sich für mich Zeit genommen haben. Ich bin fasziniert von Alberta Ashby und neugierig auf alles, was Sie mir erzählen können.«

»Wie erfreulich, daß jemand an meinen Lippen hängt, der nicht auf eine Anstellung hofft.« James Fenton lächelte. »Jahrzehntelang habe ich nicht an Alberta gedacht, dennoch war sie in meiner Jugend eine wirklich gute Freundin. Wie fühlten uns beide als Außenseiter in einer stinkenden Stadt in Ohio, deren einziger Vorteil darin bestand, daß wir einander gefunden hatten. Wie Sie wahrscheinlich bemerkt haben, hinke ich.« Kate nickte. Sein Hinken war sehr stark, und bei jedem Schritt knickte er deutlich ein. Diese Gehbehinderung machte ihn dennoch kaum langsamer.

»Als kleines Kind hatte ich Kinderlähmung«, fuhr er fort. »Nach den Maßstäben, die in jenem finstersten Teil Ohios galten, war ich daher kein ›richtiger Junge‹. Und wenn Sie nur das Geringste über Alberta wissen, dann wissen Sie, daß sie in diesem Sinne auch kein ›richtiges Mädchen‹ war. Oh nein, ich meine damit nicht, daß wir beide nicht ein ›normaler‹ Junge und ein ›normales‹ Mädchen waren, um mein absolutes Lieblingswort ›normal‹ zu gebrauchen. Wie dem auch sei, wir freundeten uns an; ich glaube, weil wir uns beide als Außenseiter betrachteten, ausgestoßen vom Rest der Stadt. Ehrlich gesagt, wir waren stolz darauf, Ausgestoßene zu sein. Sie wissen ja, Kinder sind merkwürdig. Wir haben nur Jungen, und ich muß zugeben, daß meine Frau und ich beim dritten ein wenig enttäuscht waren, aber ich glaube aufrichtig, daß wir es ihn nicht haben spüren lassen; ich wollte immer nur, daß sie sich wohlfühlen, gleichgültig, wie schlecht sie im Sport waren oder wie gut in Lyrik – können Sie sich vorstellen, was ich meine? Doch wie das Leben so spielt – alle drei sind sie kleine mistige Machos geworden, aber ich liebe sie von ganzem Herzen. Meine Frau sagt, das sei nur eine Entwicklungsphase, ich aber glaube, es ist einfach der Druck der Gleichaltrigen. Wenn Sie jedoch hinken, funktioniert Gruppendruck nicht, und ich hinkte. Noch etwas Kaffee? Ich scheine nur über mich zu sprechen und nicht über Alberta, aber ich nehme an, Sie erkennen, warum.« Kate lächelte und hielt ihm die Tasse zum Nachschenken hin.

»Alberta und ich waren in derselben Klasse, und wir haben beide Latein gewählt, etwas, was in der Gegend und zu der Zeit unglaublich war. Wir hätten beide auch gern Griechisch gelernt oder sagten das wenigstens, aber da war nichts zu machen. Wir wurden Freunde. Nicht in der Öffentlichkeit, denn wenn man uns zusammen gesehen hätte, hätte man uns aufgezogen. Nicht, daß es uns etwas ausgemacht hätte, wenn man uns für ›verliebt‹ gehalten hätte, aber wir hatten beide das Gefühl, unsere Freundschaft würde herabgewürdigt, wenn sie als das angesehen würde, was als einziges für unsere Umgebung zu existieren schien. Ich kann nie das Kapitel ›Der rote Abgrund‹ in dem Buch ›Die Spindel im Seidenkokon‹ lesen, ohne Alberta und mich als Maggie und Philip Wakem zu sehen, auch wenn sich Alberta nie von einem Wildfang in eine Schönheit verwandelt hat; und für mich selbst möchte ich annehmen, daß ich etwas weniger von einem Schwächling hatte als Philip. Aber wir waren so – Freunde, sogar bis in die Pubertät hinein. Ich weiß nicht, was passiert wäre, wären wir auch später noch befreundet geblieben. Meine Familie zog dann nach New England um, und ich habe Alberta nicht mehr oft gesehen, obwohl wir einander noch eine Weile geschrieben haben; aber das schlief dann auch irgendwie ein. Ich wollte sie immer wiedersehen, aber es hat sich nie die Gelegenheit dazu ergeben. Ich hatte nicht erwartet, daß sie etwas mit dem Universitätsleben zu tun haben könnte. Deshalb ist mir Ihre Anzeige ganz schön in die Glieder gefahren.«

»Sie sind ihr demnach nie auf einem MLA-Kongreß begegnet?«

»Alberta? Niemals.«

»Können Sie mir etwas genauer erzählen, wie sie damals in Ohio war?« fragte Kate. »Sie haben mir schon eine Menge über Alberta erzählt, das ist mir klar, aber...«

»Was kann ich Ihnen noch erzählen? Wir lebten unter einem Bogen, an dessen Enden sich jeweils der Idealtypus des anderen befand; sie hatte kein Interesse an irgendwelchen Mädchendingen, was sie übertrieb, möchte ich sagen; aber übertrieben haben die anderen Mädchen in dem Alter damals auch. Und ich habe mir im Innersten meines Herzens immer gewünscht, wie die ›anderen‹ Jungen zu sein, wenn mir das auch nie bewußt war. Wir lebten in einer Art Niemandsland, so als ob die Begriffe *Junge* und *Mädchen* für uns keine Bedeutung hätten. Wir waren demzufolge der Meinung, wir seien die Besten von allen; wir waren voller Stolz. Wie sie war? Sie konnte alles, was ein Junge auch konnte, aber sie hatte das Feingefühl, das nicht vor mir herauszukehren. Es war ganz deutlich, daß sie nicht ihr Frausein gegen meine Behinderung ausspielen wollte. Kennen Sie Cathers ›Meine Antonia‹? Die Freundschaft zwischen Antonia und Jim Burden, dessen Name fast dem meinen gleicht, könnte Ihnen das etwas verdeutlichen. Aber ich komme immer wieder auf unsere Verbindung zurück, anstatt Alberta zu beschreiben. Vielleicht sollten Sie mir ein paar Fragen stellen.«

»Hat sie jemals mit Ihnen über England gesprochen? Über Oxford?«

»Ja, das hatte ich vergessen. Sie hat immer den Sommer dort verbracht. Sie hatte einen Freund in England, einen Jungen, auf den ich eifersüchtig war, wie ich mich erinnere. Mein Eindruck war, daß sie dorthin gehörte; nicht nach Ohio. In dieser Hinsicht war sie so ähnlich wie Julien Sorel in ›Rot und Schwarz‹: Ihre Eltern waren nicht ihre richtigen Eltern. Das ist eine recht häufige Phantasievorstellung, ich weiß; nur in ihrem Fall war es wirklich so.«

»Hielt sie ihren Vater nicht für ihren richtigen Vater?«

»Vielleicht. Es waren eher ihre Stiefmutter und Ohio, die sie ablehnte. Sie war außergewöhnlich freundlich und ganz offensichtlich einsam, viel einsamer als ich, denn ich hatte ein besseres Zuhause, oder zumindest eines, in dem ich mich wohler fühlte. Mir fällt auf, was für eine Außenseiterin Alberta damals als Mädchen war und wie gut sie als Kind in die heutige Zeit passen würde. In der Schule meiner Kinder ist das Fußballteam der Mädchen genauso gut wie das der Jungen und genauso wichtig. Solche Dinge meine ich.«

»Hat sie jemals über ihre Tante gesprochen, ihre sogenannte Tante, Charlotte Stanton?«

»Nein. Ich fragte mich, wo die Verbindung wäre, als ich Ihre Anzeige las. Sie erzählte über Oxford und die Colleges, aber meistens hatte ich den Eindruck, als gehörte England zu einem Leben von ihr, das mir verborgen war und zu dem ich keinen Zugang hatte. Wir lebten unser Leben in Ohio. Entschuldigen Sie mich einen Augenblick«, fügte er hinzu und stand auf. Es hatte an der Tür geklopft. Da er ihr den Rücken zugewandt hatte, beobachtete Kate sein Hinken genauer. Während ihres kurzen Gesprächs hatte sie es vergessen, und sie nahm an, daß es jedem anderen genauso ging. James Fenton war eindeutig ein erfolgreicher Mann, was immer das bedeuten mochte. Nun ja, es bedeutet, daß er selbstsicher war und liebenswürdig und zweifellos anerkannt auf seinem Gebiet, auch wenn Kate nicht wußte, welches das war. Er war mit der Neugliederung und Neubesetzung seines Fachbereichs beauftragt worden und nicht deshalb, weil er der entsprechenden Generation angehörte, sondern, wie Kate sicher spürte, weil er die erforderlichen persönlichen Qualitäten besaß. Er begrüßte seine Kollegen und stellte sie Kate vor, als sie aufstand, um zu gehen.

»Ich fürchte, ich war Ihnen keine so große Hilfe, wie ich gerne gewesen wäre«, sagte er an der Tür; die anderen waren ins Zimmer gegangen. »Bitte melden Sie sich, wenn Ihnen noch weitere Fragen einfallen. Ich gebe Ihnen meine Privatnummer und meine Büronummer; bitte, zögern Sie nicht, mich anzurufen. Ich möchte Ihnen noch etwas Merkwürdiges sagen: Meine Frau ist ganz und gar nicht wie Alberta, dennoch fiel mir heute, als ich von ihr sprach, plötzlich eine Ähnlichkeit auf. Sie gehören beide zu keinem bestimmten Typus; beide scheinen sich selbst geschaffen zu haben. Merkwürdig, so etwas zu sagen.« Kate sagte, sie fände das überhaupt nicht merkwürdig. Als Kate schon den Flur entlangging, öffnete er die Tür noch einmal, und rief: »Hat Alberta jemals geheiratet?«

»Soviel ich weiß, nein«, sagte Kate. »Aber ich weiß nicht viel. Hätte sie Ihrer Meinung nach heiraten sollen?«

Jim Fenton zuckte mit den Schultern. »Es hätte schon ein sehr ungewöhnlicher Mann sein müssen«, sagte er.

Ja, dachte Kate, als sie wieder einmal auf einen Aufzug wartete; und die Welt ist nicht gerade voll von ungewöhnlichen Männern. Aber Alberta hatte zwei gute Freunde in ihrer Kindheit, dachte Kate, und einen weiteren hatte sie in dem Farmer Ted gefunden; das waren drei, mehr als die meisten in ihrem ganzen Leben haben.

12

Neujahr kam und ging. Kate wartete zehn Tage, damit sich das neue Jahr einrichten konnte, und rief dann Mary Louise Heffenreffers College an, um festzustellen, ob sich ein Treffen vereinbaren ließe. Mit Hilfe des unglaublich dichten gesellschaftlichen Netzwerks der privilegierten Jugend – bestimmte Schulen, bestimmte Colleges, bestimmte Fachschulen – war es Lillian gelungen, Martin Heffenreffer bei einem gesellschaftlichen Anlaß kennenzulernen. Irgend jemand kannte irgend jemanden, dessen Frau an derselben Schule lehrte. Lillian hatte Kate erklärt, eine Party wäre das beste, da eine junge Frau mehr dort nicht auffallen würde, sogar noch weniger, als wenn sie mit einer ernsthaften wissenschaftlichen Frage in sein Büro käme.

Ganz anders als dieser schreckliche Stan Wyman hinterließ Martin Heffenreffer keinen überwältigenden Eindruck – in keiner Beziehung. Lillian hatte erfahren, daß seine Ehe in der Krise war; das wußte offensichtlich jeder. Aber er warf sich nicht jeder verfügbaren Frau an den Hals; im Gegenteil, er schien ein eher ruhiger Typ zu sein mit Freude am Gespräch, und ein Mann, der zuhören konnte – laut Lillian eine seltene Spezies. Lillian schien es, als ginge von ihm eine unendliche Traurigkeit aus, aber Kate neigte dazu, dies ihrer jugendlichen Phantasie zuzuschreiben: Männer in mittleren Jahren wirkten auf junge Frauen oft unendlich traurig, vielleicht, weil sie es wirklich waren. Frauen in mittleren Jahren dagegen mit ihren eigenen Gründen für Traurigkeit neigten eher dazu, die noch vorhandenen Möglichkeiten der Männer in mittleren Jahren zu sehen, statt deren Versagen. Lillian stimmte zu, als ihr das entgegengehalten wurde. Insgesamt blieb daher unklar, was all dies für eine Bedeutung für ihre Nachforschungen hatte; wahrscheinlich gar keine. Aber Kate wollte Lillians Gefühle nicht verletzen, also erwähnte sie es nicht weiter. Zweifellos hing Watsons Ruf, etwas begriffsstutzig zu sein, damit zusammen, daß er immer am Rande der Ereignisse herumstolperte. Wer hatte nochmal gesagt, Watson sei eine Frau gewesen?

Wie dem auch sei, als Kate im Englischen Institut von

Mary Louise Heffenreffers College anrief, war sie nicht besonders überrascht zu hören, daß Mary Louise für ein Jahr Urlaub genommen habe. Sie hatte eine Viertelstelle als Gastprofessorin an der University of California in Santa Cruz angenommen. »Kalifornien!« Kate schrie es der armen Sekretärin am anderen Ende der Leitung fast ins Ohr. Aber es stellte sich heraus, daß das Mädchen Sinn für Humor hatte; man fand das oft in den Büros der Institute. »Ich weiß«, sagte sie, »wir alle sind noch immer sehr erstaunt. Professor Heffenreffer schien nicht der Kalifornien-Typ zu sein. Aber früher oder später probiert es jeder einmal aus. Natürlich hoffen wir, daß sie es dort scheußlich findet.«

Das Mädchen gab Kate die Adresse, und Kate bedankte sich für ihre Freundlichkeit. »Na ja, Professor Heffenreffer ist sehr nett, und wir alle hoffen, daß es ihr langweilig wird, da unten dauernd am Strand zu liegen, und daß sie bald zurückkommt. Einen schönen Tag wünsche ich Ihnen.«

Kate beschloß, sich diesen Rat zu Herzen zu nehmen, und rief Mary Louise in Kalifornien an. Es waren noch zwei Wochen bis zu Kates Semesterferien. Warum sollte sie nicht einen Teil davon in Santa Cruz verbringen? Sie hatte doch schon immer den Carmel sehen wollen? Oder war es Big Sur? Tatsächlich, jeden Tag hörte sich Kate mehr an, wie jemand aus dem Osten; das mußte dringend geändert werden. Die Frage war nur: Sollte sie in Santa Cruz auftauchen und Mary Louise überraschen, à la Lillian, oder sollte sie zuerst anrufen und eine Verabredung treffen? Sie brauchte nur einen Augenblick zu überlegen, um zu einem Entschluß zu kommen. Mary Louise könnte irgendwo sein; vielleicht war sie in ihren Ferien nach Alaska gefahren. Kate würde anrufen.

Bei einem Anruf im Englischen Institut der University of California in Santa Cruz stellte sich heraus, daß ein solches Institut nicht existierte. Professor Heffenreffer war Gastdozentin im Rahmen des Themenkreises »Geschichte der Bewußtseinsformen«. Nun ja, dachte Kate, warum nicht. War nicht das ihre These zu Pulci, daß wir seine Bewußtseinsform nicht verstanden? War nicht genau das das zentrale Thema der französischen Philosophie?

Als man sie verbunden hatte, stellte sich heraus, daß die Teilnehmer des Themenkreises »Geschichte der Bewußtseinsformen« zu Tisch gegangen waren. Ein freundlicher Anrufbeantworter bat Kate, um ein Uhr zurückzurufen. Um vier Uhr – New Yorker Zeit – tat sie es und fragte sich, was wohl geschehen würde, wenn in New York ganze Büros über Mittag geschlossen hätten. Vielleicht gab es ja doch etwas Gutes über Kalifornien zu sagen. Die Sekretärin des Themenkreises »Geschichte der Bewutseinsformen« war die Liebenswürdigkeit selbst und gab ihr Mary Louises Privatnummer. Kate fragte sich, ob Mary Louise wohl zum Lunch zu Hause war, und rief an. Wieder ein Anrufbeantworter; diesmal wurde sie aufgefordert, eine Nachricht für Mary Louise oder Teddy oder Fanny zu hinterlassen. Kate legte vor dem Pfeifton auf; schließlich konnte sie Mary Louise nicht bitten, eine völlig Fremde zurückzurufen. Das war wieder so ein Tag.

Auch beim Dinner, als sie Reed von ihrem Plan erzählte, wurde er nicht spürbar angenehmer. »Soweit wir wissen, ist Alberta in England verschwunden«, stellte er fest. »Warum also in Kalifornien nach ihr suchen? Nur weil irgend so ein merkwürdiger Heini ihren Namen mit einer großartigen Frau in Verbindung gebracht hat, die im Themenkreis ›Geschichte der Bewußtseinsformen‹ Vorlesungen an der kalifornischen Küste hält?«

»Ich gebe zu, es klingt nicht umwerfend logisch, wenn du es so ausdrückst«, sagte Kate. »Aber irgendeine Verbindung besteht da, unabhängig von Stan Wyman.«

»Es ist genau diese Art von Verbindung, die ich so zwingend logisch finde. Wenn ich mich recht erinnere, hat der Ehemann dieser ›großartigen‹ Frau 1980 in Texas in einem Seminar ein Referat über Robert Graves gehalten; in demselben Seminar hat jemand anderer, der nichts mit der ersten Person zu tun hatte, ein Referat über Charlotte Stanton gehalten und Alberta Ashby kennengelernt.«

»Mit welch klarem Verstand du die Dinge doch betrachtest«, sagte Kate und schenkte ihm Wein nach. »Irgendwie hielt ich die Bindeglieder für nicht so schwach.«

»Warum gibst du nicht einfach zu, daß du nach einer Ausrede suchst, um nach Kalifornien fahren zu können.

Wie die Sekretärin an dem College der Heffenreffer gesagt hat, müssen alle Universitätslehrer früher oder später Kalifornien einen Besuch abstatten; so wie die Christen ins Gelobte Land fahren. Ich war einmal in Kalifornien und fand es langweilig, obwohl ich zugeben muß, daß die Bay Area möglicherweise besser ist – besseres Klima, bessere Politik, schönere Landschaft.«

»Möchtest du mitkommen?« fragte Kate. »Alle sagen, San Francisco sei herrlich. Wir können eine Woche lang mit Taucheranzügen tiefseetauchen und Alfalfa essen.«

»Sehr amüsant. Die juristische Fakultät hat nicht so lockere Stundenpläne wie der Rest der Universität. Hier muß man eine bestimmte Anzahl von Tagen im Jahr anwesend sein und sich zur rechten Zeit nach den besten Jobs umsehen. Außerdem glaube ich, es ist gut, dich fliegen zu lassen; du freust dich immer aufs Heimkommen und bist dann besonders entgegenkommend, wie ich bemerkt habe.«

»Wenn ich normalerweise nicht entgegenkommend bin, warum zahle ich dann die Telefonrechnungen und gehe auf Parties für Larrys Kollegen?«

»Ich habe nicht gesagt, du seist nicht entgegenkommend; ich habe gesagt, wenn du heimkommst, bist du besonders entgegenkommend, liebevoll und so.«

»Ich habe nicht den Eindruck, daß die juristische Fakultät deiner Entwicklung zuträglich ist«, sagte Kate. »Schon aus diesem Grunde werde ich dir keine Postkarte mit einem Seehund schicken und auch keine mit einem Roten Sandelholzbaum darauf.«

»Das wirst du doch tun«, sagte Reed. »Und es wird sich herausstellen, daß Mary Louise Heffenreffer die Schlüsselfigur für deine Nachforschungen ist. Dein Instinkt hat immer recht.«

»Aber wird sie mich sehen wollen?«

»Wenn sie ablehnt, wirst du Lillian hinschicken müssen, die dann so tun muß, als hätte sie eine Leidenschaft für obskure Italiener des fünfzehnten Jahrhunderts und ihre Stellung in der Geschichte der Bewußtseinsformen.«

»Wäre es dir lieber, sie würde Jura studieren, wie alle anderen in meiner Familie?« fragte Kate.

»Auf jeden Fall lieber, als daß Lillian Watson spielt«,

sagte Reed und erhob sein Glas. »Warum versuchst du nicht nochmal, in Santa Cruz anzurufen? Deine Hauptverdächtige könnte gerade nach Hause gekommen sein.«

»Sie ist keine Verdächtige«, sagte Kate. »Oder doch?«

»Du mußt immer jeden verdächtigen. Sogar Charlie und Toby. Vergiß das nicht.«

»Nein«, sagte Kate. »Das werde ich nicht.« Sie ging, um ihren Anruf zu tätigen.

Mary Louise war nicht gerade erst nach Hause gekommen, sie machte den Kindern das Abendessen. Natürlich, die Kinder, dachte Kate. Biddy erklärte, daß sie alle in einem der Colleges lebten – »bitte nennen Sie mich Biddy, alle nennen mich so, auch die Kinder« –; Santa Cruz sei nämlich in unterschiedliche Colleges aufgeteilt, alle mit eigenen Programmen. »Es ist etwas schwierig zu erklären, aber es wird verständlicher, wenn Sie es sehen. Ich bin im Cowell College, in dem es Apartments für Gastdozenten gibt.« Kate hatte vorsorglich noch einmal mit dem Kollegen gesprochen, der sie über Pulci informiert hatte, und durfte mit seiner Erlaubnis seinen Namen nennen. Biddy freute sich auf ein Treffen mit Kate. Es hatte den Anschein, als wären Kalifornier von Natur aus gastfreundlich und als hätten die Besucher des Landes diese Gewohnheit ebenfalls angenommen. Kate sagte, sie wolle in einem Motel in der Nähe wohnen. »In Ordnung«, sagte Biddy, »aber denken Sie daran, daß in Kalifornien der Begriff ›in der Nähe‹ sehr relativ ist. Zwei Stunden hin und zurück, nur um zum Dinner zu gehen, ist gar nichts.«

»Ich werde auch einen Wagen mieten«, sagte Kate.

Zwei Tage später übernahm sie den Wagen am Flughafen von San Francisco und fuhr dann in Richtung Santa Cruz. Lillian, die ihre Rolle als Assistentin bei Kates Nachforschungen den Watson-Pflichten vorzog, hatte Kate mit Kopien von mehreren kürzlich erschienenen Artikeln über die Stadt Santa Cruz versorgt. Man konnte daraus entnehmen, daß sie gewissermaßen die Atmosphäre der sechziger Jahre hatte, was Kate keineswegs störte. Es mochte damals eine Reihe von Auswüchsen gegeben haben, aber Selbstsucht war noch nicht zur heiligen patriotischen Pflicht des »wahren Amerikaners« erklärt worden, genausowenig wie Konsumzwang und Militarismus als Hauptziele der Demokratie galten. Kate glaubte nicht wirklich, daß die Menschen sich geändert hatten; aber sie hatte den Eindruck, die Institutionen, von den Religionen bis zu den Regierungen, hätten sich geändert und das unter Berufung auf das Wort Gottes. Kate war der Meinung, das Wort Gottes diente jedem als Erlaubnis, genau das zu tun, was ihm am nützlichsten schien. Wenn es Santa Cruz gelungen war, in dieser Hinsicht hinter der Zeit zurückzubleiben, war Kate ganz froh. So lästig die Radikalen auch sein konnten, sie hatten wenigstens nicht die Macht auf ihrer Seite.

Die Anlage des Campus von Santa Cruz war eindeutig eine Reaktion auf die Erfahrung mit den Radikalen von der Art, die die Vietnam-Proteste angezettelt hatten – obgleich er schön gelegen war, inmitten eines riesigen Sandelholzwaldes. Es gab keinen freien Platz in der Mitte des Campus, nirgends konnte man zusammenkommen, sich versammeln, protestieren. Die verschiedenen Colleges waren alle in unterschiedlichen architektonischen Stilrichtungen gebaut, und jedes blieb gewissermaßen für sich, im Schutz des Sandelholzwaldes, beinahe wie in der Landschaft verstreute einzelne Anwesen. Kate war es gewöhnt, über offene Plätze voller Studenten zu gehen, die immer irgend etwas zu feiern hatten, von der Autonomie Mittelamerikas bis zur Wiederkehr des Frühlings; hier fühlte sie sich eher so unbehaglich wie Daniel Boone, durch Wälder streifend und über schluchtenüberspannende Brücken wandernd.

Nachdem sie sich in ihrem Motel am Rande der Stadt einquartiert hatte, war Kate vorbei an Herden von grasenden Rindern zum Campus gefahren. Sie hatte sich einen Plan besorgt und fand so das Cowell-College auf Anhieb. Wie selbstverständlich sah man vom Parkplatz aus über die Bucht. Wie Biddy Kate erklärte, war dies die Art von Aussicht, der die Kalifornier ihre bekanntermaßen hohe Lebenserwartung verdanken. Die Apartments für die Gastdozenten dagegen waren dunkel und ohne Aussicht – leider –, aber recht geräumig. Kate trank ein Glas Eistee und sagte, wie verunsichert sie in bezug auf eine zweckmäßige Kleidung in diesem Klima sei. »Zuerst war mir kalt«, sagte sie, »und jetzt ist mir heiß. Ist das jeden Tag so?«

»Man beginnt den Tag, indem man verschiedene Kleidungsstücke übereinander anzieht und sich ihrer nach und nach mit steigenden Temperaturen entledigt; man stapelt sie zu einem De-rigeur-Paket, das man täglich braucht. Es dauert ein Weilchen, bis man das alles heraus hat.«

»Fühlen die Kinder sich hier wohl?« fragte Kate.

»Oh ja, obwohl sie die Schule furchtbar finden. Jeder ist hier schrecklich relaxed. Wahrscheinlich ist das gut so, aber wenn man vom Osten kommt, ist man sehr in Versuchung, dauernd jedem zu sagen, er solle sich zusammenreißen.«

»Und die Studenten?«

»Sehr gut. Und die Fakultät hier ist wirklich allererste Klasse; es ist interessant.«

Nach diesen Eröffnungszügen schaute Kate sich um, unsicher, wie sie fortfahren sollte. Der Raum glich auf merkwürdige Weise ihrem Problem. Die Sonne schien durch die Terrassentür im Hintergrund und heizte den Raum so auf, daß man die Vorhänge zuziehen mußte. Die Vorhänge an den Panoramafenstern der Vorderseite mußten zur Wahrung der Privatsphäre zugezogen werden. Dies führte natürlich dazu, daß es dunkel im Raum war und man mitten an einem sonnigen Nachmittag Licht anmachen mußte.

Es war hilfreich, daß ihr Biddy auf den ersten Blick sympathisch war; so brauchten sie einander nicht wie dressierte Tiere auf neutralem Boden zu umkreisen. Kate hatte bemerkt, daß Biddy wahrscheinlich annahm, sie wäre wegen irgendeines Jobangebots nach Santa Cruz herübergekommen, oder in der Hoffnung auf einen Jobwechsel. Höflich wartete sie darauf, daß Kate den Grund ihres Besuchs erklärte. Aus einem momentanen Angstgefühl heraus fragte Kate aber erst einmal nach Pulci. Biddy antwortete mit einer Zusammenfassung ihrer neuesten Theorien, die sie in ihrem kürzlich bei der MLA gehaltenen Referat dargelegt hatte; Kate sagte nicht, daß sie es kannte. »Kennen Sie Alberta Ashby, und wissen Sie, warum sie verschwunden ist?« wäre eine allzu direkte Frage gewesen. Andererseits war Alberta kein Gesprächsthema, zu dem man leicht eine subtile Überleitung finden konnte. Es könnte ja sein, daß Biddy sie überhaupt nicht kannte, und Kate würde schwerlich sagen können, daß irgend so ein entsetzlicher Mann glaubte, Alberta hätte ein Verhältnis mit Biddys Mann gehabt.

»Ich fürchte, das, was ich Sie fragen möchte, ist ziemlich schwierig«, sagte Kate. »Vor einiger Zeit hatte ich Gelegenheit, das Tagebuch einer recht ungewöhnlichen Frau zu lesen; falls sich herausstellt, daß es Sie überhaupt interessiert, will ich Ihnen gerne erzählen, wie es zu der ganzen Sache gekommen ist. Ich habe festgestellt, daß sie mir gefiel und daß ich sie gerne kennenlernen wollte; als ich aber herausfinden wollte, wo sie war, hatte es den Anschein, als sei sie verschwunden.« Kate machte eine Pause, aber Biddys Gesicht zeigte nichts als echtes, oder zumindest höfliches Interesse; sie wartete auf den eigentlichen Sinn der Erzählung.

»In irgendeinem Zusammenhang wurde Ihr Name erwähnt«, fuhr Kate fort, »eher zufällig, aber ich fragte mich trotzdem, ob vielleicht Sie mir sagen könnten, wo sie ist oder ob Sie sonst noch etwas über sie wissen.«

»Sicher, wenn ich kann«, sagte Biddy und lächelte verwundert.

»Ihr Name ist Alberta Ashby«, sagte Kate.

Auf jede Reaktion war Kate vorbereitet – alles von einem Stirnrunzeln bis zu einem Ausruf des Erinnerns –, nicht aber auf diesen Laut des Erstaunens, der von Biddy kam; es war schon beinahe ein Schmerzenslaut. »Ist ihr etwas zugestoßen?« fragte Biddy. »Ist sie nicht mehr auf der Farm? Wir stehen seit über einem Jahr nicht mehr in Verbindung, außer daß sie mir anfangs hin und wieder eine Postkarte schickte, auf der nichts weiter stand, als ›Mir geht es gut, schöne Kühe‹ und so weiter. Es geht ihr doch gut, nicht wahr?«

»Ich vermute, Sie kannten sie – kennen sie gut?«

»Mein Gott, was ist passiert?« sagte Biddy, sichtlich betroffen.

Kate war entsetzt über das, was sie angerichtet hatte. Verdammt, bist du plump gewesen, sagte sie zu sich selbst. Laut sagte Kate: »Es tut mir leid; ich fürchte, ich war ungeschickt und dumm. Könnten wir wohl einander alles erzählen, was wir über Alberta Ashby wissen?«

»Ich weiß nicht«, murmelte Biddy. Kate spürte den Schmerz dieser Frau. Zum ersten Mal seit ihrer Ankunft bemerkte sie, daß Biddy wirklich ungeheuer attraktiv war, aber nicht auf eine Weise, die Kate gefangen hielt, wie das bei manchen Frauen der Fall war. Entgegen Stan Wymans Beschreibung war sie weder so phantastisch herausgeputzt, daß das Auge des Betrachters wie von einer guten Vorführung gefangen wurde, noch war sie auffallend sexy; sie war einfach schön auf eine ruhige, fast zurückhaltende Weise, beinahe als ob sie, wissend um ihre Fähigkeit, die Leidenschaft der Männer zu entfachen, alles getan hätte, diese Fähigkeit zu verbergen. »Ich weiß doch überhaupt nichts über Sie«, antwortete Biddy. »Was wollen Sie wirklich?«

Biddy kannte Alberta Ashby, das lag auf der Hand. Was konnte Kate verlieren, wenn sie Biddy die ganze Geschichte von Anfang bis Ende erzählte und als Gegenleistung auf Biddys Bericht hoffte? Aber Kate konnte zu diesem Zeitpunkt wohl kaum Biddys Einverständnis mit solch einem Handel erwarten. Ich habe es vermasselt, dachte Kate. Ich muß ihr die ganze Geschichte anvertrauen in der Hoffnung, daß auch sie mir dann ein bißchen vertraut. Wenn sie Alberta etwas angetan hat, was kann ich dann mit meiner Story schon für einen Schaden anrichten? Wenn sie Alberta aber wohlwill, kann ich ihr viel helfen. Sie kann natürlich ihren Mann warnen, aber falls sie das vorhat, tut sie es jetzt sowieso. All dies schoß Kate durch den Kopf; schließlich entschied sie sich, wie es ihre Art war, für die Seite der Wahrheit und des Vertrauens, und zwar nicht aus Prinzip, sondern aus der Überzeugung, daß es niemandem helfen würde, wenn sie einander mit Argwohn gegenüberstünden, am allerwenigsten aber Alberta.

»Ist Alberta etwas zugestoßen?«, fragte Biddy nochmals.

»Ich weiß es nicht«, sagte Kate. »Das ist die Wahrheit. Ich weiß es wirklich nicht. Niemand scheint zu wissen, wo Alberta ist. Sie ist verschwunden. Schauen Sie, ich will Ihnen die ganze Geschichte von Anfang an erzählen, und dann können Sie entscheiden, ob Sie mir erzählen wollen, was Sie über Alberta wissen oder nicht. Was meine Person betrifft, so bin ich die Professorin, als die ich mich vorgestellt habe, von der Universität, die ich genannt habe; im Moment stelle ich Nachforschungen über den Verbleib von Alberta an, die ich selbst nie kennengelernt habe. Das habe ich Ihnen ja schon gesagt. Gibt es noch etwas, das Sie über mich wissen möchten?«

»Sind Sie der Meinung, Mary Garth hätte Farebrother heiraten sollen?« fragte Biddy. »Und woher wußte Daniel, daß er Jude war? Warum schaute er nicht an sich herab?«

»Wie bitte?« sagte Kate. Sie blickte sich in dem nach außen so abgeschotteten Raum um und überlegte, ob sich die Realität plötzlich in einen Schauerroman verwandelt hätte.

»Beantworten Sie nur einfach die Fragen. Wenn Sie wirklich Professorin für viktorianische Literatur sind, sind die ganz einfach. Ich bin bestimmt nicht paranoid; nur vorsichtig. Mein Leben war in letzter Zeit nicht einfach.«

»Mary Garth war nie eine meiner Lieblingsgestalten in der Literatur. Offen gesagt, ob sie nun Fred Vincy geheiratet hat oder nicht, sie hätte immer nur Söhne gehabt und die Rolle der patriarchalischen Frau gespielt. Es ist meiner Meinung nach Eliots einziges schwaches Happy-End, aber dieser Standpunkt wird nicht allgemein geteilt. Was nun die Frage betrifft, warum Daniel niemals an sich herabsah und feststellte, daß er beschnitten war, so glaube ich, daß das nie jemand beantwortet hat, aber unter anderen hat Steven Marcus es versucht. Reicht das? Nebenbei gesagt, dachte ich, Ihr Gebiet wäre die vergleichende Literaturgeschichte der Renaissance.«

»Mein Mann hat mit der viktorianischen Literatur angefangen und ist dann in die Moderne gegangen. Ich nehme an, Sie sind die, für die Sie sich ausgegeben haben. Haben Sie ›Shirley‹ gelesen?«

»Ja.«

»Hat es Ihnen gefallen?«

»Sehr. Eine der Professorinnen, die hier Dekan war, hat

eine gute Abhandlung darüber in ihrem Buch geschrieben.«

»In Ordnung«, sagte Biddy. »Sie haben bestanden. Erzählen Sie mir die Geschichte.«

Während Kate Biddys einfache Fragen beantwortete – für jemanden, der diese Romane seit der Collegezeit nicht mehr gelesen hatte, waren sie vielleicht nicht ganz so einfach –, hatte sie in Gedanken versucht, ihre Geschichte zu strukturieren. Sie beschloß, sie so zu erzählen, wie sie sich wahrscheinlich ereignet, und nicht, wie sie sich für Kate selbst entwickelt hatte.

»Alberta Ashby könnte 1980 auf dem MLA-Kongreß in Houston, Texas, gewesen sein. Es ist nicht sicher, daß sie dort war, und wenn doch, dann ist es eigenartig, daß sie die ganze Reise auf sich genommen hat, um ein Referat über ihre Nenn-Tante, Charlotte Stanton, zu hören; sie hätte doch genausogut die Referentin bitten können, ihr eine Photokopie zuzuschicken. Das nächste, was ich von Alberta weiß, ist, daß sie im vergangenen Jahr mit einer Bekannten von mir nach England gereist ist. Sie wollten eine Freundin von Albertas lange verstorbener Nenn-Tante besuchen; meine Bekannte, Charlie, will eine Biographie über Charlotte Stanton schreiben. Charlie und Alberta besuchten Sinjin, die Freundin der Tante; danach ist Alberta einfach verschwunden. Vielleicht ist sie in die Vereinigten Staaten zurückgekehrt, aber niemand hat sie finden können. Der Detektiv, der beauftragt worden war, sie aufzuspüren, hat ein Tagebuch gefunden, das sie auf der Farm geschrieben hatte, auf der sie arbeitete.« Kate sah, wie Biddy den Kopf hob, und sah auch, daß sie entschlossen war, keine Fragen zu stellen.

»Das Tagebuch handelt überwiegend von den Besuchen in England, die sie in ihrer Kindheit gemacht hatte, und von ihrem Leben auf der Farm«, fuhr Kate nach einer kaum merklichen Pause fort. »Das ist alles, was ich weiß, alles, was ich Ihnen erzählen kann, außer daß ich von Alberta fasziniert bin, nachdem ich ihr Tagebuch gelesen habe und auch Charlie mir von ihr berichtet hat. Ich möchte sie finden; zumindest aber wissen, was aus ihr geworden ist.«

Biddy hatte inzwischen ihre Selbstbeherrschung wiedergefunden. »Mir ist noch immer nicht klar, warum Sie zu mir gekommen sind«, sagte sie.

Natürlich, das war die Frage. Es war Martin Heffenreffer, der 1980 beim MLA-Kongreß ein Referat gehalten hatte, Martin Heffenreffer, dessen Name im Zusammenhang mit Alberta genannt worden war. Nein, nicht ganz, Biddys Name hatte Stan Wyman besonders betont. Hatte allein das Kate nach Santa Cruz geführt? Sie mußte ehrlich zu Biddy sein, aber nur bis zu einem gewissen Punkt, wie sie sich jetzt vornahm. Nun war Biddy an der Reihe.

»Haben Sie sie gekannt?« fragte Kate. »Sagen wir es so: Ich glaube, daß Sie sie gekannt haben.«

Biddy stand auf und ging im Zimmer umher. »Warum sollte ich Ihnen überhaupt irgend etwas erzählen?« fragte sie. »Gut, Sie sind diejenige, als die Sie sich ausgegeben haben, na und? Sie sagen, Sie wollen Alberta finden. Nur von Ihnen weiß ich, daß sie verschwunden ist. Angenommen, ich weigere mich, mit Ihnen zu sprechen, was dann?« Sie drehte sich zu Kate um.

»Ich habe keinerlei Druckmittel in der Hand, und wenn ich welche hätte, würde ich sie nicht anwenden. Was hätte das für einen Nutzen? Entweder wollen auch Sie herausfinden, was mit Alberta geschah, oder Sie wollen es nicht. Bei der Polizei ist sie als vermißt gemeldet; ein Privatdetektiv namens Richard Fothingale hat Monate mit der Suche nach ihr zugebracht. Meine Freunde Charlie und Toby haben ihm dafür ein hübsches Sümmchen bezahlt; zweifellos wird er auch mit Ihnen sprechen, wenn Sie ihm seine Zeit honorieren, Sinjin hat Alberta die Hälfte ihres Geldes vermacht, das auch das der Stanton war; die Anwälte hier und in England wissen, daß Alberta nicht zu finden ist. Wenn Sie all dies nicht überzeugend finden, warum verfolgen Sie dann nicht dieselbe Spur, wie wir alle? Andererseits habe ich den Eindruck, daß Sie sich vorgenommen haben, mir zu mißtrauen und mir nicht einmal die Uhrzeit verraten, wenn ich Sie danach fragen würde. Das Leben spielt manchmal so. Ich muß sagen, daß ich Sie vom ersten Eindruck her mochte, aber ich habe kürzlich schon einmal erfahren müssen, wie wenig man dem ersten Eindruck trauen darf.« Kate sprach, und sie meinte auch, was sie sagte, aber sie hatte ihre Rede in die Länge gezogen, um Biddy Zeit zu geben, zu sich zu kommen. Ich habe ihr das Gefühl gegeben, in eine Falle gegangen zu sein, dachte Kate; ich habe sie mit der Sache überfallen, und sie fühlt sich, als habe sie eine Schlinge um den Hals.

Biddy schien gerade etwas antworten zu wollen, da flog die Tür auf, eine Horde Kinder stürmte herein. Sie schrien »Hallo« und liefen hintereinander die Treppe hinauf. Biddy rief zwei von ihnen. »Kommt her und begrüßt unseren Gast«, sagte sie. »Das ist Professor Fansler; Teddy und Fanny Heffenreffer.« Die Kinder kamen heran und gaben Kate die Hand. »Wie geht es euch?« sagte Kate.

»In Ordnung, ihr könnt jetzt gehen«, sagte Biddy, »aber haltet den Lärm in Grenzen; wir unterhalten uns.« Dann wandte sie sich Kate zu. »Kann ich Ihnen etwas zu trinken anbieten?» fragte sie. »Noch einen Eistee?« Kate nahm das Angebot an. Sie waren wieder auf dem sicheren Boden gesellschaftlicher Umgangsformen.

Kate nippte an ihrem Eistee, was ihr ermöglichte, wenigstens ein paar Minuten lang darüber nachzudenken, wie sie die Situation retten könnte. Sie konnte unmöglich Biddy bitten über Alberta zu sprechen, selbst wenn sie das gewollt hätte – mitten zwischen den Kindern, die herunterkamen und an den Frauen vorbei in die Küche rannten. Nach einer gewissen Zeit, vielleicht in ein oder zwei Tagen, würde sich Biddy eventuell dazu entschließen, mit Kate zu sprechen. Inzwischen könnte Kate sich San Francisco ansehen oder an der Küste entlangfahren; aber irgendwie gefiel ihr weder die eine noch die andere Möglichkeit. Was immer sie sich auch vorgestellt haben mochte, Sightseeing war nicht der Zweck ihrer Reise.

»Darf ich Sie zum Dinner einladen?« fragte Kate schließlich. »Heute abend oder morgen? Oder vielleicht zum Lunch?«

»Ich werde Sie im Motel anrufen«, sagte Biddy. »Ich werde es mir überlegen und Sie anrufen. Bis morgen früh, das verspreche ich. Geben Sie mir die Nummer.« Kate spürte die Aufforderung zu gehen und kam ihr nach, nachdem sie Biddy ihre Nummer gegeben hatte. Sie beschloß, den Rest des Tages mit der Erforschung des Campus und der Stadt zuzubringen. Entmutigt und deprimiert stieg sie in ihren Wagen, fuhr durch die Gegend und versuchte, sich ein gewisses Interesse am Kresge-College und den anderen Colleges abzuringen, die sie aus einer Architekturzeitschrift kannte, die Lillian für sie ausgegraben hatte. Es hatte keinen Zweck; ihr war das alles gleichgültig. Schließlich fuhr sie in die Stadt zurück und lief einfach herum; zu guter Letzt kaufte sie ein Sandwich, aß es auf einer Bank auf dem Bürgersteig und beobachtete das vorbeiströmende Leben der Stadt.

Lillian hatte oberflächlich das Thema Wechseljahre gestreift, das Kate noch auf Jahre hinaus von sich wies; die Frauen, die sie kannte, waren in den Fünfzigern, als sie davon betroffen wurden. Aber war es denn überhaupt ein so entscheidender Wechsel? Ihr schien, als habe sich etwas viel Wichtigeres in ihrem Leben verändert: Die zunehmende Bedeutung von Augenblicken, wie diesem, Augenblicke zwischen den Ereignissen; so wie auf dem Kongreß, als so viel zu tun war, und als dennoch im Moment anscheinend nichts getan werden konnte. Zweifellos litten Menschen mit normalen Fulltime-Jobs, Jobs von neun bis fünf mit vielen Überstunden, wie Leo und Toby sie hatten, nicht unter diesem Gefühl, am falschen Ort zu sein. Früher hatte ich nicht das Gefühl, in der Luft zu hängen, egal, wo ich war, dachte sie. Es gab immer etwas, das sie in Angriff nehmen und tun konnte. Aber was war hier zu tun, in dieser seltsamen Stadt? Es war gut und schön, sich in ein Flugzeug zu stürzen und auf die andere Seite des Kontinents zu fliegen, weil einem dort eine Frau vielleicht etwas zu sagen hatte. Aber natürlich konnte es auch sein, daß die Frau gar nichts sagen will. Die Menschen krempelten nicht ihr Leben um, nur um den Anmaßungen des anderen zu gehorchen. Und es kam Kate vor, als führten Reed und sie ein Leben, das formbarer war, als das der meisten; anpassungsfähiger. Nein, die meisten Menschen ihres Alters waren genauso flexibel, wenn ihre Kinder erwachsen waren, aber irgendwie schienen sie doch eingezwängt in ihre Terminpläne und selbstauferlegten Pflichten. Wir sind weniger fest verwurzelt, dachte Kate, leichter verpflanzbar, vielleicht; neugieriger und eher in der Lage, uns Zeit zu nehmen.

Diese Gedanken hatten sie unruhig gemacht, sie lief erneut herum und landete fast zwangsläufig vor einer Buchhandlung. Diese Buchhandlung unterschied sich von all den anderen, in denen Kate schon herumgestöbert hatte, schon allein dadurch, daß eine Reihe von Leuten, so lässig gekleidet, daß es schon an Schlampigkeit grenzte, in den schmalen Gängen auf dem Boden saß und las. Sie kaufte einen Roman, der ihr kürzlich empfohlen worden war: ›Tirra Lirra by the River‹ von einer Australierin. Der Titel war ein Zitat aus ›Lady of Shalott‹, die die Wirklichkeit immer in einem Spiegel betrachten mußte; tat sie das nicht, würde sie sterben müssen. Anscheinend gab es auch eine neue P. D. James; Kate kaufte auch dieses Buch. Sie hatte wenig Hoffnung, schlafen zu können, also brauchte sie mindestens zwei Bücher, um die Nacht zu überstehen. Morgen würde sie sich entscheiden müssen: Sightseeing oder zum Teufel damit.

Als Kate zu ihrem Motel zurückkam, fand sie die Nachricht vor, sie sollte Biddy anrufen. Sie tat es mit so viel Herzklopfen, als erwartete sie die Mitteilung, ob Reed oder sie nun an einer schrecklichen Krankheit oder nur an einem lächerlichen Wehwehchen litten. Biddy war sehr freundlich am Telefon. »Ich möchte mich gern zum Lunch mit Ihnen treffen«, sagte sie, »aber nicht in einem Restaurant. Lassen Sie uns ein Picknick machen auf einer wunderschönen, versteckten Wiese, die ich auf dem Campus entdeckt habe. Kommen Sie um zwölf Uhr zu mir. Von hier aus können wir zu Fuß gehen. Ich sorge für das Essen. Vielleicht können Sie eine Flasche Wein mitbringen und einen Korkenzieher.«

Kate war einverstanden und freute sich. Wenn Biddy bereit war, eine Flasche Wein mit ihr zu trinken, so war das ein gutes Zeichen. Brot und Wein: Symbole der Kameradschaft – und der Vertrautheit, wenn es dazu kommen sollte. Kate freute sich darauf, ihre beiden Bücher im Flugzeug lesen zu können, und schlief sofort ein.

13

Kate folgte Biddy auf einem Waldweg, der plötzlich in eine sonnenbeschienene Lichtung mündete. Man hatte gleichzeitig das Gefühl von Abgeschiedenheit und Weite. Biddy ließ sich zu Boden sinken, und Kate tat dasselbe; sie legte ihre Tüte mit der Weinflasche neben Biddys Korb, so, als wäre Biddy der Anführer in einem Kinderspiel. Sie streckten sich aus, zuerst Biddy, dann Kate, und beschatteten die Augen mit ihren Armen, um die Schwalben beobachten zu können. Kate dachte: Das ist Schönheit und Frieden. Aber sie sagte nichts; es war an Biddy zu sprechen. Das Schweigen zwischen ihnen war nicht lastend oder eingeschränkt durch Grenzen, die die Zeit setzte. Kate wartete.

Als Biddy dann sprach, geschah es ohne die Angst und Aggression, die sie noch am Vortag hatte spüren lassen. Kate fühlte sich an einen Roman von E. M. Forster erinnert, in dem Freunde in einem kleinen, engen Tal bei Cambridge zusammenkamen; das kleine, enge Tal war auch ein Symbol, das Charlotte Brontë in ›Villette‹ benutzte. Kate wußte nicht, ob sie und Biddy jemals wirklich Freunde werden würden, aber sie war sicher, daß sie sich in der Nähe freundschaftlicher Gefühle bewegten oder zumindest in der Nähe einer echten Verständigung.

»Es besteht die Gefahr, daß hier gebaut wird«, sagte Biddy nach einer kleinen Weile. »Wahrscheinlich ist es unvermeidlich. Manchmal denke ich, daß die Erhaltung von Freiräumen, die keinem speziellen Zweck dienen, zu den unwiederbringlich verlorenen Dingen unseres Lebens gehört. Wollen wir essen, solange es diese Wiese noch gibt?« Sie lächelte Kate an und öffnete den Picknickkorb. Kate zog die Weinflasche und den Korkenzieher hervor, den der Mann in dem Weingeschäft ihr gegeben hatte. Sie sah sich beides an und lachte stillvergnügt in sich hinein. Biddy sah fragend auf. Lillian hätte gesagt: Die Schwingungen stimmen.

»Dieser Korkenzieher erinnert mich an meine Zeit im Radcliffe in Cambridge. Ein paar von uns haben so ein Picknick beim Mt. Auburn-Friedhof gemacht – der einzige wiesenähnliche Platz in Cambridge, und der war für die Toten reserviert. Wir hatten einen Korkenzieher wie diesen hier, und der ist entzweigegangen. Eines der Mädchen hatte einen Regenschirm mit – am Morgen hatte es nach Regen ausgesehen –, und wir haben mit der Schirmspitze den Korken in die Flasche gedrückt. Ein Weinkenner hätte sich vor Entsetzen zu den Toten gesellt, aber wir fühlten uns wie nach einem Sieg. Dieser Korkenzieher scheint jedenfalls zu funktionieren.« Der Korken kam mit einem Plopp heraus; Kate hatte aufstehen müssen, um die Flasche zwischen den Knien festzuhalten. Sie goß den Wein in Pappbecher. Beide aßen und tranken schweigend, verscheuchten die Mücken und spürten die Erde unter sich.

»Alberta hätte das gefallen«, sagte Biddy schließlich. »Wenn ich an sie denke, sehe ich sie irgendwo im Gras ausgestreckt; sie kaut an einem langen Grashalm und lacht.«

»Ich wünschte, ich hätte sie gekannt«, sagte Kate. »Alles, was ich von ihr höre, klingt so vielsagend und positiv.«

»Es war natürlich weder immer Sommer, noch war es in Kalifornien; ich war vorher überhaupt noch nie hier.«

»Es klingt wie Kindheitserinnerungen; da ist immer Sommer«, sagte Kate. »Und ich glaube, für Alberta war der Sommer die schönste Zeit – in ihrer Kindheit.«

»Sie meinen, in England«, sagte Biddy. »Wo ich früher gelebt habe, gab es ganz in der Nähe eine wundervolle Blutbuche; sehr alt. Sie erinnerte Alberta an eine Blutbuche in Oxford. Ich verstehe noch immer nicht, wie Sie dazu gekommen sind, mich mit ihr in Verbindung zu bringen«, fügte sie in verändertem Ton hinzu und bot Kate noch ein Sandwich an. »Wie haben Sie überhaupt von mir gehört?«

Kate nahm das Sandwich und füllte Wein in die Pappbecher nach. »Das erste Mal hörte ich von Ihnen durch einen absolut abscheulichen Mann namens Stan Wyman. Läutet's bei diesem Namen bei Ihnen?«

»Es läutet Gefahr«, sagte Biddy und lächelte vor sich hin. »Er *ist* der abscheulichste Mann. Er ist besonders abscheulich, weil er gerade in dem Augenblick, in dem

Sie sich selbst sagen, daß er in Wirklichkeit gar nicht so schlecht ist, etwas Schreckliches und zugleich Unerwartetes sagt oder tut.«

»Ich kenne die Art«, sagte Kate. »Als ich ihm begegnete, war er schlichtweg entsetzlich. Ich nehme an, er hat Ihnen schöne Augen gemacht und konnte damit nicht landen.«

»Ich habe mich bemüht, nicht allzu abweisend zu sein«, sagte Biddy. Kate sah sie an und konnte sich vorstellen, wie sie durch langjährige Erfahrung die feinen Nuancen der Zurückweisung gelernt hatte. »Feinfühligkeit ist nicht gerade seine Stärke«, fügte Biddy hinzu. »Ich sage nicht immer und zu jedem nein«, sagte sie nach einer Pause, so, als ob sie ihre Karten auf den Tisch legen wollte. »Martin und ich haben uns getrennt; eigentlich hatten wir schon seit einer Weile unsere Schwierigkeiten. Keine Angst«, sagte sie, als Kate etwas einwenden wollte. »Ich beichte nicht aus Freude am Beichten. Es hat alles mit Alberta zu tun. Warten Sie ab.«

Kate, die hatte sagen wollen, daß ihre Nachforschungen sich auch nur darauf bezögen, nickte. Nach einer Weile sprach Biddy weiter.

»Martin und ich kamen schon seit sieben oder acht Jahren nicht mehr so gut miteinander zurecht – bei Zeitangaben bin ich nie gut gewesen außer bei Daten, wie v. d. K., vor den Kindern, oder n. m. E., nach meiner Einengung. Ich definiere die Dinge durch Sätze wie ›Teddy war zwei und Fanny gerade geboren‹, oder so ähnlich. Martin und ich kamen gut miteinander zurecht, bevor die Kinder geboren waren, das war vor beinahe zehn Jahren. Nicht, daß wir sie nicht hatten haben wollen; sie haben einfach unser Leben verändert. Wir wollten nur dieses eine haben, aber dann wurde ich wieder schwanger. Wahrscheinlich eines dieser Mißgeschicke, das kein Mißgeschick ist. Als die Kinder nun einmal da waren, ist mein Leben anders geworden, denn natürlich habe ich weiter Vorlesungen gehalten. Die Kinder wurden zu meinem Privatleben. Ich fürchte, ich erkläre das nicht sehr deutlich. Haben Sie Kinder?»

Kate schüttelte den Kopf. »Ich habe spät geheiratet«, sagte sie.

»Es passieren schon merkwürdige Dinge. Ich nehme an, in meinem Leben war nicht mehr genügend Aufmerksamkeit oder Energie oder Begehren für Martin übrig. Ich hatte die Kinder, an denen ich sehr hing; ich hätte es nie für möglich gehalten, daß ich Kinder so genießen könnte. Und dann war da meine Arbeit, denn geistige Anregung brauchte ich auch. Es tut mir leid, ich stelle das alles wahrscheinlich ziemlich dumm dar, so, als wäre es eine Anleitung für ein gutes Leben in einem dieser ›Ratgeber für alle Lebenslagen‹; aber genau das ist es nicht. Mir ging es gut, aber für Martin schien nichts übriggeblieben zu sein. Oh ja, er wollte Sex, aber ich wollte Gespräche. Und wenn er wirklich leidenschaftlich wurde, wollte ich es so schnell wie möglich hinter mich bringen und einschlafen, so wie er auch. Ob Sie das alles wohl verstehen können?«

»Ganz gewiß«, sagte Kate und dachte: So hat Martin Alberta gefunden.

»Ich nehme an, Martin suchte dann eine andere Frau«, fuhr Biddy fort, als hätte sie Kates Gedanken gehört. »Nach einer Weile stellte sich deutlich genug heraus, daß er sie gefunden hatte, und nun kommt das Schreckliche: Ich war froh darüber. Na ja, nicht direkt froh, aber erleichtert, so wie die Frauen in der viktorianischen Zeit, die Angst hatten, schon wieder schwanger zu werden, und daher zufrieden waren, wenn ihre Männer ein anderes Objekt ihres Begehrens gefunden hatten. Hätte mir v. d. K. jemand gesagt, ich würde einmal keine Lust haben, dem Begehren eines Mannes entgegenzukommen, hätte ich nur höhnisch gelacht. Aber ich hatte nun eine Lebensform gefunden, die mir entsprach; mein Beruf und die Kinder. Nicht daß ich die Scheidung wollte. Wir waren ein gutes Team, wenn es darum ging, unser Leben in Gang zu halten – das Haus, den Wagen, die Finanzen. Martin ist ein guter Vater; er liebt seine Kinder sehr, und sie brauchen ihn. Am Wochenende verbrachte er fast die ganze Zeit mit ihnen. Es war alles gut eingerichtet, soweit es mich betraf. Ich glaube, Martin dachte, ich wüßte nicht, daß es da jemand anderen gab, und wir sprachen nicht darüber. Einer der Vorteile von Männern, die keine langen vertraulichen Gespräche mögen, liegt darin, daß man davonkommt, ohne ausführlich über irgendwelche Dinge zu diskutieren, und sie nehmen es einem nicht übel; wahrscheinlich merken sie es oft gar nicht.«

»Jedenfalls hatte ich, was ich wollte«, fuhr Biddy fort. »Vielleicht hat die andere Frau auch, was sie will, dachte ich. Ich stellte fest, daß Martin und ich viel weniger stritten, so, als gäben wir uns beide mehr Mühe, unsere Beziehung im Lot zu halten. Ist es nicht seltsam, daß nie jemand über derartige Dinge spricht? Ich habe inzwischen festgestellt, daß diese Situation gar nicht so ungewöhnlich ist, aber damals hielt ich sie für einzigartig.«

»Das ist so mit den Frauen«, sagte Kate. »Sie sitzen jede für sich in ihrem Heim und fühlen sich sofort als Ungeheuer, wenn sie einmal einen Augenblick lang nicht glücklich sind über ihre kleinen Kinder und ihren Mikrowellenherd. Wir Frauen müssen miteinander reden – ich meine, manchmal ist das wichtiger als juristisch abgesicherte Gleichberechtigung – ehrlich miteinander reden und so feststellen können, daß keine von uns ein einzigartiges Ungeheuer ist.«

Biddy lächelte. »Wir sind noch nicht zu Alberta vorgestoßen; das ist mir schon klar.«

»Irre ich mich, wenn ich vermute, daß Alberta die andere Frau war?«

»Ich glaube, das ist ziemlich offensichtlich. Sie hat Martin irgendwo bei irgendeinem Miniseminar über Charlotte Stanton kennengelernt; sein Beitrag stellte die Verbindung zu Graves und den anderen Autoren her, die nach dem Ersten Weltkrieg in Oxford waren. Ich gebe zu, ich war überrascht, als ich sie zum ersten Mal sah. Sie war ganz und gar nicht so, wie ich sie mir vorgestellt hatte. Irgendwie stellt man sich immer vor, Männer wären auf viel jüngere Frauen aus, mit viel größerer sexueller Ausstrahlung, aber vermutlich haben wir auch diese Vorstellung wieder nur aus Seifenopern übernommen.«

»Für einige Männer trifft das sicher zu. Für Stan Wyman, könnte ich mir denken, und für diesen Kongreßabgeordneten, diesen Fundamentalisten, von dem sich herausstellte, daß er mit einer sechzehnjährigen Hotelangestellten geschlafen hatte. Wir sind sicher beide zu sehr daran gewöhnt, in unkonventionellen Bahnen zu denken, um Alberta als Liebchen von irgend jemandem einzustufen.«

»Wie dem auch sei«, sagte Biddy, »Alberta ist 1980 nach Houston gereist, um mit Martin zusammenzusein. Es war eine ideale Gelegenheit. Sie konnte sagen, daß sie sich das Referat über die Stanton anhören wollte, und das fand im selben Seminar statt wie seines. Ich war nicht dort. Sie waren meilenweit von zu Hause entfernt und konnten eine schöne, sorgenfreie Woche verbringen. Ich erinnere mich, daß Martin sagte, er werde länger fortbleiben und noch die Universität von Austin aufsuchen, weil es dort Unterlagen gäbe, die er sich ansehen müsse. Ich war mit den Kindern zu Hause und führte die Art von Leben, die wir nur führen können, wenn er nicht da ist. Keiner von uns hatte irgendeinen Zeitplan; wir lebten so dahin, spontan und ohne Routine.«

Kate nahm ein Stück Obst und schenkte Wein nach. Sie blieb einen Moment lang stehen und streckte die Beine; dann setzte sie sich wieder. »Wann sind Sie Alberta das erste Mal begegnet?« fragte sie.

Biddy nippte an ihrem Wein. »Sie können sich nicht vorstellen, wie erleichtert ich bin, über diese Dinge mit jemandem sprechen zu können, der Verständnis zu haben scheint. Es tut mir leid, daß ich gestern so abweisend war; ich fühlte mich beinahe überrumpelt. Ich hatte immer gedacht, Alberta sei dort, wo ich sie vermutete, ganz real; es war so ein Schock für mich zu hören, daß sie verschwunden ist.«

»Ich habe die ganze Sache schlecht geschildert«, sagte Kate. »Es ist schon gut; jetzt ist ja alles geklärt. Wenn wir nur Alberta finden könnten ...«

Sie ließ den Satz im Raum stehen. »Fahren Sie mit Ihrer Erzählung fort.«

»Da ist gar nicht mehr sehr viel zu erzählen. Ich habe Alberta ganz zufällig getroffen; unsere Wege haben sich einfach gekreuzt. Wir kamen beide zu derselben Vorlesung. Eine Dozentin für Englische Renaissance sprach in New York, und ich wollte sie unbedingt hören. Alberta war hingegangen, weil die Referentin eine Frau war, die Charlotte Stanton gekannt hatte; und Alberta wollte sie entweder nach dem Vortrag sprechen oder nur einfach den Oxford-Akzent wieder einmal hören. Ob Sie es nun glauben oder nicht, wir saßen nebeneinander. Oh ja, ich weiß, die Wahrheit ist unglaubwürdiger als jeder Roman; aber wenn Sie darüber nachdenken, ist es schon etwas weniger unwahrscheinlich. Die meisten Plätze waren schon zeitig besetzt, und wir kamen beide zu spät; man führte uns in einen Teil des Raumes, der in letzter Minute geöffnet worden war. Wir lächelten einander an und später, am Ende des Vortrags und während der Fragestunde, unterhielten wir uns. Ich fragte sie, ob sie eine Tasse Kaffee mit mir trinken wollte, bevor ich mich auf die Heimfahrt machen mußte. Die wenigsten Leute schienen zum Vortrag allein gekommen zu sein, und wir waren froh, daß wir zusammen weggehen und unser Gespräch über englische Geisteswissenschaftler fortsetzen konnten. Irgendwann, wahrscheinlich auf dem Weg zur Cafeteria, haben wir uns einander natürlich auch vorgestellt. Als ich sagte, ich hieße Biddy Heffenreffer, muß das wohl ein entsetzlicher Schock für sie gewesen sein, obwohl ich in dem Moment nichts merkte. Nachdem wir bestellt hatten, fragte sie mich, ob ich verheiratet sei, und ich sagte: Ja, mit Martin Heffenreffer.«

»Sie muß sich gefühlt haben, wie in einem Film der dreißiger Jahre«, sagte Kate.

»Als wir später einmal darüber sprachen, sagte sie, ihre Rolle hätte von Bette Davis gespielt werden müssen. Wie ich war auch sie in ihrer Jugend oft ins Kino gegangen, später dagegen selten. Die Kinder kommen heute mit Namen nach Hause, von denen ich nie gehört habe, und ich denke: Das ist anders als damals. Meine Eltern hatten bestimmt von Bette Davis gehört. Das Kino ist heute viel generationsbezogener.«

»Da wir gerade von Generationen sprechen: Sie wollten nicht Ihren Mädchennamen behalten?« fragte Kate.

»Ich glaube, dafür war es damals etwas zu früh. Heute wünschte ich, ich hätte es getan. Schon allein aus dem Grund, daß Martin und ich den gleichen Beruf haben, wäre es viel besser gewesen. Ich frage mich, wie lange es in diesem Fall wohl gedauert hätte, bis Alberta und ich die Wahrheit herausgefunden hätten. Sehen Sie, wir mochten uns von Anfang an. Es war seltsam, wirklich. Keine von uns hatte viele Freunde – Freundinnen, besser gesagt, die Interesse an ideellen Dingen hatten und daran, die etablierten Grenzen im Leben einer Frau neu zu überdenken.«

»Nun, natürlich hat Alberta nicht versucht, mit mir in Verbindung zu bleiben. Aber ich wußte ja nichts von ihrer Beziehung zu Martin. Ich sehnte mich nach einer Freundin – die meisten Frauen in meiner Umgebung waren nett, aber sie waren anders als ich; sie waren nicht auf die gleiche Art neugierig wie ich; sie akzeptierten, was man ihnen sagte und schwatzten zuviel über häusliche Dinge. Ich rief sie an. Sie hat mir ihre Telefonnummer gegeben, als ich sie darum gebeten hatte; es war ihr kein überzeugender Grund eingefallen, um das ablehnen zu können. Später haben wir über ihre Gefühle in jenem Moment gesprochen. Das Schwierige an der Situation war natürlich, daß sie sich über meine Gefühle Gedanken machte; an das Verrückte ihrer eigenen Lage dachte sie gar nicht, nur daran, daß sie zwei Menschen besonders mochte, die miteinander verheiratet waren. Schließlich ging sie den einzigen Weg, den eine Alberta gehen konnte: Sie erzählte mir die Wahrheit. Bis dahin hatten wir uns schon eine Reihe von Malen gesehen, und ich hatte ihr angeboten, ein paar Texte zu lesen, die sie geschrieben hatte, und sie hatte sich meine Collegeprobleme angehört und mich bestärkt und mir Mut gemacht. Vielleicht verstehen Sie, wie wichtig diese Beziehung für mich war; ich nehme an, viele verstehen das nicht.«

»Weil sie zu jung sind«, sagte Kate. Wie selten Freundinnen sind – ich meine Freundinnen, die sich mehr in der Öffentlichkeit bewegen und über mehr als Kochrezepte und Sauberkeitserziehung und Kleidung reden können –, das wissen nur die wenigen von uns, die damals nur männliche Freunde hatten. Den Frauen, die die Frauenbewegung nur immer höhnisch belächeln, scheint es nichts auszumachen, nur männliche Freunde zu haben. Vielleicht betrachten sie Frauenfreundschaften, wie es sie seit den siebziger Jahren gibt, auch als selbstverständlich. Wer spricht schon von dem Unterschied zwischen einem uneingeschränkt männerorientierten Leben und einem Leben, in dem die Liebe zum Mann zwar noch möglich ist, aber nicht den Sinn des Lebens ausmacht? Ja, ich kann mir vorstellen, was die Begegnung mit Alberta bedeutet hat. Aber wie hat sie reagiert?«

Biddy lachte. »Das ist ganz einfach gesagt: Sie hat gelernt, das zu akzeptieren. Es hat eine Ewigkeit gedauert, aber schließlich ging es. Weil es keinen Zweifel daran gab, was ich wollte, oder was Martin wollte und natürlich auch was sie selbst wollte. Ich weiß, einen Mann zu teilen, gilt als unmöglich, es sei denn, man lebt in einem Harem. Alle Märchen und Sagen behaupten das. Aber ich glaube, das sind lauter von Männern erfundene Geschichten, oder sie haben einen anderen Sinn. Martin und ich waren gute Eltern und, so komisch das auch den meisten Leuten vorkommen mag, wir waren gute Ehepartner. Alberta wollte einen Teilzeit-Mann; sie war absolut nicht an häuslichen Dingen interessiert oder an Kindern, am Kochen und Nähen, am Gestalten einer Wohnung – ja nicht einmal am Garten. Sie liebte es, mit einem Mann zu schlafen und mit ihm neue Erfahrungen zu machen und dann zu erwachen und allein zu sein; zu wissen, daß der ganze Tag ihr allein gehört. Die meisten Leute betrachteten das als beinah normal. Was es exzentrisch, ja sogar krankhaft erscheinen ließ, war die Tatsache, daß Alberta und ich Freundinnen wurden.«

»Haben Sie über Martin gesprochen?« fragte Kate.

»Von Zeit zu Zeit; wenn er sich nicht wohlzufühlen schien oder beunruhigt oder, was auch vorgekommen ist, wenn Alberta von Sorgen mit den Kindern gehört hatte, dann kam das schon mal vor. Oft denke ich, wie wenige Schriftsteller Freundschaft gut beschrieben haben, von Freundschaft zwischen Frauen ganz zu schweigen. Eines ist daran merkwürdig. Die meisten Menschen, die man mag, sieht man in unregelmäßigen Zeitabständen; man berichtet einander, was in der Zwischenzeit geschehen ist, man redet über die wesentlichen Veränderungen. Weil aber Alberta und ich einander regelmäßig trafen – jeden zweiten Donnerstagabend, das hatte sich so ergeben, da ich regelmäßig einen Babysitter hatte und Martin ein Seminar über Modernismus –, habe ich festgestellt, daß ich mein Leben in der Erwartung dieser Begegnungen lebte, beinahe so, als ob ich Tagebuch führte. Ich lebte das Leben nicht nur, ich zeichnete es auf, ließ es Gestalt annehmen für Alberta. Die Gewißheit, daß wir uns sehen würden und die Dinge durchsprechen könnten, machte es erträglicher; man konnte Kraft schöpfen.«

»Eines der seltsamen Dinge, die ich festgestellt habe, war, daß wir uns gegenseitig nicht gleich unsere Lebensgeschichte erzählt haben«, fügte Biddy nach einer Pause hinzu. »Wir hielten uns nicht mit Anekdoten aus der Vergangenheit auf, wie es Leute tun, die in erster Linie froh darüber sind, neue Zuhörer für bereits gemachte Erfahrungen gefunden zu haben. Unsere jeweilige Vergangenheit kam nach und nach hervor, aber nur, weil wir sie neu durchdachten. Ich erinnere mich daran, wie Alberta das erste Mal England erwähnte. ›Ich habe gar nicht gewußt, daß du lange Zeit in England verbracht hast‹, sagte ich. ›Oh, ich nehme an, das kam einfach noch nicht zur Sprache‹, sagte sie.« Biddy setzte sich auf und lachte Kate an. »Worüber schwatze ich denn hier?« sagte sie.

»Über Freundschaft«, sagte Kate zu ihr. »Wir – wir Frauen, meine ich – fangen an, miteinander über diese Dinge zu reden, und wir müssen die Sprache dafür finden; das ist nicht immer einfach, die Worte sind für andere Zwecke abgenutzt worden.«

»Wollen wir gehen?« fragte Biddy, hielt die Flasche mit dem Hals nach unten, schüttelte sie und zeigte so das Ende des Picknicks an. Beide sammelten die Reste zusammen und stopften sie in den Korb; Kate steckte die leere Flasche, die Becher und den Korkenzieher in die Tüte. »Hier entlang gibt es einen hübschen Weg«, sagte Biddy. »Am Ende hat man eine Aussicht auf die Bucht. Einverstanden?« Sie gingen los.

Sie mußten hintereinander gehen, daher war ein zusammenhängendes Gespräch nicht möglich. Beide dachten über das nach, was gesagt worden war und was sie gehört hatten. Kate dachte: Sie entdeckten eine Freundschaft und haben sie verloren. Weshalb? Wenn sie den Platz mit der Aussicht auf die Bucht erreicht haben, würde Kate vielleicht das Ende der Geschichte hören. Falls es das Ende war. Biddy blieb bei einer Abfalltonne stehen, und Kate ließ ihre Tüte hineinfallen. »Die Aussicht ist dort vorn«, rief Biddy aufmunternd.

Sie kamen an, der Blick war schön, aber die Bucht lag in weiter Ferne. Das Meer war nicht ganz so nah, wie Kate irgendwie erwartet hatte, sondern weit weg, hinter einem Landstreifen. »Wenn Sie ans Meer wollen, müssen Sie an der Küste entlanggehen«, sagte Biddy. »Unten in Santa Cruz, auf der anderen Seite der Stadt, kann man manchmal Seehunde auf den Felsen sehen, und das Wasser ist voll von Tauchern in Tauchanzügen, die auf den ersten Blick wie Seehunde aussehen, zumindest für jemanden aus dem Osten.« Sie saßen mit angezogenen Knien nebeneinander und blickten in die Ferne.

»Martin hat es herausgefunden?« fragte Kate.

Biddy seufzte. »Ich glaube, es war unvermeidlich. Nach einer gewissen Zeit hat Alberta versucht, mit ihm zu brechen. Sie mochte ihn so sehr wie eh und je, aber ich denke, sie fühlte sich doppelzüngig und unaufrichtig. Und sie mußte immer darauf achten, daß sie nichts von mir oder den Kindern erwähnte, was nicht er ihr erzählt hatte. Aber ich habe sie dazu überredet, alles so zu lassen, wie es war. Es hätte sie nicht besonders beunruhigt, wenn wir einander nicht begegnet wären. Was sie beunruhigte, war, daß es keine Geschichten über eine derartige Situation gab, daß es keine Richtlinien gab, an denen wir uns hätten orientieren können; es war ein neues Spiel. Und da wären wir nun wieder. Ich finde nicht die richtigen Worte dafür und habe sie auch damals nicht gefunden. Außerdem hing Martin wirklich an Alberta. Es spricht sehr für ihn, glaube ich, daß er sie schätzte und ihren Wert kannte, daß er sie liebte.«

»Nun, es kann nicht viele Frauen geben«, sagte Kate, »die mit einer Situation, wie sie Martin bot, voll und ganz zufrieden gewesen wären. Sie aber wollte gar nicht mehr, wohl auch nicht in Zukunft. Es tut mit leid, wenn das zynisch klingt.«

»Sie haben recht; aber schließlich ist Martin nicht Stan Wyman, und das ist gut so. Ich bin oft schockiert darüber, wie viele meiner männlichen Kollegen auf Abenteuer aus sind.«

»Das stimmt«, sagte Kate, »aber ich habe festgestellt, daß ganz allgemein verheiratete Männer entweder wild herumbumsen oder es nicht tun. Die meisten gehören entweder zu der einen oder der anderen Kategorie. Meine Nichte Lillian hält Stan Wyman nicht für einen besonders erfolgreichen Weiberhelden, aber er gehört zu denen, die es versuchen.«

»Ist Ihre Nichte eine von seinen Studentinnen?«

»Eigentlich nicht; von Lillian werde ich Ihnen später erzählen. Wenn Sie Martin nichts gesagt haben und Alberta auch nicht, was ist dann passiert?«

»Er hat Alberta und mich zusammen gesehen. Es war einfach entsetzlich. Ich glaube, wenn ich jemals ertrinken sollte, würde ich mit diesem immer sich wiederholenden Bild vor Augen untergehen. Ich sollte noch sagen, daß Alberta damals in einer Art Hütte in New Jersey lebte, in der Nähe der Straße nach New York. Sie stand auf dem Grundstück von irgend jemandem, und man hatte sie ihr sehr billig vermietet. Alberta versuchte zu schreiben und brauchte damals keinen Job für ihren Lebensunterhalt. Sie hatte etwas geerbt – ich weiß nicht, ob Sie das wissen ...«

»Cyrils Mutter mußte wohl gestorben sein«, sagte Kate.

»Was es auch gewesen sein mag, Alberta hatte etwas Geld durch ihre gelegentlichen Jobs gespart; zusammen mit diesem kleinen Einkommen war sie in der Lage, dort in der Hütte zu leben. Zu unseren Alle-vierzehn-Tage-Dinners haben wir uns immer auf der einen oder anderen Seite der Tappan-Zee-Brücke getroffen. Ich glaube, ihrem Tagesablauf fehlte die Struktur, wie sie ihr ein Job vermittelt hätte, selbst ein langweiliger; aber sie wollte versuchen, ohne Routine zu leben, wie sie sagte. Sie sah Martin an mehreren Nachmittagen oder Abenden in der Woche; es war kein schlechtes Leben. Alberta war gern allein. Sie sagte, ihre Tante habe ihr immer gesagt, daß die meisten erfüllten Leben erfüllt seien von leeren Gesten.«

Sie machte eine Pause und fuhr dann fort: »Eines Nachmittags fuhr Martin zur Staatlichen Universität von Purchase, um dort einen Vortrag zu halten, und auf dem Rückweg machte er bei einem Restaurant halt, in dem wir saßen; er hatte einen alten Bekannten getroffen und beschlossen, sein reguläres Dienstagsseminar über Modernismus sausen zu lassen. Irgendwie sehe ich es immer mit seinen Augen: Er blickte auf, und da saßen wir, Alberta und ich; wir redeten und lachten miteinander, und unsere lange und tiefe Beziehung war nur allzu deutlich. Es gibt Dinge, die sieht man zunächst nur flüchtig aus dem Augenwinkel und weiß dennoch sofort, daß sie Realität sind. Er sagte nichts. Er stand nur da und sah uns an und verließ das Restaurant. Sein Freund lief hinter ihm her und kam dann zurückgerannt, um die Rechnung zu bezahlen. Es war ein einschneidender Moment.«

Kate blickte über die Bucht in der Ferne. »Was geschah dann?« sagte sie. »Ich meine, in den folgenden Tagen?«

»Martin konnte Alberta nicht finden. Sie war nicht in ihre Hütte zurückgekehrt, und er wußte nicht, wo er sonst hätte suchen sollen. Es stellte sich heraus, daß sie einfach in ein Motel gezogen war und wartete, bis er ihres Wissens eine Vorlesung hatte, um dann ihre Sachen aus der Hütte zu holen. Ich glaube, zu der Zeit ist sie nach New England gegangen; dort wohnte sie in einer Art Pension und hat schließlich den Job auf der Farm angenommen. Das wissen Sie ja; dort haben Sie auch das Tagebuch gefunden, Sie oder der Detektiv.« Biddy wartete ein wenig.

Dann fuhr sie fort: »Martin war wahnsinnig, als er nach Hause kam. So, als hätte ich ihn mit fünfzig Männern betrogen, mit einem nach dem anderen, wie Dorothy Parker sagte. Martin war immer eifersüchtig meinetwegen; ich wirkte anziehend auf Männer, und er brauchte eine Weile, um damit zurechtzukommen. Und ich hatte einmal mit einem anderen Mann geschlafen und den fatalen Fehler gemacht, es ihm zu erzählen. Das war in der Zeit, als ich dachte, Aufrichtigkeit sei ein anderes Wort für die Verlagerung von Schuldgefühlen. Er war entsetzlich verletzt damals, aber nicht so sehr wie dieses Mal. Oder vielleicht sollte ich fairerweise sagen, die alte Wunde brach durch diese neue wieder auf. Ich konnte ihn nicht dazu bewegen zu verstehen. Ich sagte ihm, ich wüßte, daß es seltsam sei, daß wir es aber nicht geplant hätten; es sei eben so passiert. Ob er denn nicht sogar froh gewesen sei über dieses Arrangement. Schließlich sagte er, er wolle Alberta nicht wiedersehen, und wir versuchten, unser Leben wieder in den Griff zu bekommen, aber es gelang uns nicht. Alle Bereiche unseres Lebens, die so gut funktioniert hatten, taten das nun nicht mehr. Wir stritten ständig und verletzten einander, und die Kinder nahmen das alles sehr schwer. Schließlich trennten wir uns. Er hat mir gesagt, er hätte wieder jemanden gefunden. Ich nehme an, das ist das Ende der Geschichte.«

»Denken Sie daran, hierher nach Kalifornien zu ziehen?«

»Ich hatte daran gedacht. Deshalb habe ich die Gastprofessur angenommen. Aber Martin hat mir gerade geschrieben, daß er um das Sorgerecht kämpfen würde, wenn ich die Kinder so weit fort nähme. Ich glaube daher, daß ich wieder zurück muß. Er hat gesagt, ich könne das Haus haben. Er hofft, einen anderen Job in der Nähe zu bekommen, aber wer weiß schon, ob das gutgeht?«

»Und wie lange haben Sie nichts mehr von Alberta gehört?« fragte Kate.

»Annähernd zwei Jahre, denke ich; vielleicht etwas weniger. Sie wollte es so; das ist noch ein Grund, warum ich nach Kalifornien gekommen bin. Sie schrieb: ›Ich habe einen guten Job auf einer Farm gefunden, und ich ziehe in ein Haus, das es da gibt. Laß mich das Farmleben eine Weile lang ausprobieren, und wenn ich das Gefühl habe, ich weiß, wo ich stehe, werde ich mich melden.‹ Die Freundschaft war einfach nicht mehr möglich für eine gewisse Zeit. Unsere ganze Beziehung hatte sich verändert. Das mindeste, was ich sagen möchte, auch wenn es ironisch klingt, ist, daß es gut lief, solange wir beide Martin glücklich machten; wir haben die Freundschaft verloren, als er seine Liebe für uns beide verloren hat; man bekommt das Gefühl, als seien die Männer wirklich der unumgängliche Mittelpunkt im Leben der Frau.«

»Bei all diesen Ereignissen ist es kein Wunder, daß keiner von Ihnen auf meine Anzeige geantwortet hat. Es muß für Sie und Martin ein Schock gewesen sein, sie zu lesen.«

»Ich habe sie nicht gelesen«, sagte Biddy. »Wo stand sie? War sie über Alberta?«

»Sie stand im ›MLA-Newsletter‹, ihr Name in Großbuchstaben; ich bat darin jeden, der etwas über sie oder Charlotte Stanton wüßte, mit mir Verbindung aufzunehmen.«

»Nun, ich werfe nie einem Blick in den ›Newsletter‹. Vielleicht hatte Martin die Ausgabe, hat die Anzeige aber übersehen. Wir sind – waren – gemeinsam Mitglied. Ich vermute, daß ihn der Schlag getroffen haben muß, falls er sie gelesen hat; aber ich war zu sehr mit dem Versuch beschäftigt, mein Leben im Griff zu behalten, um überhaupt viel zu lesen. Ich fürchte, all diese Bemühungen meinerseits bringen Sie bei Ihrer Suche nach dem, was mit Alberta geschehen ist, nicht weiter. Versprechen Sie mir, mich auf dem laufenden zu halten über alles, was Sie erfahren?«

»Das zu versprechen ist leicht«, sagte Kate. »Die Frage ist nur, werde ich überhaupt etwas erfahren und wenn ja, wann? Die Reihe der Leute, die nicht wissen, wo Alberta ist, scheint auch diejenigen einzuschließen, die sie im Laufe ihres Lebens gekannt haben. Haben Sie darüber nachgedacht?«

»Wie haben Sie sie überhaupt mit Martin oder Stan Wyman oder sonst jemandem von uns in Verbindung gebracht?« fragte Biddy.

»Ich fand ein Stück Plastik mit einer Nadel daran«, sagte Kate, »und ich wußte nicht, was es war. Sie hatte sich für den MLA-Kongreß in Houston angemeldet und trug natürlich ihr Namensschild darin. Wahrscheinlich hat sie es nicht die ganze Zeit über getragen – Alina Rosenberg erinnerte sich nicht daran, es gesehen zu haben –, aber sie mußte es vorzeigen, wenn sie irgendwo hinein wollte und danach gefragt wurde. Es würde nicht zu Alberta passen, sich einfach darüber hinwegzusetzen.«

»Sie hat ihr Namensschildchen aufbewahrt?«

»Nein. Nur den Plastikhalter. Vielleicht hat sie gedacht, sie könnte ihn nochmal gebrauchen. Vielleicht hat sie es auch gar nicht gemerkt. Ohne ihn wären wir uns nicht begegnet. Ich hoffe, Sie kommen wieder zurück an die Ostküste«, sagte Kate, als sie der Aussicht den Rükken zukehrten und fortgingen.

»Die Kinder werden jetzt wohl zu Hause sein«, sagte Biddy.

14

Kate kehrte nach New York und an ihre Universität zurück; der Winter hatte angefangen, und das Semester war schon fast zur Hälfte vorüber, bevor es richtig begonnen hatte – zumindest schien es Kate immer so. Der Gedanke an Alberta verfolgte sie noch immer, aber weiter ohne Ergebnis. Nachdem Kate mehrere Wochen lang über der Angelegenheit gebrütet hatte, beschloß sie plötzlich – das war so eine Gewohnheit von ihr –, sich einen klaren Kopf zu verschaffen, indem sie alles noch einmal unter Reeds kritisch prüfendem Blick durchging. Nach ihrer Rückkehr aus Kalifornien hatte sie das eine oder andere Detail erwähnt. Aber Reed hatte schon vor langer Zeit die Erfahrung gemacht – eigentlich schon bald, nachdem er sie kennengelernt hatte –, daß es Zeitverschwendung war, Kate irgendwelche Fragen zu stellen, bevor sie die Dinge für sich selbst in geordnete Bahnen gebracht hatte. Was sich als Abneigung gegen die Beantwortung von Fragen darstellte, war in Wirklichkeit die Erkenntnis, daß für sie noch keine Antworten in Sicht waren.

Eines Tages nahm Kate an einer Ausschußsitzung teil. Der Sprecher war ein Mann, der sie urplötzlich an Stan Wyman erinnerte, und zwar so deutlich und real, daß sie fast an eine Halluzination glaubte; später sagte sie zu Reed, es sei ihr vorgekommen, als sei da in ihrem Gehirn irgendein Teilstück plötzlich eingerastet. Nach einem kurzen Augenblick war ihr Verstand wieder klar, und ihre Gedanken kehrten zurück zu der etwas dubiosen Geschichte über einen namhaften Professor, den man engagieren könnte, aber nicht wollte, nachdem er sein Interesse an der ausgeschriebenen Position zwar bekundet hatte, aber nicht sehr ernsthaft. »Kate, sollen wir ihm auf den Zahn fühlen?« fragte der Vorsitzende.

»Frag' ihn telefonisch, wie ernst es ihm ist«, sagte sie. Sie spielten alles noch einmal durch, wie in einem Theaterstück. Die Schauspieler vertauschten Rollen und zeitliche Abfolge und dennoch stand alles im Textbuch. Das Geheimnis guter Arbeit in Ausschüssen liegt im richtigen Zeitpunkt des Erwachens. Es ist wie eine Gratwanderung, und viele alternde Professoren gleiten gefährlich ab in Halbschlaf und Verschwommenheit. Dann bestätigten sie, was alle schon wußten und sowieso schon beschlossen hatten. Kate hatte lange Zeit geglaubt, solche Sitzungen seien reine Zeitverschwendung, aber dann hatte sie ihren Wert und ihre Bedeutung erkannt: Wenn man erwartete, daß jede Ausschußsitzung produktiv war und jedes Gespräch voll tiefsinniger Bedeutung, dann blieb kein Raum für die Routine, aus der Bedeutsames erwachsen kann. Gleichzeitig aber kann Routine süchtig machen wie Kokain und zu einem Realitätsverlust führen, wenn viele dem auch widersprechen. Ich werde ja direkt philosophisch, dachte Kate; ist das ein Zeichen dafür, daß ich reif für ein Gespräch bin? Aber mit welchem Ziel?

Als sie nach Hause kam, war Reed gerade dabei, einen Martini zu mixen; immer ein gutes Zeichen. Kate hatte sich mehr auf ein Gespräch eingestellt als auf Schreibtischarbeit und nahm daher dankbar den Martini an, nachdem sie sich auf der Couch ausgestreckt hatte. »Manchmal denke ich, wir sollten uns einen Hund anschaffen«, sagte sie. »Stell' dir vor, man kommt nach Hause und kann so einem großen Lebewesen den Hals klopfen und es wedelt wie verrückt mit dem Schwanz: Könnten wir uns nicht einen großen Hund anschaffen und jemanden suchen, der gegen Bezahlung tagsüber mit ihm Gassi geht?«

»Immer wenn du auf ein längst vertrautes Thema zu sprechen kommst, das mit hinlänglich bekanntem Ergebnis oft genug durchdiskutiert worden ist, weiß ich, daß du etwas auf dem Herzen hast«, sagte Reed. »Kann ich dir irgendwie helfen? Da ich ein Mensch bin, der dich gut kennt, vermute ich, daß es um Alberta geht.«

»Glaubst du, es ist ein Zeichen für eine glückliche Ehe, wenn man weiß, wann der andere bereit ist zu sprechen?«

»Um ehrlich zu sein, glaube ich eher, daß es ein Zeichen für eine gute Freundschaft ist. Gelegentlich sind auch Eheleute Freunde.«

»Es ist interessant, wie viele Freunde Alberta hatte; als ich zum ersten Mal ihr Tagebuch las, und sie sagt, nachdem sie auf die Farm gekommen ist: ›Ich habe einen Freund gefunden‹, dachte ich: ein Mensch ohne Freunde.

Aber es gab viele Freunde in ihrem Leben, einen nach dem anderen; Alberta hatte von Kindheit an die Gabe zur Freundschaft.«

»Und keiner der Freunde weiß, wo sie ist.«

»Genau das habe ich auch in Kalifornien gesagt, Reed. Glaubst du, daß das wahr ist, was man über die großen Geister sagt?«

»Ich glaube, wahr ist, daß wir vielleicht nicht alle ihre Freunde kennen. Die Tatsache, daß du sie aufgetrieben hast, macht sie nicht zu den einzigen Mitgliedern eines exclusiven Clubs.«

»Aber ich muß mit den Fakten arbeiten, die ich kenne.«

»Zugegeben. Aber es gibt große Abschnitte in Albertas Leben, von denen du gar nichts weißt. Wir wissen überhaupt nicht, wem sie begegnet ist, als sie auf der Farm arbeitete. Nur weil sie niemanden erwähnt, der nicht schon auf deiner Personenliste steht, nimmst du an, daß es auch niemanden gab. Ich fürchte, das könnte das Problem sein, Kate. Es geht hier nicht um ein Puzzle mit Vollständigkeitsgarantie vom Hersteller.«

»Wenn ich aber alle Teile, die ich habe, zusammenlege, könnte ich zumindest feststellen, wohin die noch fehlenden Teile gehören könnten. Wenn es nur ein Stück Himmel ist, brauche ich mir keine Gedanken zu machen.«

»Es ist gefährlich, im Gespräch mit dir Metaphern zu gebrauchen; das habe ich sogar nach vielen Ehejahren noch nicht wirklich gelernt. Aber schließlich bist du ja ein Mensch, der mit der Literatur lebt.«

»Und da das ganze Leben aus Geschichten besteht, braucht man nur herauszufinden, in welcher Geschichte man sich gerade bewegt.«

»Nun nimm aber einmal an, es handelt sich um eine neue Geschichte, die nie zuvor erzählt worden ist!«

»Das ist es ja gerade, was mich beruhigt«, sagte Kate. »Hier haben wir zum Beispiel eine Freundschaft zwischen zwei Frauen, die beide mit demselben Mann in Beziehung stehen, sich aber nicht wie Aschenputtels Stiefschwestern verhalten. Eine neue Geschichte für dich.«

»Das klingt aufregend; werde ich in der richtigen Reihenfolge zu hören bekommen, wovon du überhaupt redest?«

»Hast du die ganze Nacht Zeit?« fragte Kate.

»Wie steht es mit dem Dinner?«

»Na ja, wenn du lieber essen als zuhören willst ...«

»Laß es mich eher so sagen: Ich möchte essen *und* zuhören.«

»Es wird so ausgehen wie in diesem herrlichen Film ›Mein Essen mit André‹: Viel gegessen haben sie bestimmt nicht.«

»Wenn du mir nun erzählen willst, wie du in die Sahara gegangen bist und mit einem japanischen Mönch Sand gegessen hast, will ich nichts mehr mit dir zu tun haben.«

»Ich habe Obst gegessen, auf eine Bucht geschaut, und ich habe auf einer Wiese durch das Laub eines Baumes ins Sonnenlicht gesehen.«

»Das klingt schon besser; laß uns noch einen Martini trinken und dann, wenn du in deiner Erzählung eine Atempause machst, in ein Restaurant gehen.«

»Reed, langweile ich dich auch bestimmt nicht mit diesen Geschichten?«

»Das ist das einzig Gewisse in diesem ungewissen Leben«, sagte Reed. »Ich weiß nie, was du erzählen wirst, ich weiß nur, daß es aufregend wird.«

»Ich glaube, in diesem Drink hätte ich gerne zwei Oliven«, sagte Kate.

Kate und Reed beendeten ihr Gespräch über die schwer erfaßbare Alberta im Restaurant bei einem Kaffee. (Soweit ihnen bekannt war, waren sie die beiden einzigen Menschen auf der Welt, die noch Martinis und koffeinhaltigen Kaffee tranken; befragt über dieses exzentrische Verhalten, antworteten sie, sie hielten Alkohol und Koffein – mit Maßen genossen – für sehr segensreich für die Menschheit; zumindest solange sich Diät-Trends noch alle paar Tage änderten. Gewöhnlich setzte diese hochtrabende Antwort der Diskussion ein Ende, und das war schließlich auch beabsichtigt.)

»Wenn du nicht aufpaßt«, sagte Reed, »ist es plötzlich wieder Herbst, und Bruder Larry gibt wieder seine Party, und Lilian wird die Feststellung machen, daß Alberta nun seit einem Jahr verschwunden ist.«

»Mehr als ein Jahr«, sagte Kate. »Auf Larrys Party habe ich nur zum ersten Mal gehört, daß sie verschwunden ist. Gleichzeitig mit Charlie, wie du dich erinnern wirst.«

»Glaubst du, daß sie zwei Jahre hintereinander eine japanische Party geben werden?«

»Wohl kaum«, sagte Kate. »Die ethnische Zuordnung wird wahrscheinlich variieren. Sicher wirst du mir sagen können, wann du an diesem Abend nach Hause kommst.«

»Wäre es dir lieber gewesen, du wärst nicht hingegangen, hättest nichts von Alberta erfahren und nicht die Freundschaft mit Toby aufgefrischt?«

»Man kann niemals denselben Fluß zweimal durchqueren. Wer hat das gesagt, Saul Bellow?«

»Sarkasmus bringt dich auch nicht weiter«, sagte Reed und steckte seine Kreditkarte wieder ein. »Laß uns heimgehen und einen Brandy trinken.«

Einige Wochen später erhielt Kate eine Postkarte von Biddy; ihr Lehrauftrag in Santa Cruz war abgeschlossen, und sie war in ihr Haus in Putnam County zurückgekehrt. Wenn Kate Zeit hätte, würde sie sich freuen, sie wiederzusehen. Sie fügte ihre Adresse und Telefonnummer hinzu.

Bald darauf rief Kate an und nahm die Einladung an; sie hatte gehofft, Biddy in ihrem Heim besuchen zu können. Wenn Alberta auch nur selten dort gewesen war – falls überhaupt –, so war es doch das Haus, in dem Biddy und Martin Heffenreffer gelebt hatten, und es schien eine engere Verbindung zu Alberta herzustellen, als ein New Yorker Restaurant, das man wegen seiner Küche, seiner Atmosphäre oder seiner günstigen Lage ausgesucht hätte. Biddy schickte ihr eine Wegbeschreibung, und Kate machte sich Anfang März, an einem Freitag mit wechselhaftem Winterwetter, auf den Weg.

Kate betrachtete es als gutes Omen, daß sie beim Aussteigen aus ihrem Wagen von einem riesigen Hund begrüßt wurde. Sie klopfte ihm glücklich den Hals – was sie gern öfters getan hätte – und sagte Biddy, als diese ihr aus dem Haus entgegenkam, wie sehr sie sich über die Begrüßung durch den Hund freute.

»Wir sind alle froh, zurück zu sein«, sagte Biddy, »aber niemand ist so froh wie Daffodil. Sie war bei Freunden untergebracht, als wir an der Westküste waren. Sie ist ein braves Mädchen.« Kate hatte beschlossen, die Frage nicht zu stellen, aber da es sich um eine riesige schwarze Neufundländerhündin handelte, nahm sie an, daß sie den Namen Daffodil – Osterglocke – gerade wegen des Kontrastes zu ihrer äußeren Erscheinung erhalten hatte; es war ein hübscher Name.

»Ich möchte Ihnen das Haus zeigen«, sagte Biddy. »Ich bin wirklich sehr stolz darauf und froh, daß Martin in dieser Beziehung großzügig war – ich meine, daß ich das Haus behalten konnte. Wir haben es zusammen renoviert und später noch dies und das angebaut; es geht über verschiedene Ebenen«, fügte sie hinzu und zog den Kopf ein; Kate folgte dem Beispiel, denn sie war ziemlich groß. »Das Dachgeschoß haben wir für die Kinder ausgebaut, und wir finden es toll. Möchten Sie es sehen?« Kate sagte ja und folgte Biddy die Treppe hinauf; hier waren zwei große Zimmer – angefüllt mit dem unvermeidlichen Kleinkram, der in allen Kinderzimmern zu finden ist –, ein kleiner Fernsehraum und ein Bad. »So viel Platz wäre anderswo für die Kinder und mich unerschwinglich. Unten, auf dieser Ebene hier, ist unser, vielmehr mein, Schlafzimmer, und das hier ist mein Arbeitszimmer«, sagte Biddy, nachdem sie Kate die Treppe hinunter gefolgt war. »Martin hatte früher sein Arbeitszimmer in der nächsten Etage«, sagte sie und ging weiter nach unten. »Aber er fühlte sich nach einer Weile beengt und zog in den Keller, wo er sich einen Raum eingerichtet hat. Mit dem Rest des Kellers haben wir noch nichts besonderes vor; einen Teil davon benutzen wir einfach als Waschküche und Vorratsraum. Wir müssen nicht hinuntergehen, es sei denn, Sie hätten eine Schwäche für Kellerräume. Mein Vater hat diese Schwäche: Er sagt immer, zeige nie jemandem das Haus, bevor du ihm den Keller gezeigt hast und er gesehen hat, ob der feucht ist. Und hier das Wohnzimmer und die Küche. Kann ich Ihnen etwas anbieten?«

»Ich hätte gern einen Kaffee«, sagte Kate.

»Gut«, sagte Biddy. »Es dauert nur einen Moment. Setzen Sie sich an den Kamin.« Kate setzte sich und dachte, wie schön doch ein Feuer sei; sollten sie und Reed sich nicht nach einem komplett eingerichteten Landhaus mit offenem Kamin umsehen? Daffodil setzte sich neben sie auf den Boden, und Kate dachte: Jeden Moment erscheint ein Photograph von irgendeiner Zeitschrift für die moderne Frau. Sie hörte Biddy den Kaffee mahlen, und aus einem Gefühl tiefer Zufriedenheit sagte sie Daffodil, wie sehr es ihr gefiele.

»Ich nehme an, es gibt nichts Neues über Alberta, da Sie mir versprochen hatten, mich auf dem laufenden zu halten«, sagte Biddy, als sie mit dem Kaffee hereinkam. »Nehmen Sie Milch?«

»Nein danke. ›Nichts Neues‹, das klingt positiver, als ich angesichts der fehlenden Fortschritte wirklich empfinde. Wie geht es den Kindern?«

»Gut, danke, sie sind froh, wieder hier zu sein. Übrigens sind sie über Nacht bei Freunden, so daß wir uns nicht um sie kümmern müssen. Wir haben viel Zeit.«

»Wahrscheinlich werde ich hier mit Daffodil sitzen, bis Sie mich hinauswerfen. Es ist wunderbar, in einem Haus wie diesem so zu Besuch sein zu können; dennoch weiß ich, ich wäre an jedem Platz außerhalb von New York unglücklich. Sitzen Sie mit Daffodil so vor dem Feuer, wenn Sie allein sind?«

»Natürlich nicht. Ich mache nur Feuer, wenn Besuch kommt.«

»Ich wünschte, Sie wären keine Spezialistin für die Literatur der Renaissance«, sagte Kate. »Ich fühle mich immer so unwissend und entsetzlich modern in der Gesellschaft von Menschen, die sich mit früheren Epochen beschäftigen, wenn ich auch glaube, daß ein Experte für das Mittelalter noch schlimmer wäre.«

»Ich habe bei Martin ein bißchen über moderne Literatur aufgeschnappt, wenn Ihnen das hilft«, sagte Biddy. »Das eigentliche Problem ist, daß die Wissenschaftler der Moderne dazu neigen, das Leben in früheren Zeiten als zu leicht anzusehen: Keine Ängste, kein Infragestellen von Gott, eine Welt, in der irgendwie alles in Ordnung ist und in der keine wirkliche Bedrohung herrscht.«

»Stimmt das denn nicht?«

»Nein, es stimmt nicht. Ich denke, daß das Menschsein zu allen Zeiten annähernd dieselbe Bedeutung hatte. Und wenn ein Modernist sagt: ›Aber damals hatte man doch keine Atomwaffen, die die Welt bedrohten‹, so antworte ich: ›Aber dennoch glaubte man, jeden Augenblick könnte die Welt untergehen – durch die Pest, Flutkatastrophen, Sonnenfinsternis und Kriege.‹ Das ist ein besonders erbauliches Thema.«

»Aber sicherlich kann man davon ausgehen, daß es für jemanden in der Renaissance leichter war, unterzutauchen, als heute«, sagte Kate. »Angeblich ist es heutzutage nicht allzu leicht zu verschwinden.«

»Ich habe viel darüber nachgedacht«, sagte Biddy. »Ich halte es für genauso leicht, besonders für jemanden, dessen Leben nicht Tag für Tag nachvollziehbar ist.«

»Ich verstehe, was Sie meinen. So weit wir wissen, konnte Albertas Leben nur für die Zeit genau verfolgt werden, die sie auf der Farm verbracht hat.«

»Kate, wir müssen etwas tun«, sagte Biddy. »Lassen Sie mich Ihnen helfen. Ich habe den Verlust von Alberta hingenommen, als Martin alles über uns herausgefunden hatte; wir konnten uns nicht weiter heimlich treffen und in Verbindung bleiben, wie ein schuldiges Paar. Aber jetzt scheint sie unauffindbar zu sein, und das ist etwas anderes. Anscheinend kann ich nur noch daran denken. Oh ja, ich mache meine Arbeit, und mein Leben läuft weiter, aber diese Gedanken sind allgegenwärtig, direkt unter der Oberfläche.«

»Ich weiß, was Sie empfinden, dabei bin ich Alberta nie begegnet oder hatte sie gar zur Freundin. Aber bedenken Sie, Biddy, Alberta war sehr unstet. Ich gebe zu, daß es kaum ihrem Wesen entspricht, diese Farmersleute im Stich zu lassen, aber wahrscheinlich wird sie zwingende Gründe gehabt haben. Sie hat sehr zurückgezogen gelebt, verborgen vor neugierigen Blicken und Fragen; nicht, weil sie etwas zu verbergen gehabt hat, sondern weil sie eine Einzelgängerin war. Sie kann sich an einem x-beliebigen Ort aufhalten, und sie kann täglich wieder auftauchen. Wir könnten es mit einer Zeitungsannonce versuchen in einer etwas größeren Zeitung als der ›MLA Newsletter‹.«

Als Kate gehen wollte, begleiteten sie Biddy und Daffodil zu ihrem Wagen. Kate hatte sich schon verabschiedet und den Motor angelassen, als sich Biddy zum Fenster hineinbeugte. Sie sagte: »Kate, sagen Sie mir die Wahrheit. Glauben Sie in Ihrem Innersten daran, daß Alberta noch am Leben ist?«

Kate starrte eine Weile vor sich hin. Dann sah sie Biddy an. »Es ist nicht fair, mir diese Frage zu stellen, wenn ich gerade abfahren will«, sagte sie. »Aber ich kann es verstehen; Sie möchten mit meiner Antwort allein bleiben. Mein Innerstes sagt mir das eine, meine Hoffnung und meine allgemeine Lebenserfahrung sagen mir das andere. Ein Mensch verschwindet nicht einfach von der Bildfläche, was immer einem auch im Fernsehen gezeigt wird.«

»Sie reden an meiner Frage vorbei.«

»In meinem Innersten glaube ich, daß sie tot ist«, sagte Kate. »Aber ich weiß nicht, warum. Mein Innerstes hat sich auch früher schon geirrt.« Sie fuhr los.

Etwas später im selben Monat sagte Kate zu Lillian: »Könntest du deinen Job noch einmal aufnehmen – gegen gute Bezahlung?«

»Mit dem größten Vergnügen«, sagte Lillian. »Meinen Computer lasse ich mit Freuden stehen, wenn ich dafür in meinen Watson-Anzug schlüpfen kann.«

»Du mußt aber ganz besonders vorsichtig sein. Frische deine Verbindung zu Martin Heffenreffer wieder auf.«

»Dem Freund des Freundes eines Freundes?«

»Genau den meine ich. Aber er darf auf keinen Fall etwas merken, selbst wenn du eine Weile brauchst, um eine Verbindung zu knüpfen. Ich möchte, daß du etwas über Heffenreffers derzeitiges Liebesleben herausfindest: Ob er mit jemandem zusammenlebt, wie sie ist, wie alt sie ist und ob die Sache ernst ist. Aber du darfst nicht einfach herumfragen. Du müßtest es über allgemeine Klatschgeschichten herausfinden. Glaubst du, du kannst das machen?«

»Und die Firma trägt die Kosten für dieses Herumtrödeln, für diesen Jungmädchentratsch nebst vertraulichem Austausch von Herzensgeheimnissen?«

»Selbstverständlich. Derselbe Spesensatz, ungeachtet der Dauer des Einsatzes.«

»Kate, wenn du mir einen Monatswechsel zukommen lassen willst, warum sagst du es dann nicht? Zuerst bezahlst du mich dafür, daß ich etwas lese, dann dafür, daß ich irgendwelche Tratschgeschichten erkunde. Mir wird schwindlig bei dem Gedanken an das, wofür du mich als nächstes bezahlen wirst.«

»Das hier ist die wichtigste Sache, um die ich dich jemals gebeten habe. Verpatz' sie nicht, Lillian. Nutze den Instinkt optimal, der dich die Studenten vor meinem Büro hatte fragen lassen, was sie von meinem Unterricht hielten.«

»Das nagt noch immer an dir, nicht wahr?«

»Ich nutze alle Talente, die der Herr mir gegeben hat, und wir wissen alle, wie hochkarätig die sind«, sagte Kate. »Nein, Lillian, ich meine es wirklich ernst.«

»Du meinst immer alles ernst«, sagte Lillian. »Dein phantastisches Talent zur Persiflage hat mich keine Sekunde lang getäuscht.«

»Sei jedenfalls vorsichtig und nimm dir Zeit.«

»Unter diesen Voraussetzungen könnte es ewig dauern«, sagte Lillian. »Martin Heffenreffer könnte sexuelle Kontakte zu mehr als fünfzehn Teeny-Mäuschen gehabt haben.«

»Das sind genau die Informationen, die ich haben möchte«, sagte Kate und winkte Lillian nach, als diese ging.

Das Semester schleppte sich dahin. Nicht, daß Kate es langweilig gefunden hätte. Aber sie hatte das Gefühl, einfach Zeit verstreichen zu lassen, und zwar nicht, weil in dieser Zeit etwas geschehen würde, sondern weil es gleichgültig war, daß die Zeit verging; ihrem Beruf mußte sie ohnehin nachgehen.

Gegen Semesterende schrieb sie einen Brief an Stan Wyman und fragte ihn, ob sie sich wohl im Fakultätsclub treffen könnten zu einem Gespräch über seine Chancen, an einen Bibliotheksausweis zu kommen; der Fakultätsclub wäre für sie am bequemsten. Sie könne zwar keinen Dauerausweis zusagen, aber wahrscheinlich könne sie ihm einen Ausweis für promovierte Gasthörer besorgen, wenn sie für ihn bürge.

Dann verabredete sie sich mit Charlie. Wieder schaute Kate auf ihrem Heimweg bei ihr vorbei. Charlie kam aus ihrem Arbeitszimmer und sah aus wie jemand, der gerade eine Begegnung mit des Teufels Großmutter höchstpersönlich hatte. Sie fuhr sich ununterbrochen mit den Fingern durch die Haare und brachte so eine Frisur zustande, die jeden Punkstylisten vor Neid hätte erblassen lassen.

»Macht es Ihnen etwas aus, wenn ich Ihnen ein paar Fragen stelle, die ich schon einmal gestellt habe?« fragte Kate. »Ich weiß, wir haben das alles schon früher einmal durchgesprochen, aber ich habe meinen Kopf völlig ausgeleert und muß nun anfangen, ihn wieder zu füllen.«

»Kate, haben Sie über irgend etwas nachgedacht?«

»Ich habe darüber nachgedacht, daß es besser gewesen wäre, meine Mutter hätte mich nie geboren. Wie dem auch sei, ich stelle erst einmal meine Fragen. Haben Sie Albertas Geburtsurkunde ausfindig gemacht?«

»Das habe ich Ihnen doch erzählt.«

»Gut; erzählen Sie es mir noch einmal.«

»Das Kind war unter dem Namen seines Vaters registriert, was bedeutet, daß das sein wirklicher Name ist; es war nicht der Name der Mutter.«

»Genau das ist der Punkt, auf den ich zu sprechen kommen wollte. Wie können Sie dessen so sicher sein?«

»Weil es eine Person dieses Namens nicht gibt. Mr. Fothingale hat mehrere Frauen mit diesem Namen gefunden; um ganz sicher zu gehen, hat er sie aufgesucht, aber sie waren es nicht: falsches Alter oder eindeutige Vorgeschichte. Es war alles ganz offensichtlich.«

»Okay. (Ich habe mir in der letzten Zeit angewöhnt, ›okay‹ zu sagen; ich nehme an, es hängt damit zusammen, daß in diesem Fall in Wirklichkeit absolut nichts ›okay‹ ist.) Haben Sie einmal die medizinische Vorgeschichte von Charlotte Stanton überprüft?«

»Ihre medizinische Vorgeschichte? Nicht genau. Ich

weiß, woran sie gestorben ist. Kate, Sie wollen doch nicht unterstellen, daß jemand sie umgebracht hat.«

»Aber nicht doch, Sie Dummchen, ich unterstelle nur, daß man feststellen könnte, ob sie jemals ein Kind zur Welt gebracht hat, wenn man an ihre Arztunterlagen kommen könnte. Ich denke doch, ein Arzt kann auf die eine oder andere Weise feststellen, ob eine Frau entbunden hat. Ich habe darin nur eine Möglichkeit gesehen, um ein für alle Mal festzustellen, ob Alberta ihr Kind gewesen sein könnte oder nicht.«

»Kate, das ist brillant. Warum hat niemand von uns schon vorher daran gedacht.«

»Zweifellos, weil es solche kompletten Arztunterlagen nicht gibt; weil kein Arzt diese Tatsache in seinem Notizbüchlein vermerkt hat. Dennoch könnten Sie es versuchen. Mir scheint, das wäre genau das Richtige für Mr. Fothingale, wenn es Ihnen nicht zu kostspielig ist, ihn nach England zurückzuschicken. Ist Ihnen etwas über das Ferientheater in Sommerville zu Charlotte Stantons Zeit bekannt?«

»Über das was?«

»Das sind Theaterstücke, die die Studenten in ihrem letzten Jahr schreiben und aufführen. Ich bin durch Lillians Interessen darauf gekommen. Es hat keine Bedeutung, nur war die Stanton in der Leitungsgruppe, die die Sache ins Leben gerufen hatte, und ich frage mich, wer wohl sonst noch in dieser Gruppe gewesen sein mag. Wenn Mr. Fothingale hinreist, könnte er vielleicht einen diskreten kleinen Besuch in Sommerville machen. Aber es ist nicht wirklich wichtig. Ich bin sicher, man kann das alles auch brieflich erledigen. Oder ich könnte Lillian hinschicken, aber die hat im Moment eine andere Aufgabe. Unterbrechen Sie mich nicht«, fügte Kate hinzu, als Charlie gerade etwas sagen wollte. »Meine Gedanken entgleiten mir; vielleicht ist es das Alter, aber ich glaube, es ist auch die Verzweiflung über die Unfähigkeit, unzusammenhängende Tatsachen – soweit es sich überhaupt um Tatsachen handelt – in eine gewisse Ordnung zu bringen. Die nächste Frage: Ich möchte alle Einzelheiten über englische Staatsbürger wissen, die hier in den Staaten ihr Testament machen: Warum tun sie es, wenn der Erbe Amerikaner ist? Hängt es mit den Steuern zusammen oder mit internationalen Beziehungen, oder hat es überhaupt nichts damit zu tun? Nun ja, vielleicht sollte ich diese Frage lieber Toby stellen. Wieder drüben im Harvard-Club – ich kann es mir schon lebhaft vorstellen. Bis bald Charlie, auf Wiedersehen.«

»Sie wollen doch nicht schon gehen?«

»Das hatte ich vor.«

»Aber Sie haben mir doch noch gar nicht erzählt, was überhaupt los ist.«

»Wenn ich herausgefunden habe, was los ist, werden Sie zu den Ersten gehören, die es erfahren«, sagte Kate, zog ihren Mantel an und suchte ihre Sachen zusammen. »Allerdings ist es höchst unwahrscheinlich, daß das jemals passiert. Wiedersehen.«

Niemand, der Kate so gesehen hätte, wäre auch nur im entferntesten auf die Idee gekommen, sie mit Sherlock Holmes zu vergleichen.

Zwei Wochen später erschien Stan Wyman im Fakultätsclub, wo Kate ihm einen Drink bestellte. »Ganz nett hier«, sagte er und streckte seine langen Beine von sich. Kate hatte nicht die Absicht, ihre Zeit zu vergeuden, indem sie auf diese Feststellung einging.

Stan Wyman war schon bei seinem dritten Drink, als Kate ihm die Frage stellte, die sie bereits seit Monaten mit sich herumtrug. Sie leitete auf eine Weise zu dieser Frage über, von der sie hoffte, man könne sie als leicht kokettierend bezeichnen. »Wir wären uns niemals begegnet, wenn ich nicht diese Anzeige in den ›MLA Newsletter‹ gesetzt hätte«, sagte sie, »und wenn Sie nicht zufällig etwas über die Beziehung zwischen Martin Heffenreffer und Alberta Ashby gewußt hätten.«

»Sie haben mich falsch verstanden; ich habe nichts von einer Beziehung gesagt. Alles, was ich gesagt habe, war, daß sich Martin Heffenreffer regelmäßig mit jemandem traf und daß es sich dabei um die Person handelte, um die es in Ihrer Anzeige ging. Übrigens habe ich Sie nie nach dem Grund gefragt.«

»Was verstehen Sie unter ›traf‹?« fragte Kate und überging dabei seine letzte Bemerkung – ein für alle Mal, wie sie hoffte.

»Du lieber Himmel! Ich meine damit, daß sie etwas zusammen getrunken und ein intensives Gespräch miteinander geführt haben, und zwar auf die Weise, wie ein Mann und eine Frau es tun, die wirklich verschossen ineinander sind. Ich habe das überhaupt nur behalten, weil Biddy Heffenreffer so viel Aufhebens davon gemacht hat, wie tadellos ihre Ehe sei und daß keiner von beiden weiter als bis zum Kaufmann an der Ecke gehen würde; ich hatte ihr das nicht wirklich geglaubt, und hier war nun der Beweis, daß ich recht hatte.«

»Woher wußten Sie, daß es Alberta Ashby war?«

»Das wußte ich natürlich nicht. Ich bin einfach aus Schadenfreude zu Heffenreffer hingegangen. Ich habe der Frau die Hand entgegengestreckt und gesagt: ›Hallo, ich bin Stan Wyman‹. Natürlich mußte sie meine Hand ergreifen und ihren Namen sagen. Ich gebe zu, daß ich irgendwie im Hinterkopf hatte, das später einmal auszunutzen, aber zu meinem Pech habe ich Biddy nicht wiedergesehen; wahrscheinlich hätte ich die ganze Angelegenheit auch längst vergessen, wenn da nicht Ihre Anzeige gewesen wäre.«

»Und meine Anzeige konnte Ihnen zu einem Bibliotheksausweis verhelfen, nicht wahr?« sagte Kate. Stan nickte. Und zu der Art von Intrige, die Ihnen ein hämisches Vergnügen bereitet, dachte Kate, aber sie sprach es nicht aus.

»Was ist jetzt mit dem Ausweis?« fragte Stan und schwenkte sein leeres Glas.

»Holen Sie sich noch einen Drink«, sagte Kate. »Und was den Ausweis angeht, wenden Sie sich an den Dekan und beantragen Sie einen Ausweis für promovierte Gasthörer; ich werde Ihren Antrag dann unterstützen. Hier ist sein Name und seine Adresse.« Im Stillen fügte sie hinzu: möge mir die Universität vergeben.

»Kann ich Ihnen noch etwas bringen?« fragte Stan.

»Nein, danke«, sagte Kate. Als er dann zur Bar gehen wollte, hielt sie ihn einen Moment lang zurück. »Wo haben Sie die beiden gesehen«, fragte sie. »Martin und Alberta.«

»Am Flughafen«, sagte Stan. »Ich wollte meine alte Mutter in Colorado besuchen. Wohin sie wollten, weiß ich nicht. Warten Sie einen Moment«, sagte er und schwenkte sein Glas.

Kate hatte das Gefühl, als könnte sie ewig warten.

15

Gegen Ende des Semesters gab es einige Ergebnisse, aber keines war wirklich von Bedeutung. Entweder waren sie negativ oder sie entsprachen dem, was Kate ohnehin schon erwartet hatte.

Lillian hatte mit wesentlich weniger Mühe, als Kate erwartet hatte, herausgefunden, daß Martin Heffenreffer im vergangenen Jahr eine Beziehung mit einer jungen Frau hatte, die schwer zu identifizieren war; sie war weder Studentin, noch in anderer Weise mit dem Universitätsleben verbunden; auch war sie keine Akademikerin. Lillian war an diese Informationen gekommen, ohne den geringsten Verdacht zu erregen – Tratsch war eben Tratsch und würde es immer bleiben, und was wären wir denn schon ohne den Tratsch? Alles, was Lillian berichten konnte, war, daß das Gerücht umging, das Mädchen sei die Freundin irgendeines Mafioso gewesen; Kate war bereit, den allgemeinen Eindruck als Faktum gelten zu lassen. Zumindest schien man zu wissen, um welche Art von Frau es sich handelte.

Charlie hatte über einen englischen Kollegen von Mr. Fothingale Nachforschungen über Charlotte Stantons medizinische Vorgeschichte veranlaßt. Leider stellte sich heraus, daß das lächerlich einfach war. Charlotte Stanton hatte sich während ihrer Zeit als College-Rektorin einer Operation an der Gallenblase unterziehen müssen, und die Unterlagen hierüber lagen noch in der Privatklinik vor. Neben anderen medizinischen Angaben enthielten sie auch den Vermerk, daß sie niemals ein Kind zur Welt gebracht hatte. Damit schien dieser Punkt geklärt.

»Aber sie könnte bei der Beantwortung dieser Frage gelogen haben. Ich meine, vielleicht ist sie einfach nur gefragt worden, oder derjenige, der sie untersucht hat, hat sich geirrt«, sagte Charlie, als sie dies hörte; sie gehörte schon immer zu den Menschen, die bis zum Äußersten kämpfen. Charlie glaubte nun einmal, daß Charlotte Stanton Albertas Mutter war, und Kate vermutete, daß Charlie insgeheim bis in alle Ewigkeit an diesem Glauben festhalten würde.

Außerdem hatte sich herausgestellt, daß die Stanton in ihrem letzten Jahr in Sommerville am Ferientheater teilgenommen hatte und – wer hätte das gedacht – Sinjin ebenso; sie hatten das Stück zusammen geschrieben. Charlie sagte, Kate sei wirklich clever, wenngleich sie selbst, wäre sie für weitere Nachforschungen nach England gegangen, sicher dasselbe herausgefunden hätte. Kate sagte, daran habe sie keinerlei Zweifel, aber sie war doch ein wenig verwundert über dieses Verhalten. »Und was man in Sommerville von einem Detektiv gehalten hat, der Nachforschungen über das Sommertheater anstellt, kann ich mir überhaupt nicht vorstellen«, hatte Charlie hinzugefügt. Kate vermutete eher, daß Charlotte Stantons Ruhm die Einwohner schon lange gegen derartige Fragen abgehärtet hatte, ganz zu schweigen von den anderen bekannten Akademikern.

Toby war froh, wieder einmal mit Kate zum Lunch zu gehen, aber zum Testament wollte er sich nicht klar äußern. »Es ist einfach ein logisches Vorgehen, wenn man weiß, der Erbe ist amerikanischer Staatsbürger und lebt auch in den Staaten.«

»Aber in dem ersten Testament, dem von Charlotte Stanton, war Sinjin die Erbin, und sie war weder amerikanische Staatsbürgerin, noch lebte sie in den Staaten.«

»Das war aber etwas anderes. Sie wurde hier schrecklich krank, und wie so viele Menschen hatte auch sie kein Testament gemacht. Wahrscheinlich glaubte sie, sie sei herzkrank; vielleicht war es auch nur die Gallengeschichte, die Charlie herausgefunden hatte. Das war übrigens eine clevere Idee von dir.«

»Wie geht es dir, Toby?« hatte Kate gefragt.

»So gut wie noch nie. Charlie und ich werden heiraten, und wir werden es jedem erzählen können. Man wird eine Party für uns geben, und es wird wirklich ein großes

Ereignis werden. Übrigens, ich habe Lillian in letzter Zeit kaum gesehen. Hat sie die Textverarbeitung aufgegeben?«

»Vorübergehend«, hatte Kate gesagt. Sie freute sich für Toby.

Der Tag, den sich Kate ausgesucht hatte, um ihre Theorie über Alberta und ihre Freunde zu entwickeln, war zufällig der Tag der Graduierungsfeierlichkeiten. Kate nahm gezwungenermaßen daran teil, da sie zur Vertrauenslehrerin bestimmt worden war. Das geschah etwa alle fünf Jahre, und es erfüllte Kate immer mit einer geheimen Freude, wenngleich sie lieber gestorben wäre, als dies zuzugeben. Sie ging nicht in der Prozession mit, sondern stand bei den Studentengruppen, die sie später zu ihren Sitzreihen führen mußte; von hier aus würde sie der Prozession zusehen und darüber nachdenken können, wie unbegreiflich anrührend die ganze Zeremonie doch war. Die Tatsache, daß alle Teilnehmer in langen Roben und mit Hüten auf dem Kopf an einem sonnigen Tag vor sich hinschmorten, steigerte nur noch die Absurdität des ganzen Ereignisses. Unsere Zeit hat keinen Platz mehr für derartige Zeremonien, wie die respektlose Haltung einiger Studenten nur allzu deutlich bewies; aber sie und Kate waren dennoch gerührt.

Kate hatte kürzlich etwas über die Graduierungsfeierlichkeiten im ganzen Land gehört, was sie sehr amüsiert hatte. Sie selbst war vielleicht auch bewegt, ging aber doch nur hin, wenn sie mußte, und auch dann nur widerstrebend. Die meisten Fakultätsmitglieder nahmen überhaupt nicht teil, so daß diese akademischen Prozessionen recht mager aussahen und zur Enttäuschung besonders für die Eltern wurden, die an die fünfzigtausend Dollar für den akademischen Grad ihres Sprößlings ausgegeben hatten. Irgend jemand hatte Kate erzählt, die Kollegen und die Universitätsverwaltungen wären in den letzten Jahren strenger geworden. Entweder wurde in den neuen Anstellungsverträgen für Professoren festgehalten, daß sie den Feierlichkeiten im akademischen Ornat beizuwohnen hätten, oder – diesen Trick fand Kate besonders gut – das Abschlußdiplom des akademischen Jahres wurde *nur* bei den Graduierungsfeierlichkeiten ausgehändigt und nicht mehr denjenigen, die nicht anwesend waren, nach einem Monat per Post zugestellt. Autres temps, autres moers.

So kam sie also müde und erhitzt nach Hause, war aber dennoch entschlossen, die ganze Angelegenheit noch einmal durchzugehen. Sie hatte Toby, Charlie und Lillian gebeten, nach dem Abendessen zu einem zwanglosen Geplauder zu ihr und Reed zu kommen. (Lillian hatte Leo erklärt: »Das bedeutet, daß sie nach dem Abendessen zu reden beginnt und daß es die ganze Nacht dauert.« Sie hatte versprochen, ihm darüber zu berichten. Kate hatte auch ihn eingeladen, aber einer der Seniorpartner saß an einem Schriftsatz, der – wenn überhaupt – von einer Justizangestellten gelesen würde, die zusammen mit Leo in der Law School gewesen war. »Ich könnte sie einfach anrufen und ihr das Wesentliche in nur fünf Minuten erzählen«, hatte Leo geklagt. Aber man verdient keine fünfzigtausend Dollar im Jahr bei einer Anwaltssozietät dafür, daß man ab und zu mit Justizangestellten ein Schwätzchen hält.)

Kate hatte Biddy Heffenreffer nicht eingeladen, aber sie hatte mit ihr gesprochen und sie um Erlaubnis gebeten, Charlie und Lillian von Martin und Alberta zu erzählen. Biddy zögerte, gab dann aber doch nach; schließlich war sie intelligent und sensibel genug, um Albertas Freundin gewesen zu sein. »Was habe ich schon zu verlieren? Es gibt da nichts, wofür ich mich schämen müßte; es ist nur so verdammt schade.« Kate stimmte ihr zu.

Nachdem Erfrischungen herumgereicht worden waren, sagte sie: »Ich sehe die Sache folgendermaßen, und alles, was ihr tun müßt, ist, mir zu sagen, wo ich mich irre, oder wo meine Vermutungen zu abwegig sind. Denn es sind alles nur Vermutungen, darüber sollten wir uns im klaren sein. Ich glaube nicht, daß wir jemals die ganze Wahrheit erfahren werden, vielleicht nicht einmal einen größeren Teil davon. Aber ich mußte alles zu einer Geschichte zusammenfügen, weil ich Alberta liebe; so einfach ist das. Ich denke, sie war ein bemerkenswerter, wundervoller Mensch –, es fehlen einem beinahe die Worte. Die Menschen, mit denen sie befreundet war, haben sie niemals vergessen, hatten immer das Gefühl, jemandem begegnet zu sein, der – wenn nicht einzigartig, so doch – sehr selten ist.«

Sie stockte. »Was wir haben, sind zwei Geschichten, wie ihr alle wißt. Zum einen die Geschichte von einer Universitätslehrerin und Schriftstellerin in England, die vor einigen Jahren gestorben ist, und von einer anderen Schriftstellerin, die erst kürzlich verstarb. Die andere Geschichte ist amerikanisch und handelt von einem Mann, den Alberta geliebt oder zumindest gebraucht und gemocht hat und mit dem sie eine längere Affäre hatte.«

Alle, mit Ausnahme von Reed, der das alles schon gehört hatte, starrten sie an. »Ich habe mir Alberta nie als Frau vorgestellt, die einen Mann liebt«, sagte Toby.

»Das war wohl einer unserer Fehler«, sagte Kate, »wenngleich nicht so sehr der meine, wie es eigentlich hätte sein können. Ich sage das zu meiner Rechtfertigung. Weil sie in ihrer Kindheit gern ein Junge sein wollte und weil sie die normalerweise als ›weiblich‹ bezeichneten Dinge nicht mochte, sind wir nicht auf den Gedanken gekommen, sie als Frau zu sehen, die überhaupt eine leidenschaftliche Beziehung mit einem Mann haben könnte. Alles, was dazu erforderlich war, war der richtige Mann. Denkt an Cyril, den kleinen Jungen in England. Er blieb ihr Kamerad auch in späteren Sommern, obwohl sie uns keine Einzelheiten über diese späteren Jahre hinterlassen hat. Sie wurden getrennt durch – wir wissen nicht, was; vielleicht durch die Zeit, vielleicht durch die Entfernung. Wir wissen, daß er ihr sein Vermögen hinterlassen hat. Sie muß ihm mehr bedeutet haben als nur eine Kinderfreundschaft. Vielleicht hatte er darüber nachgedacht, wie eine Beziehung zu ihr als reife Frau hätte sein können. Der Mann, den ich bei der MLA getroffen habe – er war ihr Freund in Ohio ...« Die anderen blickten erstaunt auf, und Kate unterbrach sich, um über James Fenton zu berichten und über Alberta als junges Mädchen.

»Was ich damit sagen will ist, daß wir, trotz aller gegenteiligen Hinweise, Alberta nie als sexuelles Wesen betrachtet haben, zumindest nicht in bezug auf Männer; James Fenton aber erwähnte, daß seine Frau vieles mit Alberta gemeinsam habe. Wir alle sind daran gewöhnt, so konventionell zu denken; klar definierte Menschentypen müssen in die entsprechenden festumrissenen Schablonen passen. Wir dürfen nicht aus den Augen verlieren, welche Art Mann Albertas Vater gewesen war. Er liebte das Kind und hatte das Sorgerecht, was für die damalige Zeit sehr ungewöhnlich war. Er wollte sie bei sich in Amerika haben. Gleichzeitig aber erkannte er Charlotte Stantons Anrecht auf Alberta an und ließ das Kind die Sommerferien in Oxford verbringen. Wir wissen außerdem, daß sie in England lebte, bis er einen Hausstand gegründet hatte, in dem sie dann in den Vereinigten Staaten leben konnte. Er war also nicht nur außergewöhnlich, was die Liebe zu seiner kleinen Tochter anging, sondern auch, weil er eine Frau wie ihre Mutter geliebt hatte. Wer immer das auch gewesen sein mag, sie muß Charlotte Stanton gekannt haben; sie muß Akademikerin gewesen sein und eine Intellektuelle, wahrscheinlich ganz ähnlich wie Alberta.«

»Mit anderen Worten, Charlotte Stanton«, sagte Lillian. »Warum wird das nicht gerade heraus gesagt?«

»Weil es nicht Charlotte Stanton war«, sagte Kate. »Durch den Arztbericht ist zwar noch einmal bestätigt worden, daß sie niemals ein Kind zur Welt gebracht hat, aber gewußt haben wir das schon vorher. Wie wir aus Albertas Tagebuch wissen, hat ihre Tante, Charlotte Stanton, Alberta gesagt, sie sei nicht ihre Mutter, und das müsse Alberta ihr glauben, auch wenn andere Leute ihr etwas anderes sagen sollten. So, wie ich die Stanton einschätze, hätte sie das nicht gesagt, wenn es nicht wahr gewesen wäre. Und Alberta hätte diese Art von Lüge auch nicht über die Lippen gebracht, genauso wenig wie sonst jemand, mit dem sie verbunden war. Für Charlotte Stanton wurde die Angelegenheit natürlich durch die Tatsache erleichtert, daß es Alberta nie wirklich wichtig war, wer ihre Mutter gewesen ist; zumindest ist ihr diese Frage nie so bewußt geworden, daß sie ihr ernsthaft auf den Grund gehen wollte. Sie war nicht auf der Suche nach einer Mutter; dieser Trend ist eher neueren Datums. Was Alberta wirklich suchte, war eine Welt mit vielen Entfaltungsmöglichkeiten, so wie die Welt der Männer, und in solch einer Welt wollte sie leben. Die Einflußnahme einer anderen Frau wollte sie mit Sicherheit nicht.«

»Glaubst du denn, es war Sinjin?« fragte Charlie.

»Ja«, sagte Kate. »Das glaube ich. Es ist die einzige Möglichkeit, die einen Sinn ergibt, wenn man es von allen Seiten betrachtet. Sinjin hat ihr Geld zur Hälfte Alberta hinterlassen; sie wollte sie sehen, um mit ihr die Frage der Biographie Charlotte Stantons zu besprechen. Sie hat Charlie gebraucht, um Alberta zu finden; sie wollte Albertas Segen. Die Stanton hat vielleicht erwogen, Alberta ihr Vermögen zu hinterlassen, als sie ihr Testament bei Toby gemacht hat, aber Sinjin hat es ihr ausgeredet – so vermute ich –, oder sie ist zu dem Schluß gekommen, daß diese Tatsache als Beweis für scheinbar eindeutige, aber dennoch falsche Rückschlüsse benutzt werden könnte.«

Kate warf einen Blick aus dem Fenster, bevor sie weiterredete. »Ich nehme an, Sinjin hatte sich in Albertas Vater verliebt. Wir müßten mehr darüber herausfinden; das werden wir Charlie überlassen. Wir können davon ausgehen, daß er im Zweiten Weltkrieg in England gedient hat; er muß schon immer eine Schwäche für England gehabt haben, denn er war schon dort, bevor die Vereinigten Staaten in den Krieg eingetreten sind. Von ganz besonderer Bedeutung ist die Tatsache, daß er bei Albertas Geburt Anspruch auf sie erhob; das wissen wir. Charlotte Stanton hatte eine enge Beziehung zu Sinjin; sagen wir ruhig, sie liebte sie. Wir wissen so verdammt wenig über Beziehungen zwischen Frauen – aber als Sinjin schwanger war, hat Charlotte Stanton ihr geholfen. Ich vermute – es sind alles nur Vermutungen –, daß Charlotte Stanton eine Menge Zeit gebraucht hat, bis sie herausgefunden hatte, was sie mit ihrem Leben anfangen wollte. Am Ende entschloß sie sich zur Universitätslaufbahn – eine richtige Entscheidung, wie sich später herausstellen sollte. In ihrer kühlen Art fühlte sie sich zu Sinjins Tochter hingezogen – vielleicht hatte sie sie adoptieren wollen. Wahrscheinlich werden wir nie erfahren, warum Alberta nicht nach England zurückgekehrt ist, als sie die Collegereife erlangt hatte; aller Wahrscheinlichkeit nach irgendein ganz profaner Grund. Als die Stanton nach Amerika kam, hat sie Alberta vielleicht gesehen; alles, was wir wirklich wissen, ist, daß sie krank wurde und ihr Testament machte. Dann reiste sie zurück.«

»Mir kommt es vor, als hättest du das alles aus der Luft

gegriffen«, sagte Lillian. »Du hast keinerlei Beweise. Du bist wie jemand, der ohne das geringste Quellenstudium eine Biographie schreibt.«

»Ich möchte dazu eine Geschichte über Sylvia Plath erzählen«, sagte Kate. »Nach der Lektüre ihrer Werke hat eine Kritikerin geschrieben, wie stark Sylvia Plath von Virginia Woolfs ›The Waves‹ beeinflußt gewesen sei. Später hatte sie Gelegenheit, im Smith-College die Unterlagen der Plath durchzusehen. Es gab dort das Exemplar von ›The Waves‹, das der Plath gehört hatte und in dem genau die Zeilen unterstrichen waren, die die Kritikerin erwähnt hatte. Aber was wäre gewesen, wenn dieses Exemplar von ›The Waves‹ nicht erhalten geblieben und an das Smith College verkauft worden wäre, so man es studieren kann? Du hättest gesagt, es gibt keinen Beweis. Ich bin der Meinung, große Teile meiner Geschichte können bewiesen werden.«

»Willst du etwa sagen, du behandelst Albertas Leben und das Leben ihrer Vorfahren und Freunde so, als handelte es sich um einen Text?« fragte Lillian in ihrem besten Harvard-Tonfall.

»Ich würde es nicht so hochtrabend ausdrücken«, sagte Kate, »aber eigentlich ist es das, was ich tue – ich nehme es an. Lillian, meine Liebe, versuch' doch bitte, dich deiner Rolle als Watson zu erinnern, und beschränke dich auf ein paar Grunzlaute der Bewunderung.«

Lillian schnaubte wütend. »Aber wo war Alberta, bevor ihr Vater kam, um sie zu holen?« fragte Toby. »Hatte Charlotte Stanton oder Sinjin sie in Pflege gegeben?«

»Ja, ich glaube schon«, sagte Kate. »Zu der Zeit lehrte die Stanton schon an der Universität. Sie konnte das Kind nicht zu sich nehmen, und Sinjin heiratete und erwartete in Kürze George. Ich nehme an, es ist ihnen beiden klar geworden, daß Alberta bei ihrem Vater das bessere Zuhause haben würde; sie irrten sich nur in einem Punkt: Es ist ihnen nicht klar geworden, was für eine Art Kind Alberta war. Wie wir heute wissen, wäre sie um vieles glücklicher gewesen, hätte sie in Oxford leben und bei Cyrils Familie wohnen können. Bevor ich nun übergehen möchte zu dem anderen Teil von Albertas Geschichte, dem späteren, der in Amerika spielt, denkt bitte an eine

Sache, die ich vergessen oder nicht richtig verstanden hatte: Alberta mochte ihre ›Tante‹, sie mochte Charlotte Stanton. Die beiden waren dabei, Freundinnen zu werden, sicher wäre dies deutlich geworden, wenn Alberta ihr Tagebuch beendet hätte.«

»Wenn sie es beendet hätte, hätten wir es nicht zu lesen bekommen und würden jetzt nicht hier über sie sprechen«, meinte Lillian.

»Wenn ich sie nur besser kennengelernt hätte«, sagte Charlie traurig. »Sie hätte sich vielleicht dazu entschlossen, mir ihr Tagebuch zu zeigen.«

»Jedenfalls können wir aus der Tatsache, daß Alberta das Buch über ihre Tante gekauft hat, sicherlich schließen, daß sie stolz auf sie war. Charlotte Stanton hatte Albertas Vorstellungen entsprochen.« Kate machte eine kleine Pause.

»Ich fühle mich nicht sehr wohl, wenn ich jetzt die andere Geschichte erzähle«, sagte sie. »Nicht nur, weil es eine ungute Geschichte ist; sie handelt auch von Menschen, die jetzt noch leben, zu dieser Zeit; sie haben nicht, wie die beiden englischen Freundinnen und Albertas Vater, ihr Leben bereits hinter sich.«

»Wenn du uns um Diskretion und Vertraulichkeit bittest, können wir sie dir zusichern«, sagte Toby.

»Ich habe euch ja schon gesagt, Alberta hatte ein Liebesverhältnis mit einem Mann, einem Professor für Literatur, namens Martin Heffenreffer. Lillian hat ihn kennengelernt; ich kenne ihn nicht. Lillian, würdest du uns Martin Heffenreffer bitte beschreiben?«

Wie Kate erwartet hatte, fuhr Lillian hoch. »*Der* war Albertas Liebhaber? Um Himmels Willen, das hättest du mir doch sagen können, Kate. Gerade du hast mir gesagt, ich solle Albertas Namen ihm gegenüber nicht erwähnen; aber du hast mir nicht gesagt, warum.«

»Warum, wußte ich zu dem Zeitpunkt selbst nicht«, sagte Kate. »Wenn du zuhörst, wirst du merken, daß ich das alles erst später herausgefunden habe.«

»Ich bin absolut nicht sicher, ob Watson Holmes so ununterbrochen zugehört hat. Und Watson durfte die Geschichten aufschreiben, was mir – ich ahne es – wohl nicht erlaubt sein wird.«

»Nein, mein Schätzchen, das wird es wohl nicht; aber du kannst Charlie bei ihrem Buch helfen. Es tut mir leid, und ich will versuchen, dich dafür zu entschädigen. Denk dir etwas aus.« Lillian schnaubte wütend, aber sie war nicht wirklich überrascht, das wußte Kate. Lillian selbst hatte schon lange damit gerechnet.

»Ein entsetzlicher Mann namens Stan Wyman hatte auf meine Anzeige in dem ›MLA Newsletter‹ geantwortet und ...«

»Hat worauf geantwortet?« fragte Toby.

»Vielleicht hättest du erst alles aufschreiben sollen«, sagte Reed zu Kate. »Kann ich irgend jemandem noch einen Drink besorgen?« Er stand auf und sammelte die Gläser ein. »Fahr' fort«, sagte er zu Kate. »Ich höre zu.«

»Das tut er nicht«, sagte Kate, »aber er hat alles schon gehört. Armer Reed. Es war aber sein eigener Entschluß, hier dabei zu sein. Wo war ich stehengeblieben? Ach, ja.« Und sie erzählte ihnen von dem Plastikhalter für die Namensschildchen, von ihrem Besuch in der MLA-Zentrale und von ihrer Teilnahme am Kongreß im vergangenen Jahr, der Gott sei Dank in New York stattgefunden hatte. »Ich habe herausgefunden, daß 1980 auf dem Kongreß in Houston ein Referat über Charlotte Stanton gehalten worden ist; deshalb hatte ich eine Anzeige in das Magazin dieser Organisation gesetzt, um zu sehen, ob ich jemanden auftreiben könnte, der Alberta dort gesehen hat. Von ihrem Jugendfreund aus Ohio habe ich euch ja schon erzählt. Dann war da noch die Professorin Alina Rosenberg, die das Referat über Charlotte Stanton gehalten hat. Und dann Stan Wyman, der sich anonym an mich gewandt hat, was allein schon für sein außerordentlich hohes moralisches Niveau spricht. Er erzählte mir, er habe Alberta zusammen mit Martin Heffenreffer gesehen; ganz nebenbei versuchte er eine kleine Bestechung. Übrigens, Lillian: Ich habe über fünf verschiedene Kanäle erfahren, daß Alberta in Houston war, aber erst letzte Woche bin ich auf die Idee gekommen, bei der MLA nachzuprüfen, ob sie auch eingeschrieben war. Sie war es. Ganz einfach, und das würdest du nun doch einen Beweis nennen.«

»Ich kann nicht behaupten, daß mir alles ganz klar ist«,

sagte Charlie, »aber ich will das jetzt erst einmal übergehen und versuchen, die Dinge später in die Reihe zu bekommen. Alberta ist also tief verstrickt in eine Liebesaffäre mit Martin Heffenreffer, der (ich wüßte es gern, aber ich wage nicht zu fragen) verheiratet ist?«

»Er war es«, sagte Kate. »Und das ist das Ende meiner Geschichte; ihr wart alle sehr geduldig und langmütig. Martins Frau ist Mary Louise Heffenreffer, genannt Biddy; Stan Wyman hatte sie mir als eine ›großartige Frau‹ beschrieben, und genau das ist sie. Sie ist ebenfalls Professorin – für die Literatur der Renaissance. Alberta und sie sind sich durch Zufall begegnet, obgleich das so oder so, früher oder später, passieren mußte. Sie mochten einander und wurden enge Freundinnen: Liebe und Freundschaft, eine seltene Verbindung unter Frauen. Natürlich hat Alberta Biddy von ihrer Beziehung zu Martin erzählt, und sie fanden beide, daß jede von ihm hätte, was sie sich wünschte. Im ersten Moment mag das schockierend erscheinen, aber das ist es nicht mehr, wenn man eine Weile darüber nachdenkt und seinen Verstand von Vorurteilen und falschen Vorstellungen befreit. Ich kenne einige Frauen, die als ›Geliebte‹ leben, wie sie es selbst nennen. Sie wollen keine Kinder, kein Haus und kein ewiges Wäschewaschen; ihnen gefällt es, einen Mann von Zeit zu Zeit zu sehen, mit ihm zu reisen und mit ihm zu schlafen. In der Zwischenzeit hat auch die Ehefrau, was sie sich wünscht: Kinder und einen Vater für sie und ihr eigenes Rollenverständnis. Es hat noch nie jemand eine Untersuchung darüber angestellt, wieviele Ehefrauen glücklich sind, wenn ihre Männer fort sind. Das einzig Neue hier ist die Tatsache, daß Ehefrau und Geliebte sich kennen.«

»Durch Zufall«, fuhr Kate fort, »hat Martin das herausgefunden. Nicht unerwartet –«

»Du meine Güte, das muß ihn ganz schön umgehauen haben«, sagte Lillian.

»Ja, das ist tatsächlich genau der richtige Ausdruck«, sagte Kate. »Und er ist bis heute nicht wieder auf die Beine gekommen. Weißt du, es war ja nicht genug damit, daß er merkte, sie kannten sich; er fand heraus, daß sie Freundinnen waren – enge Freundinnen. Alberta hat sich zurückgezogen, und Martin und Biddy haben versucht, ihr Leben wieder in die Reihe zu bekommen; aber das ging nicht mehr. Sie haben sich getrennt und sind inzwischen so gut wie geschieden. Martin hat die Kinder am Wochenende und in den Ferien; wenn sie Schule haben, leben sie bei Biddy in ihrem alten Haus. Die Kinder wollten nicht umziehen oder die Schule wechseln, und Martin hätte das Sorgerecht ohnehin nicht bekommen.«

»Das Problem ist mir klar«, sagte Lillian. »Er kann schließlich dem Gericht schlecht sagen, seine Frau habe sich mit seiner Geliebten angefreundet, was beweist, daß sie eine schlechte Mutter ist.«

»Trotzdem hat er seine Rechte«, sagte Reed. »Als Biddy erwähnte, daß sie mit den Kindern nach Kalifornien ziehen wolle, sagte er, er würde kämpfen, und er hätte leicht gewinnen können.«

»Was ist nun also mit Alberta geschehen?« fragte Charlie. »Hat sie sich weiter mit Biddy getroffen?«

»Nein. Alberta hat Biddy eine Karte von der Farm geschickt, aber damals mußte sich Biddy damit einverstanden erklären, daß sie für eine Weile die Verbindung aufgaben. Biddy ist dann nach Kalifornien gegangen, wo ich sie aufgesucht habe. Den größten Verlust hat Biddy erlitten. Sicher hat Alberta ihre neue Freundin ganz besonders geschätzt, aber Alberta war die Einsamkeit gewöhnt; sie hat immer allein gelebt. Biddy hat den Mann und die Freundin verloren; so wie sie aussieht und so wie Männer nun einmal sind, könnte Biddy sofort wieder einen Mann zum Heiraten finden. Aber ich glaube eher, daß sie inzwischen Freundschaft höher als alles andere bewertet.«

»Also«, sagte Lillian, »das muß der Neid dir lassen, du bist eine großartige Geschichtenerzählerin. Aber jetzt spann' uns nicht weiter auf die Folter. Wo ist Alberta? Du weißt, daß Martin derzeit mit so einem Partygirl zusammenlebt; das habe ich ja für dich herausgefunden. Ich nehme an, er war auf eine kleine Abwechslung aus. Ich für meinen Teil wäre bei Alberta geblieben. Sie gewinnt Macht über einen.«

»Ich glaube, sie hatte auch Macht über ihn gewonnen«, sagte Kate. »Ich war so dumm, monatelang nicht danach zu fragen, wann Stan Wyman Martin und Alberta zusammen gesehen hat. Ich hatte einfach angenommen, daß das irgendwann einmal in ferner Vergangenheit gewesen war. Erst kürzlich habe ich meinen Verstand wohl wiedergefunden und ihn danach gefragt; er sagte, er habe sie vor gar nicht langer Zeit auf einem Flughafen gesehen.«

»Du meinst, Martin hat Alberta zur Rückkehr aus England bewogen«, sagte Reed, der diesen Teil noch nicht kannte, »und du glaubst, er hat sie vom Flugzeug abgeholt, am Tag, als sie die Nachricht für Charlie hinterlassen hatte? Und daß sie danach niemand mehr gesehen hat?«

»Ja«, sagte Kate. »Ich habe dir diesen Teil der Geschichte noch nicht erzählt, weil ich den möglichen Schlußfolgerungen nicht ins Auge schauen konnte. Verdammt, was heißt hier mögliche Schlußfolgerungen? Es ist beinahe Gewißheit.«

»Was?« fragte Lillian. Alle saßen wie betäubt da.

»Daß Alberta tot ist«, sagte Reed, »und daß sie schon vor Larry Fanslers Party tot war.«

16

»Das muß schon ein besonderer Moment gewesen sein«, sagte Reed, nachdem die anderen gegangen waren und er ihr einen Gute-Nacht-Trunk gebracht hatte, »als Stan Wyman dir erzählt hat, wann und wo er Martin Heffenreffer und Alberta gesehen hatte.«

»Gerade deshalb konnte ich es ja nicht einmal dir sagen.«

»Das ist aber gar nicht deine Art, Kate, die Augen vor einer Tatsache zu verschließen.«

»Du irrst dich, Reed, aber danke für das Kompliment. In gewisser Weise tue ich das ständig; das ist meine wichtigste Methode, mit den Dingen fertig zu werden – von physischen Problemen bis zu Enttäuschungen auf politischem Gebiet. Aber früher oder später erhärtet sich ein Problem und wird zu einem Faktum; dann muß man sich ihm stellen. An diesem Punkt bin ich jetzt oder glaube ich zumindest zu sein. Und wenn ich recht habe, was hat Martin Heffenreffer dann mit der Leiche getan?«

»Hast du eine Vorstellung? Ich möchte dich daran erinnern, daß es gar nicht so leicht ist, eine Leiche loszuwerden.«

»So heißt es, ja; aber ich habe das nie verstanden. Nimm zum Beispiel die Farm, auf der Alberta gearbeitet hat; du hast sie nicht gesehen, aber sie ist umgeben von Feldern und Wäldern. Wenn du ein Grab gräbst, das tief genug ist, und die Leiche hineinlegst – wer sollte das schon bemerken?«

»Vielleicht kommt sie doch einmal ans Tageslicht«, sagte Reed. »Das kann viele Jahre dauern, aber das bedeutet für den Menschen, der die Leiche dorthin gebracht hat, noch lange keine Sicherheit. Hast du gewußt, daß in der Wüste an der Stelle, an der eine Leiche vergraben wurde, eine Blume wächst? Ihre Nahrung ist das verwesende Fleisch. Eine sichere Preisgabe des Verstecks. Im Wald graben Hunde eine Leiche aus.«

»Ich weiß, ich weiß«, sagte Kate. »Und hier in der Stadt gießt man eine Leiche in Zement ein und versenkt sie im Fluß.«

»Hast du jemals mit Zement zu tun gehabt? Man braucht einen Platz, wo man ihn mischen kann, und eine Möglichkeit, einen so schweren Gegenstand in den Fluß zu werfen. Das kann nicht die Arbeit eines einzelnen sein.«

»Ich glaube trotzdem, daß es Zement war«, sagte Kate.

»Im Keller, nimmst du an, wie ich annehme.«

»Du hast also auch schon daran gedacht?«

»Wie sollte man nicht darauf kommen bei deinen Erzählungen von nicht ausgebauten Kellerräumen und Biddys Erklärung, der einzige Raum dort unten, außer der Waschküche, sei Martins Arbeitszimmer? Er brauchte es nur zu tun, als sie mit den Kindern in Kalifornien war; da konnte er sich viel Zeit lassen. Anschließend zog er dann aus. Gehen deine Gedanken ungefähr in diese Richtung?«

»Reed, manchmal glaube ich, wir sind zu lange verheiratet.«

»Ich habe nicht deine Gedanken gelesen, meine Liebe. Ich habe lediglich die logischen Schlußfolgerungen gezogen, genau wie du. Die Frage ist nur, was kann man tun?«

»Ist es wirklich so leicht, ein Loch in den Kellerfußboden zu graben und eine Leiche in Zement einzugießen? Ich versuche ganz logisch zu denken, wie man es ja muß, ohne Rücksicht auf die Tatsache, daß es sich um Alberta handelt.«

»Es ist verdammt schwierig«, sagte Reed. »Aber man kann es tun, wenn man viel Zeit hat und aller Wahrscheinlichkeit nach nicht unterbrochen wird. Man würde den Zementfußboden mit einer Spitzhacke aufbrechen. Man würde den Zement in einem großen Holzgefäß anmischen, vielleicht in einer alten Schreibtischschublade. Wenn das Gefäß aus Holz ist, kann man es verbrennen; natürlich würde etwas verkohlter Zement übrigbleiben, aber man rechnet ja nicht damit, daß jemand nach irgendwelchen Hinweisen sucht. Man läßt dann die Leiche in das gegrabene Loch fallen, gießt den angerührten Zement darüber und glättet schließlich die ganze Sache, so daß es für einen zufälligen Betrachter derselbe Zementfußboden ist wie immer. Wenn man besonders sorgfältig ist, kann man noch etwas Schmutz darüber verteilen; dann wird kein Unterschied mehr zwischen dem alten und dem neuen Teil zu erkennen sein.«

»Okay; angenommen, er hat es so gemacht«, sagte Kate und sah dabei so krank aus, wie sie sich fühlte. »Was können wir tun? Biddy fragen, ob sie uns ihr Haus über ein Wochenende überläßt und dann den Fußboden im Keller aufmeißeln?«

»Das ist nicht zu empfehlen«, sagte Reed, »und zwar aus einer Reihe von Gründen. Die ganz offenkundigen, wie Haftung und Beschädigung fremden Eigentums, möchte ich dir ersparen. Aber da ist schließlich auch Biddy. Nimm einmal an, Martin hat einen guten Anwalt, dem es beinahe gelingt zu beweisen, daß Biddy sie dort vergraben hat! Ich bezweifle, daß unsere Ansicht über die Stärke der Freundschaft zwischen den beiden Frauen vor Gericht eine besondere Beweiskraft hätte.«

»Offenbar werden wir ihn damit konfrontieren müssen«, sagte Kate. »Das heißt, ich werde ihn damit konfrontieren müssen. Wenn wir zu zweit kommen, wird er überhaupt nichts sagen. Er muß in ein Gespräch gezogen und dann ganz überraschend zu einem Eingeständnis gebracht werden. Und versuch' nur nicht, mir das auszureden.«

»Ganz bestimmt nicht«, sagte Reed. »Ich finde die Idee super, ganz einfach super. Du beschuldigst einen Mörder seines Verbrechens und machst ihm klar, daß du weißt, wo er die Leiche vergraben hat. Dann stehst du auf und gehst davon. Kate, ein Mensch, der einmal gemordet hat, tut es auch ein zweites Mal, um sein Verbrechen zu verbergen. Auch wenn du bereit bist, dich neben Alberta im Keller wiederzufinden – ich bin es nicht.«

»Aber du wüßtest dann doch, wo ich wäre, und könntest uns beide ausgraben.«

»Sicher, das wäre schon ein Trost. Vergiß nicht, daß es schon eine gewisse Beruhigung für ihn wäre, dich umzubringen. Man kann nur für einen Mord gehängt werden. Zwar hängen wir heute die Leute Gott sei Dank nicht mehr auf, aber die Prinzipien sind dieselben geblieben: Ein Dieb ist ein Dieb. Ich rede um den heißen Brei. Kate, natürlich habe ich über Jahre hinweg deine Marotten nach Kräften unterstützt – oh, verzeih' bitte: deine äußerst wichtigen Nachforschungen –, aber dieses eine Mal mußt du auf mich hören. Du kannst dieses Risiko nicht eingehen, es sei denn, ich bin dabei, wenn du mit ihm redest und wir haben uns ein vernünftiges Rückversicherungssystem ausgedacht. Ein solches Risiko hilft Alberta überhaupt nicht, möchte ich dir noch sagen.«

Kate bemühte sich sehr, ruhig zu sprechen. »Reed, du siehst sicher ein, daß ich mich nicht einfach zurücklehnen kann und zuschauen, wie er mit dem Mord an ihr davonkommt, ohne daß ich wenigstens versuche herauszufinden, was überhaupt geschehen ist. Und du kennst Polizei und Staatsanwaltschaft gut genug, um zu wissen, daß man mir keine Minute zuhören würde – ja nicht einmal dir. Habeas corpus und so weiter. Ich weiß, das bedeutet nicht, daß man unbedingt eine Leiche braucht, aber es bedeutet, daß man zumindest einen Fall braucht; und alles, was wir haben, sind eine verschwundene Alberta und wilde Vermutungen. In diesem Punkt kannst du mir wohl kaum widersprechen, oder?«

»Warum reden nicht wir beide mit ihm?«

»Du meinst, wir sollten ihn einladen, hier einen geselligen Abend mit einem alten Ehepaar zu verbringen, und ihn einfach eine Stunde nach seiner Ankunft fragen: ›Ach übrigens, wo haben Sie denn ihre Leiche hingebracht?‹«

»Warum hältst du es für wahrscheinlicher, daß er etwas erzählt, wenn du dich allein mit ihm triffst?« fragte Reed.

»Es ist logischer«, sagte Kate. »Er ist auf denselben Zeitraum spezialisiert wie ich. Ich kenne seine Arbeiten über Graves, und ich könnte ein neuerwachtes Interesse an Charlotte Stanton andeuten, über die ich inzwischen recht umfassende Kenntnisse besitze, das kannst du mir glauben. Er weiß nicht, daß ich Biddy kenne, dessen bin ich ziemlich sicher. Es besteht die Möglichkeit, daß er meine Anzeige gelesen hat und daß ihn das mißtrauisch macht, aber deshalb wird er kaum meine Einladung ablehnen können; er muß sie sogar annehmen. *Meine* Einladung, Reed, siehst du das denn nicht ein? Ich könnte Erfolg haben, aber nicht bei einem geselligen Beisammensein mit meiner besseren Hälfte an meiner Seite. Ich muß ihn alleine sehen; das ist die einzige Möglichkeit, überhaupt etwas zu erreichen. Das siehst du doch ein. Was ich ganz besonders an dir liebe, ist deine Fähigkeit, die Dinge ehrlich zu betrachten und nachzugeben.«

»Wie wäre denn folgende Lösung, Kate? Du nimmst Verbindung mit ihm auf, verabredest ein Treffen und bringst ihn dazu – mit welchen Mitteln, ist mir egal – hierherzukommen. Ich werde nicht in Erscheinung treten; du kannst ihm sagen, du bist alleine, oder ihn das einfach annehmen lassen. Aber ich möchte in der Wohnung sein und hören können, was vor sich geht.«

»Reed, ich will nicht auf Tonband aufnehmen, was er sagt. Ich kann dir nicht sagen, warum, aber es widerstrebt mir. Ein Gespräch auf Tonband aufzunehmen, ohne daß der Gesprächspartner das weiß, ist für mich ein Musterbeispiel dessen, was heutzutage falsch ist in unserer Welt.«

»Zugegeben. Aber dann wirst du ihn eher mit dem Mord an Alberta laufen oder auch dich zum Schweigen bringen lassen, ohne daß es jemand merkt.«

»Das ist die Sache mit dem Zweck und den Mitteln, Reed. Am Ende heiligt stets der Zweck die Mittel. So fängt immer alles an. Unsere Motivation ist rein, also ist es ganz in Ordnung, wenn wir genau das tun, was auch Schläger und Tyrannen tun.«

»In Ordnung, kein Tonband. Laß uns einen Kompromiß schließen: Wir werden es so einrichten, daß ich bei dem Gespräch zuhören kann. Auf diese Weise kann ich die Polizei rufen, falls nötig, oder dir selbst zu Hilfe kommen; ich kann auch bezeugen, was er gesagt hat, obgleich ich kaum den Augenblick vor Gericht abwarten kann, wenn ich im Kreuzverhör gefragt werde, warum ich das Gespräch nicht aufgezeichnet habe, und ich antworte: ›Weil meine Frau Tonbandgeräte unmoralisch findet.‹ Mach dir nichts daraus; ich bin auf deiner Seite, solange du auch auf der meinen bist. Schließlich hätte ich viel früher und nicht gerade dich geheiratet, wenn ich mein Leben mit einer vernünftigen Frau hätte zubringen wollen. Aber du mußt dich bereitfinden, ihn hier zu treffen und deinem Pfadfinderherzen gleichzeitig zu sagen: ›Ich bin allein.‹ Nur Mut! Vielleicht fragt er gar nicht und nimmt es einfach an.«

Kate schwieg mit geschlossenen Augen – so lange, daß Reed sich fragte, ob sie eingeschlafen sei. Dann schaute sie ihn an. »Du hast gewonnen«, sagte sie nur.

Es stellte sich heraus, daß es leichter war, Martin Heffenreffer in die Wohnung zu bekommen, als Kate jemals zu hoffen gewagt, geschweige denn erwartet hätte. Als sie ihn anrief und ihr Interesse an seiner Arbeit zum Ausdruck brachte, freute er sich, sie zu sehen; er war wirklich so erfreut, daß sie den Schluß daraus zog, er habe ihre Anzeige nicht gelesen und sei sehr einsam. Es war ein Kinderspiel, eine Begegnung in ihrer Wohnung zu vereinbaren. Es bestand die Gefahr, daß er die Einladung mißverstehen und sie persönlicher auffassen könnte, als Kate beabsichtigt hatte, aber die war sicherlich nur von geringerer Bedeutung, wenn man alles andere in Betracht zog. Nur die Stan Wymans dieser Welt betrachteten es als selbstverständlich, daß sich jede Frau danach verzehrte, von ihnen begehrt zu werden; vielleicht lag gerade hier die Ursache für deren nur spärliche Erfolge, wenn Lillians Analyse zutraf. Reed hatte keine Schwierigkeiten, eine Art Abhöranlage zu installieren, als Kate nicht im Zimmer war; schließlich mußte er es ihr ja nicht auf die Nase binden. Ebenso sah er keine Notwendigkeit, Kate davon zu unterrichten, daß er einen Polizisten bei sich im Zimmer haben würde, einen Mann, der bewaffnet sein würde und der ihm einen Gefallen schuldete; außerdem besaß er die Fähigkeit, Gehörtes, falls erforderlich, umgehend zu vergessen.

Kate hatte Martin zum Tee oder zu einem Drink eingeladen, nachdem Reed sie davon überzeugt hatte, daß es um so besser wäre, je eher das Treffen begänne. Als Kate Martin am Telefon die Getränke zur Auswahl stellte, wählte er Bier, im Gegensatz zu Richard Fothingale.

Vom Augenblick seiner Ankunft an saß Martin auf der vorderen Kante seines Sessels, die Arme auf die Knie gestützt, und machte einen deutlich nervösen und erschöpften Eindruck. Kate dachte daran, daß er ja seine Liebe und seine Frau verloren hatte und zum Teil auch seine Kinder. Er mußte kein Mörder sein, um gehetzt auszusehen.

Kate gelang es, das Gespräch ganz natürlich zu beginnen, indem sie von ihrem neuerlichen Interesse an Charlotte Stanton sprach, selbstverständlich ohne die Ursachen zu erwähnen, die zu diesem Interesse geführt hatten. Martin schien sehr bereitwillig über sie zu sprechen, trotz der Tatsache, daß er von der Verbindung zwischen Charlotte Stanton und Alberta wissen mußte. Kate erwähnte noch, daß sie die Referate vom MLA-Kongreß in Houston gelesen hätte, und so bestand kein Grund mehr, irgendeinen Verdacht zu schöpfen über ihre wahren Motive.

»Charlotte Stanton ist immer mit Graves verglichen worden«, sagte Martin, »und ich finde diesen Vergleich nicht sehr glücklich. Außer einer humanistischen Bildung und einem Talent zum Geschichtenerzählen haben sie nichts gemeinsam. Graves war ein Poet und voll von mystischen Überlegungen über die weiße Göttin und andere phantastische Theorien. Nach allem, was ich erfahren konnte, war Charlotte Stanton ein Mensch, der mit beiden Beinen auf der Erde stand. Man vergleicht sie auch, weil beide zur gleichen Zeit in Oxford waren, aber daraus läßt sich wirklich nur entnehmen, daß sie annähernd derselben Generation angehörten. Darüber hinaus gibt es meiner Meinung nach keine Ähnlichkeiten, über die man diskutieren könnte.«

»Mögen Sie Charlotte Stantons Romane?« fragte Kate mit aufrichtiger Neugier.

»Sie sind schon in Ordnung. Die Stanton ist romantischer als Graves; die Personen, die sie zeichnet – fiktive Personen natürlich –, haben höhere moralische Grundsätze, ein ausgeprägteres Ehrgefühl und eine größere persönliche Integrität, als das bei Graves der Fall ist. Und da ist noch etwas Merkwürdiges: Er schrieb über Frauen – haben Sie ›Homers Tochter‹ gelesen oder auch die Claudius-Novellen? Die Stanton schien Frauen zu verachten. Ich habe festgestellt, daß Frauen es unrealistisch finden, wenn Frauen in einer Geschichte aus dem alten Griechenland eine Rolle spielen; bei Männern ist das anders, zumindest bei einigen. Wie würden Sie sich das erklären?«

Kate merkte, daß diese Unterhaltung sie interessierte, seine Beobachtungen sie ansprachen. Aber war das denn so überraschend? Nicht alle Mörder sind brutale Menschen, offenbar; vielleicht sind es nur die, die erwischt werden. Intelligenz muß doch zu irgend etwas nütze sein – hier und anderswo. »Ich habe das auch oft festgestellt«, antwortete sie. »Wo akademisch gebildete Frauen davor zurückschrecken, als fantasievoll zu gelten, können Männer diese Chance ergreifen. Und Graves war nicht einmal in einer akademischen Position, daran muß man auch noch denken.«

»Sie meinen also, daß sie schon das Recht hatte, populäre Romane über die alten Griechen zu schreiben, solange sie ein hohes sprachliches Niveau hielt und nicht allzu viele Dinge erfand, für die sie keine historischen Belege hatte?«

Kate nickte. Sie bot ihm schweigend noch einen Drink

an. Sie hatte beschlossen, den Sprung ins kalte Wasser zu wagen, wenn er ihn entgegennahm.

»Ich kannte einmal jemanden, der als Kind Charlotte Stanton gekannt hatte«, sagte er überraschend. »Da Sie sie in Ihrer Anzeige zu suchen schienen, bin ich davon ausgegangen, daß auch Sie sie kannten.«

»Leider muß ich sagen, daß ich sie nicht gekannt habe«, sagte Kate und reichte ihm sein Bier. »Eigentlich habe ich die Anzeige aufgegeben, weil ich mich fragte, wo sie wohl geblieben sei.«

»Warum haben Sie sich das gefragt?« fragte er.

»Eine Freundin von mir suchte nach ihr und konnte sie nicht finden«, sagte Kate. Das war ganz nahe an der Wahrheit. Eigentlich war es die Wahrheit.

Martin nickte nur und trank. Obwohl Kate beabsichtigt hatte, den lauschenden Reed aus ihren Gedanken zu verbannen, dachte sie jetzt an ihn und fragte sich, was er wohl davon hielt. Was sollte sie jetzt tun? Sollte sie jetzt mit der Frage herausplatzen: Wo haben Sie ihre Leiche versteckt? Wie haben Sie sie umgebracht?

»Ich habe Ihre Frau kennengelernt«, sagte Kate. »Ich habe Ihr Haus gesehen. Ich hätte Sie nicht herbitten dürfen, ohne Ihnen das zu sagen; nun wissen Sie es also.«

»Sie wollten also über Alberta sprechen? Ich glaube, ich habe das die ganze Zeit gewußt. Ich glaube, es war die Gelegenheit, über sie zu sprechen, die mich zusagen ließ. Ich habe sie geliebt, müssen Sie wissen; ich liebe sie immer noch.«

»Denken Sie jemals an sie in Ihrem Keller?« Es schien Kate, als habe sie das gar nicht selbst gesagt, sondern als seien die Worte einfach aus ihr herausgekommen. Großer Gott, dachte sie – wobei sie ein Wesen beschwor, an das sie nicht glaubte, aber das taten viele Menschen –, was habe ich getan?

»In meinem Keller?« wiederholte Martin in einem Ton, als habe Kate gesagt ›auf dem Mond‹. »Was meinen Sie mit ›in meinem Keller‹?«

In diesem Punkt hatten sie sich also geirrt. Nein, er log. Er hatte die ganze Zeit über vorgehabt zu lügen. Ich tauge wirklich nicht zu diesem Job, dachte Kate.

»Also gut«, sagte sie und war plötzlich ärgerlich; »lassen Sie es mich in eine Frage kleiden: Was haben Sie mit ihrer Leiche gemacht?«

»Mit welcher Leiche?«

»Mit Albertas Leiche!« Kate schrie beinahe. »Ist es nicht sie, über die wir reden? Ist es nicht sie, die verschwunden ist?«

»Um Gottes Willen«, sagte Martin. »Sie glauben, ich hätte sie umgebracht. Sie glauben, ich hätte Alberta umgebracht. Nun ja, warum nicht? Warum sollten Sie nicht glauben, daß ich sie umgebracht habe? Ich weiß zwar nicht, wieviel Sie von der ganzen Sache wissen, aber Sie liegen gar nicht so falsch. Ich wollte sie töten, zumindest habe ich entdeckt, daß ich sie töten wollte. Ich bin von ihr besessen, aber ich versuche, darüber hinwegzukommen. Das gelingt mir zwar nicht besonders gut, aber ich habe sie nicht getötet. Dem Himmel sei Dank, daß ich sie nicht getötet habe.«

»Erzählen Sie mir davon.« Das war alles, was Kate sagen konnte.

»Wo soll ich anfangen? Wie ich sie kennengelernt habe? Wissen Sie, wie wir uns kennengelernt haben? Es war tatsächlich durch Charlotte Stanton. Aber vielleicht wußten Sie das schon.«

»Ich wußte es nicht, aber ich habe es vermutet«, sagte Kate. »Fangen Sie an, als Sie sie am Kennedy-Flughafen trafen und Stan Wyman Sie gesehen hat.«

»Du lieber Himmel, ja, Stan Wyman. Der war schon immer hinter Biddy her.«

»Warum war Alberta dort? Warum kam sie so plötzlich aus England zurück? Fangen Sie da an«, sagte Kate.

Martin stand auf und begann im Zimmer auf und ab zu gehen. Sein Körper war gespannt wie der eines Tennisspielers vor dem Aufschlag, und zum ersten Male wurde Kate sich der latenten Gefahr bewußt, die von einem Mann an der Grenze zur Gewalttätigkeit ausgehen konnte, von einem Mann, der bei der leisesten Berührung diese Grenze überschreiten konnte. »Sie können sich nicht vorstellen, in welch einer Verfassung ich war«, sagte er, und Kate dachte: Sie zeigen es mir schon recht anschaulich. Kate kannte wenige Männer, die auf diese Weise körperlich in Rage gerieten, die die Fäuste schüttelten und wild gestikulierend herumliefen. Plötzlich hielt er inne und starrte aus dem Fenster, den Rücken Kate zugewandt. Dann sagte er:

»Als ich Biddy und Alberta entdeckt hatte und sah, wie sie miteinander lachten – ein Lachen, das für lange bestehende Zuneigung sprach –, dachte ich, ich würde wahnsinnig, buchstäblich wahnsinnig. Später ging ich dann zu Alberta. Es ging mir mehr um sie, wissen Sie, nicht um Biddy – natürlich nahm ich es beiden übel, daß sie einander so gut kannten –, aber von Alberta fühlte ich mich betrogen: Sie war hinter meinem Rücken zu meiner Frau gegangen; sie war eine Spionin im Land des Feindes; es gab keinen Vergleich, der schrecklich genug war. Ich sage Ihnen, ich war dem Wahnsinn nahe. Ich stellte Alberta zur Rede ... Schon kurz darauf, als ich glaubte, genügend Selbstkontrolle wiedergewonnen zu haben, um sie wenigstens nicht umzubringen – geschlagen habe ich sie, wissen Sie, ich habe sie so heftig geschlagen, daß sie fast gefallen wäre; das hat mir Angst gemacht. Sie sagte, es sei Zufall gewesen, sie hätten sich durch Zufall getroffen, aber das hat mich nicht besänftigt, ganz und gar nicht. ›Na und?‹ habe ich gesagt. ›Aber als du erfahren hattest, daß Biddy meine Frau ist, als du hörtest, daß sie Heffenreffer heißt – ein Name, der schließlich nicht allzu häufig vorkommt –, hättest du einfach verschwinden müssen, hättest einen falschen Namen nennen und sagen müssen: ›Es war nett, Ihre Bekanntschaft gemacht zu haben.‹ Dann hättest du verschwinden müssen. Der Himmel weiß, daß du eine Menge Übung im Verschwinden hast. Du bist bestimmt nicht der Weltmeister im Aufrechterhalten von Kontakten. Warum mußtest du sie weiter treffen?« Martin lebte jetzt völlig in seiner Geschichte, er hatte Kate vergessen. Wie lange hatte er wohl warten müssen, bis er sie jemandem erzählen konnte, und wie oft hatte er sie wohl sich selbst erzählt?

»Sie hat mich natürlich einfach verlassen; sie hat einen Job auf irgend so einer Farm angenommen. Ich wußte nicht, wo sie war; auch sonst wußte es niemand. Ich sage Ihnen, die Wut hat mich fast verrückt gemacht. Fragen Sie mich nicht, warum. Ich weiß es nicht, obwohl ich versucht habe, mir darüber klarzuwerden. Ich wollte sie für mich allein, verstehen Sie? Ich habe sie geliebt, wie ich nie zuvor jemanden geliebt habe – nicht einmal Biddy und auch nicht die Kinder. Es war eine Besessenheit, aber eine unterschwellige. Ich meine damit, daß ich nichts von meiner Besessenheit wußte, bevor ich das über sie und Biddy herausgefunden hatte. Ich dachte ganz einfach, ich sei glücklich. Ich dachte: Das Leben ist wunderbar – so wunderbar, wie es überhaupt nur sein kann. Fragen Sie mich nicht, wer diesen Maßstab festgesetzt hat. Ich muß unterschwellig gewußt haben, daß es eine gefährliche Situation war: Biddy mußte es zwangsläufig eines schönen Tages entdecken; Ehefrauen entdecken es immer. In Wirklichkeit habe ich mir immer vorgestellt, wie ich mit ihr diskutieren würde, nachdem sie es herausgefunden hätte: ich ruhig, vernünftig, um Verzeihung bittend, aber unnachgiebig, sie flehend. Ich sollte mich dafür schämen, aber genau so habe ich es mir vorgestellt. Und dann mußte ich erfahren, daß sie alles voneinander wußten; daß ich beiden nützlich gewesen bin. Daß Alberta mich liebte, aber daß sie auch Biddy liebte; Biddy liebte mich, aber sie liebte auch Alberta. Können Sie sich vorstellen, wie das war?«

Er schien sich der Zuhörerin bewußt geworden zu sein und wandte ihr sein Gesicht mit dieser – wenn auch rhetorischen – Frage zu. Er unterstellte, daß kein Zuhörer sich etwas derartiges vorstellen konnte.

»Alberta ging fort, und Biddy und ich versuchten, die Dinge wieder ins Lot zu bringen. Welch absurdes Unterfangen. Jedesmal, wenn ich sie ansah, fühlte ich mich betrogen, so, als hätte sie eine Affäre mit meinem besten Freund gehabt. Die Kinder waren das einzige, was mich aufrechterhielt, obwohl auch sie nicht glücklich waren. Sie spürten die Probleme – ach, Unsinn, sie *hörten* sie. Ich hatte mir angewöhnt zu schreien, und nach einer gewissen Zeit fing auch Biddy an zu schreien. Wer wollte ihr das vorwerfen? Ich haßte sie so sehr dafür, daß sie Alberta gefunden hatte, Alberta liebte, Albertas Freundin war. Ich konnte ihr das nicht verzeihen, niemals. Es wurde nur allzu deutlich, daß es besser war, wir trennten uns, Biddy und ich, den Kindern zuliebe, so heißt das doch immer, oder?« Er seufzte.

»Biddy behielt schließlich das Haus; ich hätte es dort ohnehin nicht aushalten können, und ich mußte auch an die Kinder denken. Ich habe sie an den Wochenenden und in den Ferien, und dann verbringen wir eine recht gute Zeit miteinander. Sie wollen ihren Spaß haben und mit mir zusammensein, und ich benehme mich wie jeder geschiedene Vater; ich wurde der Wochenend- und Ferienvater, und wir haben viel Spaß miteinander. Ich habe geschiedene Männer sagen hören, daß sie nach der Scheidung ihre Kinder viel öfters sähen als vorher, aber ich war immer ein Vollblut-Vater; Biddy und ich hatten alle Aufgaben aufgeteilt. Aber ich war froh, daß ich ihnen nicht Stundenpläne und Disziplin beibringen mußte. Ich vertraute mir selbst nicht, denn ich wäre allzu nachsichtig gewesen. Ich hatte Angst vor meiner Wut, auch vor der allergeringsten Wut. Aber die Wut wuchs. Die Leute gebrauchen das Wort *Besessenheit,* aber sie wissen nicht, wovon sie reden. Ich habe nun über besessene Menschen gelesen und mich darin wiedergefunden. In meinem Kopf war nichts außer Alberta. Ja, natürlich, das Leben ging weiter. Besessene Menschen können durchaus den Eindruck erwecken, als funktionierten sie tadellos; aus diesem Grunde können sie ja auch so lange mit ihrer Besessenheit leben, und jeder ist ungeheuer überrascht, wenn die Besessenheit in einer völlig wahnsinnigen Tat zum Ausbruch kommt. Es gab nur eine Möglichkeit, dieses Gefühl zu beenden: Ich mußte Alberta finden – ich mußte einfach. Das war auch gar nicht so schwierig. Ich habe von Biddy die Postkarte bekommen, die Alberta ihr geschickt hatte – ich habe sie gezwungen, sie mir zu geben, hat sie Ihnen das erzählt? Wahrscheinlich nicht. Wunderbar diskrete Biddy. Die Leute erwarten eigentlich nicht von einer sexuell so attraktiven Frau, daß sie diskret ist, aber das ist wieder einmal eine von diesen komischen Vorstellungen, mit denen wir alle leben. Ich ging zu dem Postamt, von dem der Stempel war, und fragte, wo ich sie finden könnte. So einfach war das. Aber am Ende bin ich doch nicht zu ihr gegangen. So viel Selbstkontrolle hatte ich noch. Ich hatte Angst – ich weiß nicht genau wovor: daß ich sie töten würde oder daß ich eine solche Szene machen würde, daß sie oder jemand anderes die Polizei gerufen hätte. Wie dem auch sei, ich konnte sie in meinen Gedanken nun wenigstens in ihrer Umgebung sehen.«

Er schwieg einen Moment lang und goß sein Bier in einem Zug hinunter. Kate füllte sein Glas erneut, aber er nahm keine Notiz von ihr; er war weit weg, noch immer in der Vergangenheit und in seiner Geschichte.

»Ich habe versucht, mich von dieser Farm fernzuhalten, aber dann wußte ich, ich mußte sie sehen. Ich fuhr hin. Ich schlich umher. Niemand hat mich je dort gesehen, wissen Sie. Ich habe herumgelungert, wollte ihr auflauern. Ich konnte sie nirgends sehen. Das hatte nichts weiter zu bedeuten; aber dann kam der Farmer zum Melken heraus – ich war schon verdammt früh am Morgen da. Ich nehme nicht an, daß Sie über Besessenheit Bescheid wissen. Das Melken war Albertas Aufgabe, das hatte ich herausbekommen. Ich kroch bis an ihr Haus, konnte aber nicht hineinsehen; es schien niemand da zu sein. Und dann sah ich den Briefträger ankommen und Post in den Briefkasten des Farmers werfen. Es war ruhig im Stall. Es war niemand zu sehen, und so tastete ich nach der Post und zog sie aus dem Kasten; es war so einer von diesen normalen Briefkästen, wie man sie auf dem Land hat, und der Postbote hatte sich nicht einmal die Mühe gemacht, ihn richtig zu schließen; es gab nicht das geringste Geräusch, als ich ihn öffnete. Da war eine Karte von Alberta mit einem Bild des Hotels, in dem sie wohnte. Sie hatte sie wohl aus der Hotellobby. Sie schrieb nur, daß das ihr Hotel war und daß ihr ihr Haus auf der Farm besser gefiele. London wäre wunderbar. In ein paar Tagen wäre sie zurück. Ich las die Karte und mußte meine ganze Kraft zusammennehmen, um sie zurückzulegen. Ich hätte mein Leben gegeben, wäre diese Karte an mich gerichtet gewesen.«

Er stockte kurz. »Dann brach der Wahnsinn wieder durch. Schließlich rief ich sie in diesem Hotel in London an. Ich versuchte es so lange, bis ich sie erreicht hatte. Ich sagte ihr, ich brächte Biddy und die Kinder um, wenn sie nicht mit dem nächsten Flugzeug zurückkäme. So, wie ich geklungen habe, hat sie mir zweifellos geglaubt. Sie hat gut daran getan, mir zu glauben; ich war wahnsinnig. Sie sagte, sie würde die nächste Maschine nehmen. Und das tat sie auch. Alberta hat immer Wort gehalten. Ich hing auf dem Flughafen herum von dem Augenblick an, an dem sie mit einiger Wahrscheinlichkeit ankommen konnte. Ich bin zu jeder Maschine aus London gegangen. Ich hatte ihr gesagt, ich würde sie am Kennedy-Flughafen abholen; ich hatte gesagt, ich würde warten. Und ich wartete.«

Zum ersten Mal, seit Martin zu sprechen angefangen hatte, dachte Kate an Reed, der dies alles mithörte. Was würde er davon halten? Was hielt sie selbst davon? Ich habe nie zuvor eine Beichte abgenommen, dachte sie. Ich habe nie begriffen, warum Beichten so überzeugend sind; warum wir ihnen glauben; warum die Priester ihnen glauben und warum sie auf Video so realistisch scheinen, wie das nach Reeds Meinung sehr oft der Fall ist. Wir gehen durch das Leben und wissen so wenig. Martin, der sich wieder unterbrochen hatte, für einen großen Schluck und einen starren Blick aus dem Fenster, sprach weiter.

»Ich hatte ein Zimmer im Flughafenhotel reserviert. Als sie an das Gepäckband kam, sah ich sie sofort, und es war, als hätte jemand einen Scheinwerfer auf sie gerichtet. Ich glaube, ich würde sie unter Tausenden von Menschen herausfinden, ich könnte sie überall finden. Sie sagte, sie hätte kein Gepäck aufgegeben, sie hätte nur die Umhängetasche, die sie bei sich trug. Ich führte sie in das Zimmer. Als sie so da stand und ich sie in die Arme nahm, begann ich zu weinen – laut zu heulen, meine ich –, so als könnte ich nie wieder aufhören. Sie hielt mich. Sie sagte nicht viel. Ich weiß nicht, was sie verstanden hat. Ich habe ihr all dies nicht gesagt, ich habe überhaupt nicht viel gesagt. Ich habe mit ihr geschlafen – du lieber Himmel, ich bin nicht einmal auf die Idee gekommen, sie zu fragen, ob sie Hunger habe. Ich habe sie überhaupt nichts gefragt. Ich klammerte mich an ihr fest, als ob wir auf dem Meer wären und sie die einzige Sicherheit weit und breit. Dann schlief ich ein, und es war der erste gesunde Schlaf, den ich seit dem Tag gefunden hatte, an dem ich die beiden lachend in jenem verdammten Restaurant da gesehen hatte. Ich weiß nicht, wie lange ich geschlafen hatte, jedenfalls wachte ich auf, weil sie ›Martin, Martin‹ schrie und an meinen Armen zog. Ich war über ihr und würgte sie; ich versuchte, sie zu töten, und ich schlief dabei. Können Sie sich das vorstellen? Ich schlief und war dabei, sie zu töten. – In diesem Augenblick zerbrach etwas in mir. Ich wußte, daß jemand sterben würde, wenn ich nicht schrecklich notwendige Maßnahmen ergreifen würde – wo sind die Worte, die nicht billig klingen, die nicht in Hunderten von stumpfsinnigen Filmen und Büchern abgenutzt sind? Ich hatte keine Selbstkontrolle mehr. Sie haben sich also vorgestellt, ich hätte Alberta im Keller vergraben. So falsch lagen Sie da gar nicht. Ich hätte jemanden vergraben oder mich selbst umgebracht. – Alberta hat das verstanden. ›Was kann ich tun, Martin‹, sagte sie. ›Sag mir doch, was ich tun kann!‹ Und ich sagte: ›Geh fort, weit fort, so weit, wie dich ein Flugzeug nur bringen kann. Und bleib' da; komm' nie wieder zurück.‹ ›Wenn ich gehe‹, sagte sie, ›wie kann ich dann wissen, daß es Biddy und den Kindern gut geht, daß mit ihnen alles in Ordnung ist?‹ Ich sagte, es sei eine Abmachung. Und ich versprach ihr, daß ich es ehrlich meinte. Wenn ich wüßte, daß sie außer Reichweite war, außer Reichweite eines jeden Menschen in meinem Leben, in irgendeinem Land, in das Biddy nicht gelangen könnte, wo sie sich nicht durch Zufall begegnen könnten, ja sogar auf der anderen Hemisphäre, dann könnte ich damit fertigwerden. Dann könnte ich ihr versprechen, daß Biddy und den Kindern nichts passieren würde. ›Wohin soll ich gehen?‹ fragte sie, einfach so. Ich sagte ihr, daß es nicht sofort sein müsse, nur in absehbarer Zeit. ›Nein‹, sagte sie. ›Laß uns jetzt alles ausmachen. Aber wie soll ich das Ticket bezahlen?‹ Ich sagte ihr, ich könnte das mit meiner American-Express-Card regeln. So verließen wir also das Hotelzimmer. Sie hatte kurze Zeit im Bad zugebracht, die einzige Vorbereitung auf eine Reise um die Welt. Ihre Flugtasche trug sie über der Schulter. Wir gingen zur Pan Am, einer geeigneten Fluglinie, wie uns schien, und da gab es einen Flug nach Indien, der in ein paar Stunden gehen würde. Wir kauften ihr das Ticket. Ihren Paß hatte sie bei sich. Wenn man das so erzählt, muß es völlig wahnsinnig klingen, aber genau so ist es gewesen. ›Ich bin es gewöhnt, mit leichtem Gepäck zu reisen und mich schnell zu entschließen, Martin; mach dir meinetwegen keine Sorgen.

Ich wollte immer gerne wissen, wie es am anderen Ende der Welt aussieht. Vielleicht bleibe ich nicht in Indien. Vielleicht gehe ich nach Ich-weiß-nicht-wo. Jedenfalls werde ich nicht nach Amerika oder Europa zurückkehren, zumindest nicht in der nächsten Zeit. In Ordnung, Martin? Wirst du versuchen, über diese Besessenheit hinwegzukommen? Versuch' alles, was es gibt: Religion, Psychoanalyse, alles, was Hilfe verspricht. Wirst du das deinerseits für mich tun?‹«

Martin war jetzt ruhiger. Er hörte auf, im Zimmer auf und ab zu gehen, wandte sich vom Fenster ab und setzte sich Kate gegenüber. Er schenkte sich selbst Bier nach. »Sie ist wirklich abgeflogen«, sagte er. »Wir haben noch im Flughafenrestaurant gegessen; bei dieser Gelegenheit hat uns Stan Wyman gesehen. Sie gab ihm die Hand, als er ihr seine entgegenstreckte und sie sagte: ›Ich bin Alberta Ashby.‹ Er muß gesehen haben, daß ich verrückt nach ihr war. Selbst dieser Dummkopf muß das gesehen haben. Zum Glück blieb er nicht bei uns hängen. Alberta schrieb einen Brief an die Leute, die ihr immer ihr kleines Einkommen überwiesen, und teilte ihnen mit, daß sie ihre Schecks an das Büro des American Express in Neu Delhi schicken sollten. Ich schickte ihn später ab. Was ihr am meisten Kummer bereitete, waren die Farmersleute. Sie hatte ihnen ihr Wort gegeben, daß sie zurückkommen würde. Ich machte ihr klar, daß sie nach Meinung aller verschwunden wäre und die Leute so nicht glauben würden, nur sie wären im Stich gelassen worden. Ich glaube, das hat sie etwas beruhigt. Als sie im Flugzeug war, wußte ich, daß ich vor einem entsetzlichen Schicksal bewahrt worden war – wir alle. Verrückt? Natürlich ist das verrückt. Aber so ist das mit vielen Dingen, von denen wir nichts wissen, wenn wir nur in unserer wohlgeordneten kleinen Welt leben. Als wir uns gerade kennengelernt hatten und ich sie heiraten wollte, habe ich immer gesagt, ich sei von Biddy besessen. Aber damals wußte ich nicht, was Besessenheit ist. Niemand weiß das, der es nicht selbst erlebt hat.« Er versank in Schweigen. Kate hatte den Eindruck, als habe seine Stimme für Stunden den Raum erfüllt, eine Ewigkeit lang. Sie saßen einfach da und fühlten die Stille.

Dann sprach Martin, aber anders jetzt: »Ich weiß nicht,

wo sie ist«, sagte er, »aber ich weiß, daß sie lebt. Ich weiß es, weil ich es spüre; wäre sie nicht mehr am Leben, würde ich auch das spüren. Das scheint keinen Sinn zu machen; glauben Sie es oder nicht. Sie lebt, aber ich weiß nicht, wo sie ist. Ich werde es niemals wissen.«

»Möchten Sie noch ein Bier?« fragte Kate nach einer Weile. »Möchten Sie etwas anderes?« Was war da noch zu sagen? Sie konnte nur noch die Gastgeberin spielen und die einzige Art von Nahrung anbieten, die ihr zur Verfügung stand.

»Ich werde jetzt gehen«, sagte Martin. »Es hat mir gutgetan, mit Ihnen zu sprechen. Ich bin froh, daß Sie wissen, was geschehen ist. Ich muß Ihnen vertrauen, daß Sie nicht darüber sprechen. Werden Sie es jemandem erzählen?«

»Ich muß es tun«, sagte Kate. »Das heißt, ich muß einer Reihe von Leuten sagen, daß Alberta nach Indien gegangen ist, daß wir nicht wissen, wo sie sich aufhält; und daß sie nicht vorhat, zurückzukommen, sonst werde ich mit niemandem außer meinem Mann darüber sprechen, es sei denn, ich wäre dazu gezwungen. Ich kann mir zwar nicht vorstellen, daß das der Fall sein könnte, aber man weiß ja nie.«

»Ich verlasse mich darauf«, sagte Martin. »Ich werde versuchen, mich auf die eine oder andere Weise abzulenken. Ich denke, daß ich in Ordnung kommen werde; in Ordnung für meine Kinder und meine Studenten, meine ich. In anderer Hinsicht werde ich nie wieder wirklich der alte sein.«

Als er in der Diele stand, sagte er: »Wir haben unser Gespräch mit Graves und der Stanton begonnen. Ich möchte Ihnen einen Unterschied zwischen den beiden nennen. Ich glaube, Graves hätte diese Besessenheit verstanden, die Stanton nicht.«

»Ich glaube, Sie irren sich«, sagte Kate. »Auf Wiedersehen.« Sie streckte ihm die Hand hin. Martin ergriff sie. Welches Recht hatte er, das zu tun, was er getan hatte, dachte Kate. Warum habe ich seine Hand geschüttelt? Weil er seinen Kampf gewonnen hat, dachte sie. Und Alberta war tief in ihrem Herzen unstet. Er hatte sie nicht ins Exil getrieben. Wonach Alberta auch immer suchen mochte, man konnte sie nicht ins Exil treiben. Sie gehörte an keinen bestimmten Platz. Ich brauche einen Drink, dachte Kate. Einen doppelten Martini. Wo zum Teufel ist Reed?

17

Reed hatte den Polizisten in Zivil zur Tür gebracht; dann kam er ins Wohnzimmer und nahm Kate in den Arm. Sie zitterte; er hielt sie fest, bis sie sich beruhigt hatte und sich aus seinen Armen befreite; sie schenkte sich ein großes Glas Club Soda ein, das sie durstig austrank. »Wer war der Mann?« fragte sie.

»Er ist ein alter Freund von der Polizei, mein inoffizieller Begleiter bei irgendwelchen Lauschaktionen. Mach dir keine Gedanken«, sagte er und hielt sie fest, als sie protestieren wollte. »Er vergißt alles, was er heute abend gehört hat, es sei denn, wir müssen ihn aus irgendwelchen unvorhersehbaren Gründen bitten, sich wieder zu erinnern. Ich gebe zu, seine Anwesenheit war nicht erforderlich, wie sich herausgestellt hat, aber erinnere dich bitte daran, liebe Kate, du warst hier allein mit einem Mann, der des Mordes fähig ist und von dem ich glaubte, er habe bereits einen Mord begangen. Wie du vielleicht schon festgestellt hast, bin ich nicht gerade ein James Bond.«

»Ich habe versprochen, niemandem etwas zu erzählen ...«

»Das hast du auch nicht. Und auch der Polizist wird niemandem etwas sagen. Du machst dir doch nicht wirklich Gedanken wegen dieses Polizisten.«

»Reed, ich habe da zwei ganz starke und widersprüchliche Gefühle, von denen ich noch nicht weiß, wie ich sie unter einen Hut bringen kann.«

»Daß sie lebt und daß sie verloren ist.«

»Verloren für uns alle, ja. Findest du es nicht seltsam, daß sie bereit war, so fortzugehen, so plötzlich und so weit fort?«

»Nein«, sagte Reed, »und du wirst es auch nicht mehr seltsam finden, wenn du den Schock erst einmal überwunden hast. Ich nehme an, seine Forderung ist bei ihr auf ein Bedürfnis getroffen; sie ist eine Sucherin; irgend etwas versucht sie zu ergründen.«

Kate sah ihn mit hochgezogenen Augenbrauen an.

»Nein, ich meine nichts Tiefschürfendes oder Mystisches; sie sucht nicht nach einer Antwort; sie ist entschieden zu intelligent, zu weise – wenn du mir diesen Begriff gestattest –, um zu glauben, daß es eine gibt. Aber ich denke, daß sie Erfahrungen machen möchte, die über das hinausgehen, was in unserer ›überentwickelten‹ Zivilisation, wenn man das so nennen kann, möglich ist. Sieh das mal ganz praktisch: Sie ist eine vitale Frau; sie kann Maschinen reparieren und mit dem Vieh auf einer Farm umgehen. Sie ist zur Freundschaft fähig und zur Einsamkeit, eine hervorragende Kombination. Ich habe festgestellt, daß viele Leute gerne von sich sagen, sie hätten die Fähigkeit zur Einsamkeit, sie aber nicht wirklich haben. Entweder sind sie nicht so einsam, wie sie glauben, oder sie sind nur einfach allein. Alberta wird es gutgehen. Sie kann sogar glücklich sein. Vielleicht fügte sie sich seiner Forderung, aber ich glaube nicht, daß sie es nur tat, um ihn zu besänftigen. Das hätte keinen Sinn gehabt, und was Alberta tut, hat Sinn.«

»Du hast recht«, sagte Kate. »Ich sehe das ein. Ich bin einfach kindisch. Als ich nun wußte, daß sie nicht tot ist, wollte ich, daß sie auf der Stelle erscheint oder wenigstens ihr Erscheinen in den nächsten Tagen zusagt. Charlie wird genauso empfinden. Ich muß ihnen sagen, daß Alberta fort ist, aber am Leben; ich muß es Charlie, Toby und Lillian sagen und sicher auch Biddy. So, das war es also.«

»Was du jetzt brauchst, ist etwas zu essen«, sagte Reed. »Du hast keinen Hunger? Wie steht's mit einem Drink? In einer Situation wie dieser mußt du normalerweise einen Brandy eingeflößt bekommen. Das Ganze ist ein Schock, mein Liebes, und du kannst nicht erwarten, daß du dich davon in ein paar Minuten erholst. Trink das hier und lehn dich an mich.«

Kate lehnte sich auf der Couch an ihn. »Was wird mit

dem Geld geschehen, das ihr nach Sinjins Testament zusteht? Wie wird sie es erhalten? Sie wird es doch brauchen, nicht wahr?«

»Entweder sie wird jemandem mitteilen, wohin sie es geschickt haben möchte, oder es sammelt sich an, bis es abgeholt wird. Sie wird wissen, daß es da ist, wenn sie es braucht. Das ist ohnehin die beste Funktion von Geld. Ich bin froh, daß du Fragen stellst; das zeigt, daß du auf dem Wege bist, dich zu erholen. Vorhin habe ich einen Moment lang Angst gehabt.«

Toby, Charlie und Biddy nahmen die Neuigkeiten ähnlich wie Kate auf – erleichtert, wenn auch gleichzeitig enttäuscht. Natürlich stellten sie endlos Fragen, und Kate reagierte darauf so gut wie möglich, ohne sie zu beantworten. Es gab nicht viel zu erklären, da sie Martin aus dem Bericht über Albertas plötzlichen Entschluß, so weit fortzugehen, aussparen mußte. Aber Reeds Meinung nach schien jedem, der Alberta gekannt oder auch nur von ihr gehört hatte, dieser Entschluß nicht atypisch, und so war Kates Aufgabe leichter als befürchtet.

Im Gegensatz zu den anderen schwieg Lillian, als sie die Neuigkeiten hörte; nach ein paar Minuten oberflächlicher Konversation, die Kates Bericht gefolgt waren, legte sie auf. Einige Tage später rief sie an und wollte sich mit Kate zum »Brunch« treffen – es war Sonntag, und »Brunch«, das ist die Mahlzeit, die in den New Yorker Restaurants sonntags in der Mittagszeit serviert wird.

»Aber ich möchte nicht in so ein Schickeria-Lokal gehen«, sagte Lillian. »Ich kenne da ein Restaurant mit kleinen Tischen, wo man Rührei mit Schinken bekommt und richtige hausgemachte Bratkartoffeln, nicht diese vorfabrizierte Imitation. Wollen wir uns dort treffen?« Kate sagte zu, verriet aber Reed, bevor sie ging, daß sie mit gemischten Gefühlen darauf warte, was Lillian zu sagen habe.

»Ich weiß, das kommt aus dem Bauch heraus«, sagte er. »Aber deine Gefühle haben sich bei Alberta geirrt; Alberta ist nicht tot.«

»Ich hoffe, sie irren sich diesmal auch«, sagte Kate. »Aber am Telefon habe ich aus jeder Silbe, die sie sprach,

Probleme heraushören können, die auf mich warten. Als Tante sollte man nur eine oberflächlich-muntere Beziehung zur Jugend in der Familie haben.«

»Unsinn«, sagte Reed. »Das glaubst du doch selbst nicht. Ich mag Lillian, und du wirst sehen, es wird keine wirklichen Probleme mit ihr geben.«

Lillian saß schon in einer Art Koje, als Kate in dem Coffee Shop ankam, wie es sich nannte; es ähnelte den Lokalen aus Kates Jugend; ihre Familie hatte sich nie dazu überreden lassen, dort zu essen. Die Folge davon war, daß Kate sie heiß und innig liebte, was sie Lillian auch sagte, als sie ihr gegenüber auf die Bank rutschte. »Ich bin sogar bereit, das zu essen, was du vorgeschlagen hast; darin ist anscheinend alles enthalten, was heutzutage als absolut tödlich gilt. Wenn wir dann noch Salz über alles schütten, können wir Weltmeister der Diätsünden werden.« Lillian gab bei der Bedienung ihre Bestellung auf. »Etwas zu trinken?« fragte die Bedienung. Sie bestellten Kaffe, *mit* Koffein. »Und Sahne«, fügte Kate hinzu; man konnte ihr das ›Wenn schon, denn schon‹ direkt ansehen.

»Ich glaube, die Watson-Rolle war doch nicht ganz das richtige für mich«, sagte Lillian.

»Natürlich nicht. Du möchtest deine eigene Geschichte erzählen und nicht das Tonbandgerät spielen.«

»Kate«, sagte Lillian in dem Tonfall, in dem man einen Kranken auf eine notwendige Operation vorbereitet.

»Ja, Lillian? Was ist los? Sag es mir schnell, damit ich dieses wundervoll ungesunde Essen verdauen kann.«

»Ich fliege nach Indien. Ich werde Alberta suchen.« Kate starrte sie an. Welche Möglichkeiten ihr auch immer durch den Kopf geschossen waren, diese war nicht dabei gewesen. »Vielleicht ist sie gar nicht in Indien geblieben, Lillian. Außerdem ist Indien ein riesiges Land. Und was willst du dort machen?«

»Das Flugzeug macht eine Zwischenlandung in London. Ich werde aussteigen und versuchen herauszufinden, wer ihr das Geld auszahlt und wohin es geschickt wird. Vielleicht hat Charlie eine Vorstellung. Und wenn das nicht funktioniert, fliege ich einfach nach Neu Delhi und fange dort an.«

»Und du bist ganz sicher, daß du nicht nur *irgend etwas* tun willst, *irgendeine* Aufgabe suchst, um deine unstrukturierte Zeit auszufüllen?«

»Diese Gefahr besteht«, sagte Lillian, als die Bedienung die Teller auf den Tisch stellte. »Das sehe ich schon. Aber ich glaube nicht, daß das der eigentliche Grund ist. Ich möchte Alberta finden, leibhaftig, meine ich, und ich will einen anderen Teil der Welt kennenlernen. Mach dir keine Sorgen, Kate; ich komme schon zurecht.«

Kate begann zu essen. Es war köstlich. Wie Kartoffelbrei mit Soße, dachte sie; und das haben wir gegen gesunde Ernährung und Gourmet-Kochkünste eingetauscht. Es fiel ihr schwer, auszudrücken, was sie empfand. »Darf ich ehrlich sein, Lillian?«

»Darf ein Stachelschwein stachelig sein?«

»Ich mache mir Sorgen wegen der Gurus.«

Lillian starrte sie an. »Das mag zwar ehrlich sein, Kate, aber es ist absolut unverständlich.«

»Ich fürchte, du könntest eine von diesen Amerikanerinnen sein, die ihre Bestimmung suchen, einen Meister, einen Guru, eine Religion, ein erweitertes Bewußtsein – verdammt nochmal, Lillian, du weißt ganz genau, was ich meine.«

»Ich weiß, was du meinst. Du mußt mir einfach glauben, Kate. Ich meine, ich kann dich nicht überzeugen, wenn du mir nicht glauben willst oder denkst, ich kenne mich selbst nicht oder so etwas ähnliches. Ich suche nicht nach meiner Bestimmung oder nach dem Sinn des Lebens; Gott weiß (nur ein Witz), daß ich keinen Meister oder Priester brauche. Ich kann dir nicht sagen, was ich will, weil ich nichts Wundervolles oder Mystisches suche. Ich will nur einfach Alberta finden.«

»Angenommen, du findest sie, was dann?«

»Wer weiß? Wahrscheinlich wird sie sagen: ›Nett, Sie kennengelernt zu haben. Ich gehe jetzt nach Afrika – oder China oder Arabien –, und ich gehe allein.‹ Ich träume nicht davon, daß sie sagt: ›So, Sie sind gekommen. Wir müssen etwas zusammen unternehmen.‹« Lillian sagte das so dramatisch, daß Kate lachen mußte. »Ich habe mich weder in irgendwelche Fantasievorstellungen verloren noch bin ich auf der Suche nach Antworten auf die Fragen des Lebens. Ich glaube nur, ich möchte Alberta finden. Und wenn ich sie gefunden habe – *wenn* ich sie überhaupt finde –, wer weiß, was dann? Wahrscheinlich werde ich dann ein Buch schreiben mit dem Titel ›Auf der Suche nach Alberta‹. Ich glaube, es hätte ganz konkrete Aussichten auf Erfolg, meinst du nicht auch?«

Kate seufzte. Was war da noch zu sagen? Sie legte den übriggebliebenen Schinken mit Toast zu einem Sandwich zusammen und aß es mit Vergnügen. Sie stellte fest, daß sie sich gut fühlte; im Augenblick leben, diesem momentanen Gefühl, nicht gleich den Blick auf die nächsten Anforderungen des Lebens gerichtet halten. Empfand Lillian das auch so? Man konnte sich entweder um Lillian sorgen oder ihr vertrauen. Wie Kate merkte, hatte sie sich zum Vertrauen entschlossen.

»So, das wäre also das«, sagte Kate schließlich, als abgeräumt worden war und sie ihren Kaffee tranken. »Ich bin froh, daß du es mir gesagt hast. Hast du alles, was du brauchst?«

»Nicht ganz«, sagte Lillian und hielt ihre Tasse zwischen beiden Händen. »Könnte ich den Flugschein nach Indien über deine American-Express-Karte buchen lassen?«

Einige Wochen später erhielt Charlie eine Postkarte aus Indien. Sie zeigte eine der üblichen indischen Szenen, eine typische Touristenpostkarte; so genau Charlie sie auch prüfte, sie konnte keinerlei Hinweis entdecken. Sie enthielt auch keine Nachricht. Aber dort, wo eine Nachricht hätte stehen können, fand sich ganz unten eine Unterschrift: *»Alberta«*.

Charlie kam vorbei, um Kate die Karte zu zeigen. »Das sieht ihr ähnlich«, sagte Kate. »Nur keine Worte vergeuden.« Als sie Reed später davon erzählte, konnte sie es schon genauer erläutern. »Sie hat ja mehr oder weniger versprochen, keinerlei Verbindung zu unserer Welt mehr aufzunehmen; nur einfach zu verschwinden. Die einzige, der sie ein Lebenszeichen schicken konnte, ohne ihr Versprechen zu brechen, ist Charlie. Martin hat keine Verbindung zu Charlie. Und schließlich war es auch Charlie, die sie in England versetzt hatte, als sie zu Martin zurückflog. Das ist typisch Alberta. Und es beruhigt mich im Hinblick auf Lillian, im Hinblick auf alles.«

Kurze Zeit später heirateten Charlie und Toby; im Büro von Dar & Dar wurden sie entsprechend gefeiert, ebenso bei einem Gala-Dinner, zu dem auch Reed und Kate eingeladen waren.

Als der Sommer dem Ende entgegenging, war Toby nicht verwundert, daß Larry ihn beim Thema der jährlichen Herbst-Party für die Kanzleimitglieder wieder zu Rate zog. Aber diesmal hatte Larry keine Sorgen; er war selbstgefällig und zufrieden.

»Ich weiß gar nicht mehr, warum ich letztes Mal so viel Wirbel um die Einladung meiner Schwester gemacht habe. Es hätte nicht den geringsten Unterschied gemacht, ob sie nun auf der Party war oder nicht, oder? Irgendwie war es ganz gut, sie zu sehen. Wir hatten ein nettes Gespräch miteinander. Ich hoffe, sie kommt wieder. Ein Mann sollte sein kleines Schwesterchen doch von Zeit zu Zeit sehen, nicht wahr, Toby?«

Die ganze Zeit auf dem Nachhauseweg versuchte Toby sich darüber klar zu werden, ob Larry das ernst gemeint hatte. War er der Ironie überhaupt fähig? Als Toby sein Apartmenthaus betrat, hatte er entschieden: Nein, es war bestimmt keine Ironie; Larry hatte es ernst gemeint. Natürlich würde Kate dieses Jahr nicht kommen. Toby würde sie vermissen. Aber er würde Charlie an seiner Seite haben, dachte er, als er den Schlüssel ins Schloß steckte, die Tür öffnete und rief, daß er da sei.